U0925224

诱拐狂想曲

誘拐ラプソディー

【日】荻原浩 著　林焕军 译

重庆出版集团 重庆出版社

1

这是一处非常不错的求死之所。

这是一座笼罩在春日霞光中能俯视整个居民区的小山坡。盛开的樱花正纷纷点点地犹如细雪一般飘散。

山坡上的这块空地，曾经是公园。锈迹斑斑的运动器具看上去如同尸骸一般破破烂烂地散落在那里。在确认过周围一个人都没有之后，伊达秀吉才慢慢地钻进车里。

他关掉发动机，放倒座椅，将磁带放入播放器。他选择好了最后一首曲子，矢泽永吉的《何年何日》。

今天是四月第一个星期六的早晨，透过挡风玻璃抬头望着蓝得让人觉得悲凉的天空。作为人生的最后一天，今天的天气也不错。

前奏响起，永吉的歌声开始在车内流淌，一瓣瓣的樱花花瓣飘落在挡风玻璃上。

正痴痴看着的时候，又有一瓣飘落下来。映衬着蓝天的玻璃上交织着浅粉色的纹路。上周刚盛开的樱花，已经开始散落。

我很喜欢樱花，为飘散而盛开的花，就如同我一样，有着樱花般的人生。突然开花，突然散落——不，不对吗？我并不像樱花般美丽，因为我连一次盛开的经历都未曾有过。

三十八岁了，连老婆孩子都没有，也没有住处，没有钱。买了磁带和绳子后，就只剩下六百三十五日元了。

也没有车。这辆车是老板的。车的侧面还用白色贴纸贴着齐藤工务店这几个字。我现在已经没了工作，因为我打晕了老板，把保险柜里的钱拿了出来，然后把他的车开走了。

我真的是一无所有。有的只是三百二十万元的欠款和犯罪前科。

秀吉点上烟，悠闲地吸完后将烟头扔出窗外。接着，用双手拍了拍脸颊，挺直了身板，伸手去拿放在副驾位上的绳子。这是一条红黑相间的打包绳，看上去就如同蜷缩着的毒蛇一般。

“那么，”他开口说道，“再抽一支就开始吧。”

我为什么会落到这步田地呢？回想一下，在浓浓的烟雾中回想一下，应该就是从那时开始的。去年的这时候，在平和岛船赛中，A号船原本板上钉钉的胜利却在比赛中遭遇失败沉没了。我丝毫没有夸张，当时翻船的景象就如同在我眼前发生的一样。这就如同已经下了四十倍重注的名马却输了一个身位的感觉一样。不，或许决定这一切的是在松户车赛的时候。那天还没等到最后一圈就已经输得一个子儿都不剩的我，在回家路上看到了这样的广告牌：“低息，无须审查，即使在其他店有借款的人也欢迎！”

那是什么低息啊，当天借了五十万，还不到一年就变成三百万。于是，每天都会有梳得油头粉面的男子去敲打秀吉位于葛饰区镰仓二丁目的公寓大门。

第二支七星超轻柔已经快烧到手指了，于是他抬起一只脚，用鞋底擦灭了烟头。

“那么，”他再一次说道，并看了看绳子，“再抽一支吧。”

可是，口袋里却已是空空如也。秀吉深吸一口气，将空烟盒紧紧握着，然后慢慢地将绳子拿在手中。这次终于打开车门，走了出去。太阳已经升得很高，火辣的太阳也正预示着今天是酷暑的一天。身上穿着齐藤工务店的工作服，里面却套着毛衣。可是，为什么秀吉的身体还在颤抖呢？

他将手中的绳子放到自己面前端详着。这是在超市日用杂货架上销售的简易打包绳，虽然时常都能见到，却出乎意料的细。没问题吧。最后还是要用这玩意儿来上吊吗？或许现在已经不能再打消求死的念头了。想到了这里，他就试着拉了拉绳子，再一次。要多次拉紧，直到自己的脸色变红为止。无论多么用力，自己都不能动摇……OK，绳子没问题。

站在樱花树下，他才发现需要有一块垫脚的地方。如果没有垫脚台，或许就只能放弃在这里求死的想法了吧。只需要扫一眼，就能看出这块空地并没有这样的东西——秀吉却还是环视了一下四周。他虚着眼睛，让自己看得尽可能快些。虽然已经提醒自己不要去看那些无关的东西，可却还是在樱花树下的草丛中发现了一个锡铁制的灯油罐子。于是想就用这个吧。

在他将罐子从草丛中拖出来的时候，原本以为终日的日晒雨淋，罐子应该早已是锈迹斑斑，一站上去或许就会破掉，可罐子却显得很新。为什么都还没有开封，里面也塞得满满的？原本打算早一点用这个罐子来垫脚，却还是想了一下，到底是谁会将这玩意儿放在这种地方？秀吉张大鼻孔深吸一口气……呜呜呜。OK，垫脚的也没问题了。

抬头看了看樱花树，在自己头上十公分的位置，正好伸出了一个树枝，用手就能够到。虽然认为这根树枝完全能够承受住不足六十公斤的瘦瘦的自己，可为了保险一点儿，还是用双手去吊了一下。万一树枝折断的话，求死的念头也就不得不作罢了吧。

可是，树枝并没有被折断。他又试着晃了晃身子，还是没被折断。多次的尝试，只是让花瓣散落了一大片……呜呜呜。OK，OK，树枝也没问题了。

于是他慢吞吞地将绳子系在树枝上，又慢吞吞地在另一端打上结。秀吉这时候想到，吊死究竟会是一种什么感觉呢？有多痛苦呢？试想了一下，却并未得出答案。

倒是茂君告诉自己，这种感觉并不痛苦，反而会很舒服。茂君是和他一同在府中的监狱服刑了两年的人。这是一位犯过吸毒、伤人、强奸、盗窃、诈骗等各种罪状，一直往来于监狱和社会的万事通般的人物。

总觉得他说的话不值得取信，哪儿有问题。因为没有死过的人很难做出如此肯定的判断。

怎样才能让自己窒息而死呢？首先尝试一分钟吧。先放开手中已经捆好的绳子，按住自己的鼻子，尝试一下停止呼吸。啊……太辛苦了，就像是吸了一大口尼古丁导致肺部发出悲鸣一般，似乎觉得胸口快要涨开了。

再一次抬头看了看樱花树枝，然后再用这对老眼，用阅读报纸的眼神盯着绳子。为什么总觉得自己死去的场所和选择的死法是那么的不合适呢？那么，就再尝试一下吧。绳子挽成的圈不用来套脖子，而是套在肩上，双脚踩着树的主干，向外拉。树枝还是一动不动，只是一些快要散落的花瓣又纷纷落在脸上，身体的肌肉被拉紧，充满力量，也不知坚持了多久。不久，开始传来吱吱嘎嘎的声音，好，还差一点儿。

一个清脆的声音。身体突然失去了力量，树枝被折断了。

好的，成功——不，是失败。看吧，正如我所担心的，上吊这种死法果然不行。

他一边想着，一边在擦拭着额头渗出的汗水，看着被折断的樱花树枝。那，怎么办？再怎么想结果都是一样。无论如何，自己必须死。老板应该已经报警了，现在，东京的警察一定在到处找我。那些梳着油头的催债鬼也是。

对了，跳楼吧。那只是一瞬间的事，连烦恼的时间都没有。山坡的一端有一处如同半岛一样突出的地方，以前打算将那里建成观景台，所以安置了一些小长椅，在边上还敷衍了事地设置了一些扶手。

于是他翻过扶手，向下望去，视线几乎和地面垂直，还能远远地看见开车上来的那条小路。高度应该有二十米？不，三十米吧。OK，OK。秀吉勇敢地笑了，也开始活动自己的膝盖。

从这里跳下去的话，身子会被摔成一摊烂泥巴，脑浆会从头盖骨里飞溅出来。就在这时，秀吉想到自己的死状就如同在公寓附近见到的被车压死的猫一样，于是身体又开始颤抖。

自己到现在都不明白当时为什么会打晕老板啊。原本打算预支一下工资，可想到肯定是不行的，因为就在前一天已经在老板面前哭诉了，老板却说："适可而止啊。你不要再去赌博了，否则再多的钱都不够你输，像我这样玩玩弹珠就行了。""只要你答应不再去赌，我可以先借给你一些。"他的手已经去打开保险柜了。然而——然而，为什么？

对了，当时老板说了这样一句话。

"嘿，你要认真工作啊。只要你能付出超出常人一倍的努力去工作，就一定能得到社会的认同。你最近有些偷懒哦，还有几次随意旷工，差不多该收敛一下了。除了我这里，应该不会有地方愿意收留你了吧。"

我注意到就在老板说"不会有地方愿意收留你了吧"这句话时，他的嘴角浮现出了微微的笑。当时觉得老板的眼神就和之前自己所遭受的世人的白眼一样。于是在自己容易冲动、不能冷静思考的坏习惯的驱使下，就动手了。当清醒过来时，已经打了老板，拿走了保险柜中的五万日元，开着车逃走了。

昨天一天都是慌慌张张地在东京都内乱开，晚上是在三温暖过的夜。昨天开始有了离开东京的想法，于是向北前进。本来并没打算逃很远，却一下子开到了大宫，因为想到这里也有竞技比赛，于是下了高速。我也遵守了和老板的约定，没有赌赛艇和赛车，只是赌了自行车比赛。

本来一直到最后四个弯都还进行得很顺利。可是奥泉，那个白痴最后居然从车上掉了下来。已经将赌金付了出去，于是明白这次又打水漂了，原本希望赢了这笔钱，回去给老板道歉，把车子和预借的钱还给老板，然后让老板打一顿，求得他的原谅。

想着想着，又开始怀念位于葛饰镰仓的廉价公寓里那床硬硬的被子，怀念起完成管道安装后的那杯啤酒。越想越觉得老板说得对。除了老板，没有地方会收留我。现在回想起来，老板虽然很啰唆，却是一位很好的人。肯雇用有前科的我，还帮我租房子，一点一滴地教会我做事。每次完成繁重的工作后，都会请我喝一杯。混蛋，为什么我会打他？他就如同我心中的神。头脑简单，有着啤酒肚的神——可是，一切都已经太迟了。

我一直在犹豫是否要把鞋脱掉。因为逃走的时候是穿着工作服，所以现在脚上的鞋子也是工作鞋。解开鞋带太麻烦了，就这样吧。可为什么跳楼自杀的人，都会把鞋子脱下来在一旁放好呢？反正都要死了，穿着鞋子不行吗？

在深呼吸后，秀吉又看了看下面，他感到有些头晕目眩。刚才看上去只有二三十米啊，或许有四五十米吧。于是再次深呼吸，看了看下面。不，有六七十米吧。之前都一直没有注意到正吹着的风，重重地敲打着自己的后背。于是又再次深呼吸。

在还未吐完这口气的时候，秀吉纵身一跃——来到了扶手的另一侧。吐完了口中的气，还是把鞋子脱了吧。

于是他开始慢慢地解开鞋带，同时脑子还在想着，掉到下面需要多长时间呢？一秒？两秒？三秒？这时人会想些什么呢？我曾听说人在死的那一瞬间，人生所经历过的重要场景会像幻灯片一样在脑海中播放。如果是我的话，又会回想起什么呢？我只有一些不愿回忆的事情。或许，我死的时候脑子是一片空白吧。

他把鞋子脱下来，放好。这是一双已经很旧的安全鞋，鞋面部分已经很破旧了。他多次调整鞋子的摆放，直到自己满意为止。他走回到扶手边，又再折回来，脱下袜子。虽然马上就要死了，可秀吉的脚的确很臭。

在跨过扶手前，他再次环视了四周。他是在担心会有人突然窜出来阻止他，可这却是瞎操心了。这里依旧一个人影都没有。由于远离居住区，才造就了这样一处荒芜的小山丘，从早上开始，都没有一个人来过。

可这里究竟是什么地方？明明离大宫的竞赛场不远。

山坡下的那片广阔的民居，就如同一幅由古老农家和刚建成的新房拼凑在一起的图画。住宅区的对面是一片广袤的农田。更远处的高楼如同矗立在海市蜃楼中一般。就像将东京的一部分截取下来，放在了农田的中间一样。

昨天下午，在大宫自行车场，当奥泉从车上掉下的那一瞬间，他就已经有了死的决心。自己要给自己的人生做一个了结——当时还觉得这突然产生的想法非常不错，于是立刻在车站前买了永吉的磁带和绳子。作为自己最后的晚餐，去烤肉店点了三盘平时只舍得吃一盘的猪软骨。喝着当时认为是今生最后的一口酒，觉得美极了。原本只打算喝一杯啤酒，结果喝了三杯，而且又换着喝了烧酒。走出烤肉店时，兜里一张纸币都没剩下。醉醺醺的也没法开车，于是就在车里睡了一觉。

今天一大早就开始忙着四处寻找求死的地方。虽然是毫无目的地转悠，可他还是注意到车子所剩的汽油已经不多，因此并没有开到更远的地方去。

于是他翻过扶手，站在山坡延伸出的地方。大概有一百米吧，跳下去的话，身体一定会摔得粉碎，脑浆迸裂。秀吉为了让颤抖的膝盖变得平静，做起了屈膝伸展运动。

好的，他用双手拍了拍脸颊，又向前迈出了一步。先观察一下下面的道路吧，要是有很多人经过的话，就不跳了。要是跳得不好，还会连累到别人。要是摔在过路老头身上，压死了人，就更不行了。

他花了五分钟来确认是否会有人通过，可这段时间里只有一个小孩经过这里而已。道路还未完全铺设好，路面上有许多小石头，踩在石头上还是会很痛。

“好的。”秀吉说道，“再做一次伸展运动吧。”

在完完整整地做完一次膝盖伸展后，他再次向下望去。在多次俯瞰期间，他突然开始在意起角度问题。仔细一看，这个悬崖的角度并不垂直，有一丝的倾斜，斜面还随意生长着草木，有几处还有树枝突了出来。要想掉落的过程中不被树枝挂住，实现完美的垂直落地的话，必须要向外飞出一米，不，两米左右，似乎需要稍微地练习一下。

于是他再次回到扶手内侧，用小树枝在地上画了一条线，开始练习跳跃的幅度。

第一次，只是用步子来计算，大概一米半。

第二次，一米七八。

第三次，可惜，大概在一米九五左右。

到了第四次，他已经能轻松跳过两米了，可为了保险一些，他还是练习了十次，可膝盖却越练越疼，最终又恢复到一米半左右。看吧，不行啊。因为不能跳得很远，只能很遗憾地中止了。

不知不觉间他已经满头大汗。在春风的吹拂下，虽然一身大汗，心情却依然舒畅。虽然舒舒服服地出了一身汗，可却不得不立刻面对死亡。想到这里，汗水就渗入眼中。

可现在已经没有退路了，也没有力气去思考其他死法了。当时那个收债的小流氓抓着秀吉的领口说道：“要是再不还钱，就把你的肾卖了，肝卖了，眼珠卖了，脑子、心脏都卖了。”

这绝不是开玩笑。秀吉很讨厌医生，虽然他连阑尾手术都没做过。可和切割身体中的器官相比，还是死了更好。

还是说继续“重操旧业”？不，做小偷的话，大致能算出收益多少。按照以往的经验来看，如果去那些家中没人的房子，一户大概能偷五六万。想要还清所欠的三百二十万，就必须偷六十户。自己没那耐心一直做下去，而且这也很费时间，期间利息仍然在继续滚动。

想到这里，他已经不再去考虑欠债，自己已经是被警察到处追捕的人。自首吗？绝对不干。自己非常讨厌监狱里的生活，而且已经进去过四次了，恐怕这次被抓住的话，要待很长时间吧。难吃的伙食、三天才能洗一次澡，还有那些胡作非为的小混混，还有那些喜欢捅屁眼的变态。房间内充满一股混合了剩饭、大便、汗水和精液的臭味。即使服完刑期出来了，也不可能再好好工作。那样的话，又会再“重操旧业”，又会被再次送回监狱。反正都是这样一种恶性循环，不如现在就做个了断。

无家可归？这可不行。曾经一同赌赛艇的一位朋友在平和岛比赛结束后就过上了住纸箱子的日子，不到一年时间就变得疯疯癫癫。那样的生活给大脑带来的损伤要远超于身体。三天只能洗一次澡，对于爱干净的他来说，不洗澡就无法生存。

秀吉继续思考着关于终结自己一生的方法，干脆自焚吧。带着对这个世界的怨恨，通过自我虐待的方式，还具有向社会表达抗议的意思。然而茂君似乎说过，烧死是最痛苦的死法。

自焚？不错啊，是一种壮烈的死法。相信大家都会赞叹我的勇气，哈哈哈。秀吉脸上浮现出悲壮的笑容。老板和老板娘也都会原谅我的罪孽，哭着原谅我所做的一切吧。虽然茂君说自焚很恐怖，可一想到继续生活在这世上的痛苦，就觉得没那么恐怖了。虽然不恐怖，可遗憾的是这里没有汽油。哈哈哈，真是遗憾啊。思想正在空虚的秀吉目光一下子停在了樱花树下，灯油桶，装得满满的灯油桶。哈哈哈，当做没看到吧。

割脉怎么样？虽然和自焚相比欠缺一些魄力，而且是一种被男子汉所不齿的自杀方法，不过都没多大关系了。好，就这么办。

于是他回到车边，打开后备厢，里面放着安装管线用的工具和工作服，还胡乱放着一些其他东西，乱糟糟的像一堆等着被丢弃的垃圾。秀吉和老板都很讨厌整理整顿，从这一点来看，他们的性格还有些一致。

他从胡乱放着的工具中取出一把切割刀。这是一把工务用的大型刀具。推动刀柄上的圆形钮，就会亮出明晃晃的刀尖。看上去有些锈迹，他想用指尖试试锋利度，可手却抖个不停，刀子一滑，结果深深地切到了手指。

痛痛痛。哇，流血了。从淡红色的皮肉的切口处，有血流了出来，而且越来越疼。痛痛痛。他急忙拿起手边的破布按住伤口。痛痛痛。

算了吧。秀吉下定的决心又作废了。痛的方法还是不要试了。只是切到手指就这么痛，看来还是受不了疼痛。算了算了，上吊、跳崖、自焚和割脉都不行。

秀吉一边弯着腰在车子中寻找创可贴，一边想着：死看来并不舒服。可是自己却有求死的意志，那么最舒服的死法是什么呢？

已经没钱去买安眠药了。被电死？车子的蓄电池应该有电，可是却不知道应该怎么做。齐藤工务店虽然是一家小店，涉及的业务范围却很广，而且老板似乎也曾被NTT委托过工作，可缺乏电气相关基础知识的秀吉只能负责安装管道。看来不好好学习，连死都死不了。

他在车子中翻箱倒柜地找到了一根塑料管子，于是一下子想到：对啊，一氧化碳啊。只要将管子连接汽车的消声器，然后将另一头插入车里，只给窗子留一个小缝隙，将管子塞进来，这样就行了。虽然自己在工作中经常被老板训斥，可这种程度的配管对于我来说是再简单不过的了。

秀吉独自点了点头，只能这样了。这种方法又舒服，而且听说死相也不会很难看，皮肤还会呈现出粉红色。在樱花树下，在散落的樱花花瓣中，呈现出樱花颜色永远长眠的自己——这样的景象，给秀吉带来一种自我陶醉的刺激。好的，就这样做，而且在等待死亡的这段时间里还能听着永吉的歌声。OK，这下总算拿出干劲了。

“OK。”他像永吉一样卷着舌念叨着。可是，这份干劲也只维持到将一切必要物件全部准备妥当为止。

一切准备妥当了。难道说所有材料真的都已经准备好了吗？施工用的材料本来应该用得一干二净的，为什么会留下这么多隔音型盐性排水管？为什么排水管会和车子消音器的直径如此吻合，而且还有几个连接用的接头？就如同参照《工务店轻轻松松提高作业效率》的说明书一样，一下子组装起来就行了。

伸进车子的那部分应该无法用这种管子吧。想要吊得高一些的话，好在后备厢里还有一台吸尘器，正好可以用吸尘器的软管。那或许是老板经常被老板娘臭骂，为了经常清洁车子才放在里面的吧。平时总是放一些垃圾，这次是真的打算杀死我吗？

当他慢悠悠地将软管伸进来时发现，又没有胶带。

秀吉长出了一口气，Lucky！——不，倒霉。然而，却没有任何替代品。看来要中止求死的计划了吗？要用最后的六百日元赌在弹珠上吗？需要连庄两三次，那么手上的钱就能再参与一次大宫自行车赛——这一阵，秀吉的脑子里净是想的如何让六百日元变成三百二十万日元的方法。可是，面对这几乎为零的概率，他再次长出一口气。然后又憋着气，还是不行吧。

好，再赌得简单一些吧，或许这是我最后一次赌博了，是关乎生死的一次。

在这座山丘前的道路上，应该有一家便利店。如果那里没有胶带卖，就是我赢了——不，是我输了。如果有胶带卖，那我还是就死在这里吧。好，就这样定了，就这么办。

虽然这里离便利店有些远，可他还是决定步行，慢慢走过去吧，一边看着道路两旁的风景，或许是最后一次看这个世界了。

虽然是打算慢慢走过去，可下坡路却花不了多少时间，不到五分钟就下来了。然而，秀吉就如同按照文字指示走向刑场一样，当能够看到道路对面的便利店时，他加快了脚步。这是一间立在田间道路的未曾听过名字的便利店，很小，看上去很破旧，别说胶带，应该连透明胶都没得卖。

穿过自动门，一走进店里，就觉得果然如自己所料，没有找到胶带。原本呼吸困难的胸口一下子变得轻松，就如同一颗大弹珠一直压在肺部，一下子释放出来的感觉。他飞快地穿过货架，正要走出这家店时，向正在收银台前工作的店员小声说道："真恼火啊。你们至少应该有透明胶卖啊。"

店员看着站在门前的秀吉的背影，鼻子开始哼着《何年何日》，说道："有的。"

秀吉如同将接头扭紧管道时一样很机械地转过来。

"什么？"

"透明胶，我们有。"

"啊……有啊？"

"在那边货架的最下面。"

"不能是纸的哦，一定要是塑料的。"

"是的，我们有。"

本来没有要求，可店员还是离开了收银台，从店里位于角落的货架处取出了透明胶，交到了正呆呆站在那里的秀吉的手中。

“三百八十日元。消费税另付。”

秀吉手中拿着透明胶和找回的零钱，迷迷糊糊地走出了这家店。在进入店里前，原本闪耀着春日阳光的风景，现在看上去变成了单调的冬日景色。头脑中正吹着干风，就如同位于山间故乡的小镇上平日里吹的风一样。

一片空白的脑海中，首先浮现出的是这样一句话：“就当做没得卖吧。”

这次关乎生死的赌博，不能自己随随便便就决定了，而自己也没和任何人约定。逃走吧，心中似乎还有另一个人对自己呢喃道。扔掉透明胶，逃走吧。

然而，这时秀吉的思考却停止了。到底应该往哪儿逃呢？车子的油表显示灯已经开始闪了。不行，还是不行。

这时他想到了烟，想要猛抽几口。他发现了位于路旁的自动贩卖机，于是像一具僵尸一样拖着脚步走近。本来自己喜欢抽七星，可由于害怕得肺癌，只好选择最轻柔的一款。这时他却迷惑了，还是就买最轻柔的吧。在正要投入硬币时，发现自己只剩下两百三十六日元了。不知道五日元和五十日元的能不能骗过机器，于是先试着把钱全部投了进去，结果还是失败了。

混蛋，连自动贩卖机都瞧不起我。秀吉穿着安全鞋一个劲地猛踹着贩卖机。

在慢慢重新登上小山丘的途中，秀吉开始思考自己这三十八年，最后只剩下两百三十六日元的人生。或许是好事吧，现在一无所有了，真正的一无所有。

他开始一点点地回忆起，自己十五岁时就因为殴打继父被赶出家门。在打老板的时候也没有手下留情，而且也不是徒手打的，用了四角形的木材。如果有金属的话，当时应该也会用吧。谁叫他一喝醉就要打自己，还有母亲和弟弟秀次呢。

来到东京后打算找工作，可却没有人愿意雇用一个来历不明的十五岁的孩子。好不容易找了一份能够包住的弹珠店店员的工作，结果暴露了自己的年龄，只干了三个月就被解雇了。曾经在冬天里没吃任何东西，在公园的长椅上躺了三天，后来抢了旁边椅子上坐着的老太婆的包，跑了。当时拿出包里的钱包一看，也只有两千五百日元。

十六岁就进了少管所。二十二岁第一次进监狱。接着又被判入狱三次，直到两年前才服刑完。

在监狱时曾读到一个故事，只不过偷了一片面包就被当做大坏蛋的男人的故事。我也一样啊。内心的堤坝就是由一个小缺口开始崩塌的。什么？那本书的名字？啊，什么什么的。啊，啊，玫瑰色的人生？不对不对。花的应援团？不对。啊，不管了。

在监狱时经常看书，因为也没有其他事可做。许多重要的事都是在监狱里学会的，都是从茂君和其他服刑人员，以及从矫正图书中学到的。

曾经读过一名叫萨特的外国人所写的书。记得书中曾这样写道：“对人来说，没有任何存在的理由——”

他觉得这家伙真是白痴。接受过高等教育，学了几十年，才注意到吗？这种事，秀吉小学时就明白了。

在第三次的刑期结束时，他被保护观察官介绍给了老板。虽然自己称他为老板，可好歹也是齐藤工务店的社长。老板娘是专务。员工除了秀吉外，还有一个人，就是同样有前科的茂君。

老板有点像自己去世的父亲。不是那个发酒疯的白痴，而是在秀吉八岁时就去世的亲生父亲，是经常说着“要成为能够夺取天下的男人”，却给自己取了秀吉这样一个不着调名字的亲生父亲，可他却是一个很温柔的人，经常在赛马场请秀吉和秀次喝猪肉汤。别说取得天下，要是他知道自己的孩子成了一名入室小偷的话，一定会躲在草丛中哭泣吧。如果还能回忆起什么的话，应该就只有那碗猪肉汤了吧。这是自己和秀次两人一同游玩的记忆。啊，够了。在这样回想下去就不能开始了。

于是他拖着沉重的双腿，又开始思考能够比一氧化碳自杀更轻松的死法。可这次却什么都想不到。

虽然自己是迈出一大步，后退一小步这样走着，却还是来到了小丘上。

反正都没有人，即使车万一被盗了，也没关系。不，万一有人愿意来偷的话——想到这儿，虽然钥匙还留在车上，可那辆破旧的卡罗拉还是一动不动地停在原地。

他按下驾驶室一侧车门的操作按钮，右边的挡风玻璃打开了五厘米左右。将盐性管一头连着吸尘器的软管伸了进来，然后用透明胶塞住了缝隙，就如同平日工作时经常撕开连接胶带一样，是极其简单的动作，因此不需要任何思考，手自己动着。头脑一片空白，沉默地继续着作业。这是进行自我了结的作业。

在多次将透明胶重叠粘在一起后，总算只剩下一丁点了，秀吉又开始陷入烦恼。除了死以外就没有别的路了吗？然而他越想，越是浮现出一个个自己应该去死的理由，而不用死的理由却始终想不到。

不想死。虽然自己是这样想的，可是身体却背叛了自己的内心，双手依然在不停地贴着透明胶。谁来阻止一下啊！他虽然不由自主地看了看四周，可是在这处被小镇遗忘的公园里，和来的时候一样，连一个小孩都没有。秀吉开始侧着耳朵想要听听是否有脚步声传来。

"嗯……"

有声音，并不是耳鸣。证据就是再听一次，这次一定能听清楚。

"嗯……"

他从车里透过后窗玻璃向外看去——有人睡在车后座上。

于是他打开车门，看见一只半露在裤子外面、像牛蒡一样细的小脚——是一个孩子。

"喂……"他一边喊着，一边摇动孩子的身子。

“喂……”他再次大声叫道。孩子也很不耐烦地“嗯”了一声，原本露在外面的脚也一点点地缩了回去。

就在秀吉第三次提高声音的瞬间，孩子突然起身，像浣熊一样用双手揉着眼睛。他是从何时开始睡在这里的？前面的头发剪得很整齐，可由于睡得太久，有些向后翘，看上去像立起来一样。孩子用似乎看着梦境，无法集中视线的眼睛回看着秀吉的脸庞，并没有露出吃惊的神情，只是哧哧地笑着。

“我肚子已经很饱了……”

他一边嘀嘀咕咕地说着，一下子又翻了白眼再次倒下去。

“喂……”秀吉抓住他的脚踝开始使劲摇晃，而孩子细小的身体就如同断了线的木偶一样，左右摆动着。仔细一看原来他还抱着一个和自己身体同样大小的包。他有几岁呢？没有孩子的秀吉完全弄不清楚。

“喂……起来！”

秀吉钻进车里，靠近小孩的耳朵大声叫着，孩子总算是微微睁开了眼。这是一对有明亮黑眼珠的大眼睛。一对大大的招风耳从脸颊旁飞出，看上去像一只穿着儿童服装的食草动物一样。

“你是谁？”孩子一下起身问道。

“应该是我来问你吧。”

“这是哪儿？”

“我的车。”正确来说，应该是我偷的车。

“啊？”孩子环视了一下四周，擦了擦嘴边的口水，又倒下了。

“别睡啊！”

“呼……呼……”

秀吉再次把孩子叫起来，并将他拉到车外，而孩子则只是呆呆地站在那里，即使是站着也是半梦半醒的状态。秀吉用手指着像青蛙一样半眯着眼、打着哈欠的孩子的脸。

“我现在很忙。”他明明要死了，却还很忙。然后用手指着公园的出口，用吓唬人的声音说道：“快从那里出去。”

当背着小包的孩子的背影从视线中消失后，秀吉再次将透明胶拿在手中。唉！本来酝酿好的情绪，却被干扰了。于是他继续拉扯剩下的那点透明胶，可是却发现已经没有地方能够再粘贴了。秀吉深深地叹了一口气。接下来该做的就是插入磁带，点燃引擎，再接下来——

“你在干什么？”声音从后面传来。回头一看是刚才的小孩。

“不是叫你出去吗？”孩子正好奇地看着从消声器伸出来的盐性管。秀吉想要将管子遮住于是站了起来，为了吓唬孩子，露出了可怕的表情，“你在这里干吗？”

“我正在去补习班的路上。”

“那好，快去！”

这么小的孩子就开始上补习班？在被强迫学习之前，他至少应该具备不会随便上别人车的素质吧！秀吉从未上过补习班，因为光是缴学校收的餐费就已经让母亲够戗。

“我已经迟到了……于是自己决定放个假，所以不想去了。”

“那好，快回家吧。”

他看见孩子背着的小包的口袋里塞着一部手机，莫名地有些生气。小孩子真讨厌，尤其是那些看上去很幸福的小孩。居然给这么小的孩子都配了手机，用有线电话就应该够了。秀吉和这孩子相同年纪的时候，家里连电话都没有。家里能有这个闲钱吗？而且刚才他就注意到，孩子穿的衣服是在百货公司橱窗里展示的所谓的高级新款。混蛋，我连买一包烟的钱都拿不出来。

这时，他突然灵光一闪，就如同在弹珠店中了大奖一样突然转变，涌现出了比在自行车比赛场想到求死时更强烈的想法。

秀吉慢慢转过头去看着孩子，脸上已经不再带有威吓的表情，而是拼命地挤着微笑：“喂，小孩，你的家在哪儿？”

“啊？”孩子向后退了几步，发出了如同猫叫般的声音，显得有些恐怖，然后像机器人一样向后走去，消失在樱花树的阴影之中。

切，失败了吗？秀吉咂着舌头。然而孩子似乎并没有害怕，从树荫处传来他响亮的声音：“在那儿。”

秀吉走到了樱花树的另一侧，在他企图跳崖的另一边，看到了一排排民居。孩子正用手指着眼前的那片风景。

“那栋有绿色屋檐的房子就是我家。”

这是一片很宽广的、和刚才的另一边少许不同的风景，都是在东京很难见到的一户一户的、家家都有一个大院子的有钱人家居住的居民区。然而，他却并没有发现哪家的屋檐是绿色的。

“绿色屋檐？这个……”他本来想要慌慌张张发出的声音又被自己硬生生地吞了回去，“小孩，我没有看到绿色屋檐的房子啊。”

“在那儿。”

他看着孩子的指尖，将视线顺着方向望去：“……是那一栋吗？”

其实他并没有看见。那里只有一座看上去并不像民居，而是有些像酒店或市民活动中心的房子，被高高的围墙围着，就如同一座位于城中的要塞般的建筑。这栋建筑的屋檐的确是呈浅绿色，相较其豪华程度，其他房子看上去就显得又破又旧，其面积之大也大大超过了周围的房子。有一处像运动场一样宽的庭院，看来这家人的钱是多得不知道该怎么花了吧。想到这儿，秀吉露出了淡淡的微笑。

“啊，是的，就是那儿。”孩子微笑着回答道。

“你爸爸是干什么工作的？”

“在公司里。”

“公司员工？”

“不，自己的公司，是社长。”

“啊，果然，是社长啊。”总算找到自己不用死的理由了。

“叔叔，你笑什么？”

“没有，没有。”运气来了。秀吉的脑海中回想起了茂君曾说过的话。

茂君最新的刑期是五年，罪名就是拐带未成年人谋取赎金，也就是绑架，应该是有无限的悔恨吧。茂君一进监狱就开始收集本来就很匮乏的信息，开始在监狱中继续制定完善一套完美的绑架计划。

“啊，可惜我现在已经是阶下囚了。多想再有一次机会啊，只要再给我一次机会，一定能成功。有过一次经验，已经非常了解警察的手法，他们有几项铁则呢。我告诉你吧，说不定什么时候就能派上用场。第一条——”

秀吉在监狱劳动的休息时间，或是在球场的观众席，在偷偷用抽红茶叶来代替香烟时听到过，于是一下子就想到了茂君的“完全绑架法则”。的确，法则之一是这样说的：首先，要有一部手机，绝对不要暴露自己的身份。现在有手机了。

第二，不要以认识自己的小孩为目标。警察处理绑架事件时，首先进行的就是搜证，会先梳理一遍被拐者的朋友、熟人、身边的可疑人物等。

这也没问题。秀吉立刻看了看眼前这位第一次见面连名字都还不知道的小孩，他正蹲在地上继续玩耍着。

第三，不要在本地下手，但必须熟悉下手地区的地理情况。

后面这部分多少有些欠缺，不过也没问题。现在一切都万事俱备了。

秀吉又开始学永吉瘪着嘴念道：“All of ok。”

迄今为止，以获取赎金为目的的绑架还没有人完全成功过，秀吉是了解这一情况的。而且迄今为止还没有绑架犯要求低于目标价值的赎金，自己或许能成为成功第一人。

秀吉像武士一样颤抖起来。当从快要死了的强迫意识中解放出来后，他全身的血液开始猛升。绑架——我人生最大的犯罪。因此，这是一场关乎我人生的赌博。

于是他蹲下来，朝孩子露出微笑。由于是勉强挤出来的笑容，脸颊有些微微抽动。

“小孩，你叫什么名字？”

“jyou.”

“汉字呢？你光说音我怎么知道。”

“篠宫。”

“啊，好名字啊。几岁了？”

“六岁。”

“啊，不错的年纪啊。”

“叔叔，怎么了？你脸蛋有些抽搐哦。”

“啊，是啊。”

2

篠宫多香子在庭院里摘完迷迭香，又回到了放着休闲椅的露台，法式窗户的另一边似乎映现出了用人的脸庞。

“夫人，您的电话。”

“是谁打来的？”

“对方说话很快，我没听明白。”

用人佐藤摇了摇头，露出困扰的神情。的确，她是来自印尼的人，语言也还并不熟练，而手中拿着的无绳电话里传来了高亢的男性声音，的确说得有些快。

“喂喂，是孩子的妈妈吗？我是KO进学会的藤本。我明白您孩子已经考入了希望就读的学校，你们现在也已经安心了，可是，孩子刚考完的这段时间才是最关键的。虽然好不容易考上了，可还是有可能在以后的学习中掉队。现在是非常关键的时期，今后还请务必来我们补习班。”

这是孩子补习班的老师打来的，一通让人完全搞不懂的电话。大意就是自己家的孩子已经通过了人学考试，老师担心他以后就不去补习班上课了。同样的话，在孩子考上期望的私立小学后也曾听到过。当时是劝家长让小孩参加春季特别补习“中学考试挑战讲座”，现在估计又是同样的内容。

“那么，你还有什么重要的事吗？”

“今天没有见到他来上课，所以明天务必前来。”

“好的。”一说完，多香子就挂掉了电话。

什么啊，刚才的电话……多香子一边嗅着迷迭香的香味，一边慢慢思考着，在走进厨房时突然想起男子最后说的话，然后慢慢侧着头。“今天没有见到我们家小孩吗？”她侧着的头又回归原位的同时，淡淡地笑了。不可能的。为了让男孩子变得强大，从小就要培养他的自立之心，这是丈夫智彦的教育原则，因此从半年前开始，家里就不再用车去接送孩子了，而且只是将孩子送到家门口。不会错的。

“佐藤，孩子今天有去补习班吧？”

正搅拌着炖锅里食物的佐藤回答道：“是的，少爷是出门去补习班了。”

“对啊。这老师真奇怪。”

应该就快回来了吧。因为今天上午的课应该结束了，自己还和佐藤一起特意准备了孩子最爱吃的扇贝和菠菜做的什锦菜。

“真是个奇怪的老师……”

她将迷迭香插入了装着水的杯子。这时多香子才开始呆住了。难道说，孩子遇上了事故……

电话再次响起来。

啊，不行。当听到等待音时，秀吉慌慌张张地挂掉了电话。如果对方使用了来电显示，那么这边的电话号码就会暴露。

改用手机的非通知模式吧。就用孩子的手机，这并不是儿童专用的轻便型手机，而是具备各种功能的好机子。待机画面还是哆啦A梦呢。

秀吉很久都没用过手机了。由于欠费太多，从七个月前就没有再缴费，因此业务也被停止了。反正只是不能让自己进行电话投注而已，而且那款手机也太古老了，操作起来还有些不顺手。

那么，好了，手机也没问题了。可是，你自己准备好了吗？想要收手的话就是现在，他这样试着问自己。于是脑海中浮现出了有着秀吉样子的天使和恶魔的形象，而恶魔的秀吉正使劲勒着天使秀吉的脖子。正如茂君所说，天使都被射精射出去了。好的，干吧，就是现在。

电话簿里只有两个记录："篠宫"，"补习班"。

选择"篠宫"，按下按钮。

现在已经不能回头了，秀吉深吸着气，听着等待音。

或许是因为害怕，觉得第一通电话的等待时间太长了。而对方接起电话后自己应该说的内容，也已经练习过多次了。再练习一次吧。"孩子在我手上，想要回孩子的话，把钱准备好。""如果想孩子活命，就不要报警。"

等待音停止了，传来的是对方拿起听筒的声音。秀吉吞了吞口水。

“你好。我是蓧宫。”

电话的另一端传来了女人的声音。一想到对方应该是位美女时，他不由得背脊感到有些发凉，可是，对方的声音却显得格外冷静。秀吉再次吞了吞口水。为了能让自己的声音不带有特征，虽然长年的东京生活和监狱生活已经让他不再带有地方口音，可为了以防万一，他还是捏住鼻子说道：“喂喂，是蓧宫女士吧？”

这时稍微停顿一下。

“是的，请问您是哪位？”

“啊……”是齐藤工务店，他差一点就照平时的固定模式说出来了，于是他慌慌张张地说出了接下来的话。

“对啊。我是谁呢？”

听着自己捏住鼻子发出的声音，都会觉得自己可怜。

“您是三越的外商吗？”

“很遗憾，不是。其实，夫人……”他想将声音放低一些，显得更能充满杀气，结果却变成了像唐老鸭一样的声音。

“那是东和银行的人？”

“不是。”

“我知道了，是县议员福泽先生吧。”

他无视这个女人在电话另一头的话语，捏着鼻子继续说道：

“你们家的孩子还没回来吧？”

“是的，已经到了该到家的时候了。啊，您为什么会知道？”

“嘿嘿嘿……”秀吉发出意味深长的笑声。这正是自己一开始预想的台词。接下来他开始为了品味自己说话的效果，接着说道：“在我这里……你们家的孩子，哈哈哈。”

这时电话那头应该会传来让人想要捂住耳朵的悲鸣。于是他将电话远离自己的耳朵。然而，事实并非如此。

“啊，果然如此。非常抱歉，我们家的孩子给您添麻烦了吧？”

“不，不是的。”现在该怎么解释呢?“他现在在我车里。”

说完这句话后，他就后悔了，首先他告诉了对方自己有车。女人长吁一口气，似乎吹得秀吉的耳朵痒痒的。

“他总是这样，随随便便就进入别人家的院子或房间。现在还让您开车送回来，真是不好意思。其实您只要说一声，我们就会去您府上接他，实在太抱歉了。”

“啊，不，不是这么回事。”

现在对话有些跑偏了，干脆单刀直入吧。

“现在是绑架哦。我把你的孩子绑架了。”

“进学会的劝诱？”

“不是，诱——拐——！把孩子拐走！”

“哎呀，哎呀。”

女人的舌头总算开始打转了。

“吃惊吗？”

“别开玩笑了。”

“把钱准备好，不要报警。”

“好的，好的。明白了。”

“你不相信吗？”

“您是福泽先生吧，老是开玩笑。您说的是参选要用的钱吧。”

“不是！”

已经急不可耐的秀吉一下子忘了捏住鼻子，发出了自己本来的声音。

“我没有开玩笑。我是绑架犯。”

停滞了十秒左右，电话的那一头传来了喘息的声音。

“真的吗？是真的吗？”

“是啊，刚才就说过了。”为了让自己的声音听起来更残忍，秀吉撇着两片嘴唇，用牙齿缝隙发出来的声音回答道，“想让孩子能平安回来的话，就把钱准备好。”

“可是……难道……真的是我家的孩子……你是认真的？”

“当然。”他回答得很干脆，然后将后面想要说的话吞了回去。“理所当然地干脆”，这是一个比较老的冷笑话了，似乎和他的年龄有些不符。

“那，孩子……没事吧？”

“啊，至少现在是。”

完全没事的孩子正坐在副驾驶的位置上玩着游戏机，打着哈欠，心思根本就没放在正在随便用自己手机打电话的秀吉身上。

“声音……让我听听他的声音。”

这是带着哭泣声的要求。看来这个女人终于开始担心了，终于开始有了一个正常母亲应该有的反应。

“请让我听听孩子的声音。传助的声音，传助。”

“……传助？”

他用手遮住手机的对讲口，朝着车窗里的孩子喊道。

“喂，小子，传助，是什么？”

“我的名字。”

“你刚才不是说你叫jyou吗？”

“啊，那是我的外号。我很像斗剑传说Ⅱ里的少年战士乔·波波。”

原来，孩子的名字是传助啊。这么说这部手机持有者的名字叫篠宫传助。于是他再次将手机放到耳边，女人已经泣不成声。

“我应该怎么办？应该怎么办？”

而赎金的金额还没确定，因为他想先试探一下对方的底细再来确定。当他开口说“拿一千万”时，觉得自己的气势不够。于是一下子咬咬牙，再一口说出了“不，两千万”。

“啊，两千万！”

女人发出了吃惊的声音。可不知为何语气又开始变得冷静下来。

“我给你们时间去筹钱，要在傍晚前准备好。”

“那个，如果只要求这么多的话，现在应该有……”

太后悔了，不由得气自己。生来贫困的自己觉得两千万就是了不起的大金额了，可是这对那些有钱人来说，连屁都不如。于是秀吉接着说道：“那好，五千万。”

本来想开口要一亿，可是觉得说出口连自己都会害怕，于是最后决定了这个金额。其实无论要求的赎金有多少，被逮到的话，罪名都是相同的。

“哎呀，哎呀，这个……现在马上。”

哈哈，看吧，哭吧，继续哭吧。秀吉一下子产生出了施虐者的情绪。

“那……请让我听听他的声音。”

女人再次带着哭腔说道。哭吧，哭吧。

“只是声音……让我听听他的声音。”

秀吉将手机伸进车里，用手机天线碰到正在玩游戏的jyou，不，是传助的额头。传助的眉宇之间开始显得不高兴，回头盯着他。

“干吗啊，乔·波波要被干掉了。”

“电话，是你母亲。你和她说点什么吧。”

“那，妈妈，你还好吧！”

这是一句让气氛更加紧张的台词。

“我还会再打电话来的。听到了吗？绝对不许报警。”

说完这句话后，秀吉挂断了电话长出一口气。脖子流出来的汗水穿过背部，甚至流进了裤子里。他摇摇晃晃地回到驾驶座。乔，不，传助正睁大眼睛看着他询问道："为什么妈妈会打电话来？她生气了吗？"

"不……她哭了。"

"啊？妈妈哭了？"

"是啊，因为我让她听了你的声音。"

秀吉看着孩子的脸，冷冷地说道。

"果然不去补习班是不好的。"

"喂，看来你还不明白自己现在的情况吧？"

传助晃了晃脑袋。看来他还没明白。

"情况？"连这个词的意思都不明白。

"哈哈哈。我就是一直隐藏起来的坏蛋。我是坏人哦。哈哈哈。"秀吉脸上带着坏笑，露出了符合坏人的表情。

"哈哈哈。"传助也笑着回应道。

"不许笑。"

"可是，完全看不出来。"

秀吉不由自主地摸了摸自己的脸。是啊，虽然自己外表并不出众。而且老板以前也常说，要先将脸上的前科消除掉。

"可是，我真的是坏人哦。只要你老老实实的，我就放你回家。如果你乱来的话——"在些许迟疑后，他接着说道，"那就有你好受的。"

传助的眼睛睁得圆圆的。虽然这个小孩的脑子有些迟钝，可好歹也上过补习班，应该明白秀吉这番话的意思吧。他歪着圆乎乎的脸蛋，看上去就很任性，到底还是个孩子啊。接着他就开始哭起来。

“我会老老实实的，我会老老实实的。”

传助的眉毛纠在了一起，哭泣着。

“啊，只要你老老实实的话……”

“不要让我回去。”

“……嗯？”

“我讨厌那里。我不想回去。我是离家出走的。”

秀吉手中的手机一下子掉了下去。

“离家出走？”

“嗯，我还带着行李，装成去补习班的样子。”

怪不得那个小包那么重、那么鼓啊。传助打开包，里面塞满了零食、玩具和漫画书。

“你为什么要离家出走？”

与其说是离家出走，不如说看上去却像是远足。

传助又将零食口袋全部塞了回去，同时还学着大人的样子长吁一口气。什么啊，难道他和我一样？

“下周我就要去上小学了，是一所私立小学。可我想和周围的朋友念同一所学校，也不想再去补习班了。想和大家一起玩。”

“原来如此。我明白了。”

虽然并非全部明白，可秀吉还是点了点头。虽然自己从未相信过上帝，可如果上帝真的存在的话，现在他就想将双手交叉放在胸前，向上帝祈祷。有钱人家的孩子带着手机跑了出来，而且，这个孩子还说自己不想回家。自己的好运就如同做梦一样。

看来运势变了，就如同玩弹珠和赌马一样。在一段运势不济的日子之后，突然来一个大翻盘。这次能成，连老天都在帮我。

“爸爸完全都不肯听我的话，而妈妈又对爸爸言听计从。补习班的老师也是，明明刚考完，又说接下来才是关键时刻。藤本老师总是这样说，一年到头，都说接下来是关键。我再也不要这样……”

传助像小鸟一样唧唧喳喳地不断倾诉着。秀吉却一点都没听进去，却露出了明白他内心想法的善良叔叔的表情，不住地点头。

“是吗？这样的话，是爸爸不对。”

“你也这样认为？”孩子望着秀吉的脸这样问道。

“是啊。”虽然自己什么都不明白，可还是坚定地回答道。

“嗯，好的，明白了。那我就让叔叔你来帮我离家出走吧。叔叔一定也是因为各种原因才踏上了旅程吧，那就请带上我吧。”

“哦？真的吗？”

“是啊。”

秀吉每当撒谎时都会不自觉地挖自己的鼻孔。

“多少就够了？”

“嗯？”

“刚才不是说过了吗？你可不能说话不算话啊。”

想要理解传助的话，需要花几秒钟的时间。

“啊啊。”看来这小子完全不明白自己已经被绑架了这件事啊。

“嗯，的确如此。要踏上旅程需要钱啊，可是却要让一个小孩子出钱。不过，多少还是想让他拿一些出来……”秀吉抄着手，摇头晃脑地思考着，“那么你现在带了多少？”

传助从包里取出钱包，很不熟练地打开。虽然这只是小孩用的钱包，却是用真皮制成的。然后看了看里面，有一张一万日元的，两张一千日元的。果然是有钱人家的小孩啊，出门带了这么多钱。

“啊，这里还有。”传助又继续翻着口袋，找出了一个信封。

“这是给补习班的学费。”

拿过来一看，里面塞了几张一万日元的纸币。啊，感谢上帝。谢谢你赐给正在困惑的我这样一个带着手机、钱包、信封中还有现金的不想回家的小孩。

传助带着不安的神情看着正用颤动的手指数着信封中万元钞票的秀吉，担心会不会因为金额太少而被赶走。而秀吉则已经安心了。

“嗯，虽然有些少，不过算了。那么，作为你旅途上的费用就先由叔叔给你保管。不用担心，如果不够的话，我会帮你出的。”

“谢谢。”传助的脸笑得像油炸豆腐一样。

“没什么。”其实只有两百三十六日元。“那么把你的手机借给我吧，旅行时还有许多需要联系的情况发生。”

“嗯，反正只是我在去补习班路上才用的东西。”

好的，好的，看来这孩子比想象得还要单纯。

秀吉用力地转动了车钥匙。三十分钟前的那次转动还是为了自杀呢，现在已经不同了。这是为了新的旅程，引擎发出了高亮的声音。秀吉双手紧握住方向盘，高声宣告道：“那好，出发！”

“出……”完全不了解情况的传助也大声附和着。秀吉踩下了油门才发现透明胶和盐性管都还没有取下，于是又慌慌张张地把车门打开。

先从这个山坡上下去吧，经过刚才的那家便利店，将车开进了一早就看到的加油站里。原本空空的油箱现在已经加满了。

在小商店里买了包烟。在寻死的时候还很在意尼古丁含量想买超轻柔型，这次毫不犹豫地买了包七星。不管怎么说自己现在是个大坏蛋，已经没什么好畏惧的了，不管是肺癌还是警察还是老板。

还买了一张埼玉县的地图，还经不住一直跟着自己的传助的哀求，给他买了泡泡糖。

或许是看上去就像父子俩，加油站的员工也没觉得秀吉和传助这两人组有什么奇怪。说起来，如果自己结了婚的话，或许小孩也该是这么大了。如果自己在第三次入狱前求婚没有被菲律宾酒吧的安娜拒绝的话……

那么，接下来应该去哪儿呢？他将车停在路边，拿出地图来边看边思考着。根据地图，现在已经远离大宫市了。总之，先离开这里吧。秀吉对自己意外的冷静吃惊。之前给小孩家里打电话的时候，手还有些颤抖，现在已经完全好了。或许是因为自己之前已经下过一次必死决心的缘故吧。

“人只要不怕死了，就什么都能做到。所以，伊达君，你要加油啊。”对秀吉说这番话的是他中学的美术老师。在自由作画的时间里，他画了一个浑身是血的人，好像当时想的就是要自杀吧。本来画的是老是殴打自己的继父的样子。然而，正如美术老师所说，人只要有了必死的决心，就什么都不怕了，包括绑架。所以，加油吧。

“接下来，往哪儿开呢？”秀吉试着询问道。坐在一旁的传助正悠闲地吹着泡泡糖。这个小孩完全不知道该如何怀疑人啊。面对第一次谋面的人一点儿都不觉得恐惧，反而还能如此平静。秀吉还是个孩子的时候，就已经会怀疑人了，总觉得其他人对自己来说是一个威胁，可是却不清楚有钱人家的孩子到底是怎样的。或者说现在的孩子都是这样？

“喂，我想去外婆家。”

传助吹大的泡泡已经破裂，泡泡糖粘在了脸上。而秀吉却装作没听见。

“总之，先悄悄地尽快远离这里。如果一直待在这儿，会被你家里人找到的，就无法离家出走了。”

“啊，对啊。”或许是打算将自己最重要的秘密拿出来分享吧，传助一本正经地点了点头。真是个傻瓜。

“好，出发。”

“出发喽。”传助的声音还是那么充满朝气。总之，出了加油站就左转，把车子朝传助家相反的方向开。

是啊，出发了。我新的人生开始了，突然逆转的人生。五千万日元，如果用这笔钱买一辆新版的卡罗拉回去的话，不知道老板脸上会是什么表情。应该会原谅我吧，或许还会让我回去工作吧。想到这里，秀吉露出了苦笑。五千万啊，有了这么大一笔钱，还需要回去听那个电气工程社长的安排吗？可以去国外，哪里都行。夏威夷、菲律宾？不，去拉斯维加斯最好。拉斯维加斯，赌博、酒和女人之都不错的地方，虽然自己从未去过。

秀吉开始想象自己在拉斯维加斯赌场，叼着雪茄，搂着美女的腰一决胜负的样子。到了那儿应该干些什么呢？玩花牌吗？想象一下自己拿了一手好牌，把系着蝴蝶结的不可一世的美国人的筹码全都赢过来，然后看他们懊悔抱头的样子。

Oh，no！突然，他回过神来。Oh，no！一下子踩下了刹车。

“干吗啊？”受到突然急刹的冲击，脸上粘满了泡泡糖的传助发出了不耐烦的声音。

“不，没什么。”秀吉虽然再次发动了汽车，可明显看得出，他握着方向盘的手正在颤抖。

失败了，带着传助进入加油站时就已经失败了。样子被人看见了。自己和被拐的孩子一起，被人看见了。而且还开着一辆写着齐藤工务店名字的车子。混账，混账。看来幸运并不会一直持续，看来我还是太嫩了。如果不更加谨慎、更加周到地行事，是不会成功的。先去一处没有人烟的地方吧。老板应该已经把车子报失了，所以必须尽早换一辆车。偷车可是自己的得意技能，只需要一根细铁丝就行。还有一件事，必须做了。

虽然是一件自己并不愿意去做的事，可为了从此逆转的人生，为了能够在赌桌上获胜的日日夜夜，这是一件必须去完成的工作。秀吉慢慢地将身子转向正坐在副驾位上的传助。

茂君的确曾经说过，完美绑架法则第四条。

“我之所以失败，是因为有了无聊的善心。不解决掉绑架的小孩是不行的。”

回顾茂君漫长的牢狱生涯，曾在大阪的监狱关了八年，罪名是谋杀。然而有这方面经验的茂君在说这番话的时候一脸平静，可对于因为殴打继父而被判伤害罪的秀吉来说，这却并不是一件容易的事。可是，却必须做。无论他有多么不想回家，他也只不过还是个小孩。你不清楚什么时候他会突然吵着闹着想要回去。因此，必须干掉他。

顺着农田地带的主干道一直走，来到了一个T字路口。秀吉左右看了一下，选择了风景看起来更冷清的一边，拐了过去。先找一处没有人的地方吧。

“想尿尿。”传助突然叫道。

“忍一下。”

“快憋不住了。”

“再稍微坚持一下。”

秀吉的声音越来越严厉。继续往前开了一段路之后，道路变得越来越窄，之前还星星点点分布在道路两旁的民居也消失了，道路的其中一边已经变成了树林。

秀吉把车停了下来。本来开到山里去会更好，可埼玉这一带，似乎再怎么开都不会有山。好吧，这个地方一般般，周围被茂密的树林所包围，附近既没有人家，也没有车经过。

“好吧，你就在这儿撒尿吧。”

传助捂着屁股飞快地跑出车外。秀吉一只手撑住方向盘，点上了烟。看来再也不能回齐藤工务店了，以前是一个偷车的小蟊贼，现在已经成了一个大坏蛋。自己曾经有过死的觉悟，人只要不怕死了，就什么都不怕了。对，包括杀人。

他露出一副冷酷加冷静的大坏蛋的样子，照了照后视镜。里面浮现的一定是恶鬼的表情吧。虽然他这样想着，可香烟的烟雾还是从长着长长鼻毛的鼻子中喷出来，镜子里出现的只不过是一个有着颓废面容的中年男人的样子。

只吸了两口，烟就吸完了，他打开车门。传助——不，不久之前自己连名字都不知道的萍水相逢的小孩，正脱下裤子抓着小鸡鸡在树下撒尿。望着他细细的脖子，只需拧一下就能要了他的小命。

再次环顾四周确认没人后，秀吉慢慢地走到孩子身后，将手伸向那细细的脖子。

3

大宫车站西口。三十一层的大宫索尼克城市大楼正映照在阳光下，即使是在白天，明亮的霓虹灯和人工光源都显得很有气势。圆盘形的瞭望台在半空中不停回旋，人声鼎沸的购物中心上面描绘着如同金属大蛇一样的新型城市交通曲线图，就如同B级电影中所想象的道德败坏的世界里未来城市的形象。

然而，就在不久前，这一带从战后一直都是一片小酒馆林立的区域。一旦进入到深处，还能见到一些残留下来的建筑。从篠宫兴产的办公大楼的某一处眺望，就能同时见到这座城市的两种模样。

位于六楼的社长办公室，篠宫智彦正珍惜地利用行程表上仅剩的一点空闲时间反复练习着推球。他将球放在阿拉伯地毯上，轻轻地击打。球呈一条稍微向左弯曲的曲线，滚到了墙边。墙前面立着一尊陶瓷的维纳斯像。叮……球碰到了维纳斯，发出了声音。

“好球！”篠宫身边的秘书及川像一条看门狗一样立刻走过

去将球拿回来。他个子不高，上半身却偏大，看着把衬衣撑得紧紧的及川，其实会让人想到拉布拉多或土佐犬。

及川将球摆好位置。篠宫又并不热情地击打了两三次。

他其实并不是特别喜欢高尔夫，只是明天有一场业界人士云集的高尔夫球赛。他所处的业界和其他业界一样，许多重要的事都是在高尔夫球场和俱乐部里决定的。虽然明天是休息日，可他还是安排了晚上和大宫市的议员共进晚餐。或许明天应该驾驶小型飞机去高尔夫球场吧。他一边想着，一边把球击了出去。

力量有些大，球稍微有些偏离，球撞到墙后跳跃着反弹回来，直接击中了后面的维纳斯像，维纳斯像被击倒了，头也掉了下来。不好的预感啊。

及川还是像哈巴狗一样："打得真漂亮！"

篠宫没有一丝笑容地说道："不要什么都胡乱拍马屁。"

"是。非常抱歉。"

"不要什么都道歉。"

"是。"

电话响了，是给社长办公室安装的直通电话，知道这个号码的人很少。及川毕恭毕敬地拿起听筒："夫人打来的。"

篠宫一下子变得眉头紧锁。妻子多香子还是第一次打这个电话。自己以前曾严格规定不要打他工作场所的电话。多香子虽然不是任何事都对自己言听计从，可也绝非欠考虑之人。她应该不是那种会忘记嘱咐的笨女人。

“什么事？”篠宫拿起听筒，朝着电话的另一头略带怒气地问道。

“老公，老公，不好了！”

“怎么了？”

“那个……那个……传助他……”

“又受伤了吗？”篠宫在说这话时，表情没有丝毫变化。传助是一个老是受伤的孩子。两年前骑三轮车冲进了商店橱窗，全身缝了二十三针。去年又从幼儿园的房顶上摔下来，摔断了腿。半年前在练习空手道时，又因为脑震荡而住院治疗。

可是，篠宫不是一个会因为孩子受伤而动摇的男人。他绝不会像世上其他庸俗的父亲们一样，慌慌张张地赶去医院。对于篠宫来说，这世上最重要的就是工作和部下。家庭是第二、第三位。自己的这种观点，以前也是明明白白告诉过妻子和孩子的。虽然还不清楚到底发生了什么事，可是因为孩子的事情，给神圣的工作场所打电话这种行为是不能容忍的。

“不，不是的。绑架……是绑架……被绑架了！”

“冷静点说。”篠宫认为应该是自己听错了。

可电话另一端的多香子再次说出了同样的话——传助……传助……被绑架了！

“什么？！”开玩笑吧，我的孩子被……虽然一时之间难以相信，可多香子并不是一个会拿这种事来开玩笑的女人。虽然反应有些迟钝，却从不会为一些胡乱的事情所动的多香子，从声音里可以听出这件事是真的。

“冷静点说。一点点慢慢说。”

多香子告诉他，传助和往常一样，早上八点就出门去补习班，本来上午就应该回来。可就在五分钟前接到了电话。当然一挂断电话就打到这边来了。篠宫的视线落在了自己左手臂上的百达翡丽名表上。时间是上午十一点四十七分。

“是什么人打来的电话？”

“是一个男人。他是捏着鼻子说话的……让我们准备五千万日元。还说不准报警，如果报警的话……我们该怎么办？”

“传助没事吧？”

“嗯，我听到他的声音了，和平时一样。我听得出来。”

“嗯，那孩子就是这样，可能和我们的教育方式有关。可是，难以置信啊，到底是谁绑架了我们的孩子。我的——”

“老公，我们还是报警吧……”

“别说傻话。”

及川像一条猎犬一样侧着耳朵在一旁偷听着。篠宫让妻子在家里等着，说完后就挂断了电话。然后对及川命令道：“把我下午的行程全部取消，包括明天的球赛。”

篠宫智彦第一次打破了自己的原则，把家人摆在了优先于工作的位置。最后他又加了一句：“让大家集合。”

秀吉从后面座位取出了小铁锹，用视线环顾了一下四周。好的，没有人看见。

他钻进树丛，选择了一处远离路边的树荫下，开始挖洞。或许是因为深度还不够吧，他已经紧张得无法忍耐了。不能放弃，要将自己心中一切的烦闷都转移到土里。

他长吁一口气，然后又望着自己刚挖好的坑。虽然这时想将脸转过去，不愿看到，可却不能不看。到时候将土盖在上面，要盖得完全看不到一丝痕迹。土壤中传来的淡淡臭气让他不由得皱起了眉头，在他要埋尸的地方已经有落叶飘下来了。他再度环视了四周之后，就回到车里。

他将身体陷入驾驶位，点上烟，看着空空的副驾驶位，深吸一口之后，吐出烟雾。

“回来啦。”声音从后面的座位传来。传助正躺在上面，看着漫画。

“你在干什么？”

“没什么。”

“挖坑了吧。”

“啊……”

“大便吗？”

“唔唔，说的是些什么话……”

“大便，一定是，哈哈哈！我的推理不会错的，警长。”

传助正在看关于少年侦探的漫画。

“为什么？”

“因为……很臭。”

是啊，不好意思了。是大便。我是去大便了。在正要用手掐住传助脖子的瞬间，那股猛烈袭来的感觉并不是杀意，不知为何是一股想上厕所的感觉。或许是因为太紧张了，也或许是某种过敏性疾病。这小鬼运气真好，捡回一条命。就是在那一瞬间啊，运气真好——秀吉发现自己的话有些善良诙谐了，于是哧哧地笑起来。而传助也皱了皱鼻子，装作是在闻臭味的样子。

“真奇怪啊，我们都走了这么远了，你还拿着铁锹。”

“我有洁癖。”传助歪着脑袋，不太明白洁癖的意思，而秀吉也觉得解释起来太麻烦也没有在意。“我要是方便时被人看见，就会觉得浑身不舒服。”

“是吗？我倒没什么哦。”

“我怎么可能和小孩一样？讨厌就是讨厌。”

“那这样说来，我们家的凯撒和库拉乌斯大便每天都被人看。”

“谁？外国劳工？”

“狗。”

“不要拿我和狗相提并论。”

“凯撒大便很厉害的。真想让你看一次。”

如果再不止住，这大便的话题就没完没了了。秀吉转移了一下话题。“你们喂的什么狗啊？”

“杜伯曼犬。”

“真厉害啊。”看来即使他们家没人，也很难进去啊。“你父亲是什么公司的社长？”

传助摇着头回答道：“我也不是很清楚。”

对啊，从这小子的年龄来看，他父亲的年龄应该和我差不多，而且，居然住在那种像城堡一样的房子里。反正搞不清楚，工作应该并不轻松。

“住在那样的大房子里，吃着美食，想要什么就能买什么，这种感觉真好啊。”

为什么我会和刚才还想要杀掉的小鬼开始交流起来？我自己也不清楚为什么。如果太过了解对方的话，就很难忍心下手了。想到这里，秀吉就不再说了，于是将话题转为说教。

“关于补习班和学校的事你应该能够忍受吧。你离家出走还有什么不满的原因吗？”

他想将自己和秀次小时候的生活告诉给这个孩子。

“一点都不好，爸爸太严格。他希望将我培养成和他一样。好恼火，我不要变得像他那样。锻炼脑子，就去补习班。锻炼身体，就学习空手道。甚至还让我学西班牙语，太头疼了。”

“西班牙语？”

“嗯，说是今后做生活时会用到。”

“做生意吧。”

“对对，是做生意。”

“学西班牙语之前不是应该先学英语吗？”

“他说接下来要学西班牙语。据说是因为和哥伦比亚、秘鲁等南美国家的人打交道要多一些。进了小学还要学中文。”

“是什么工作啊？和贸易有关？”

“贸易？嗯嗯，好像有点像。好像是这么说的。”

在樱田史郎进入社长办公室时，其他主管都已经到了。虽然在篠宫的办公桌前放了接待用的椅子，可谁都没有去坐。所有人都围着桌子站着。他们都是篠宫兴产的干部以及旗下企业的高层。

并非召开定期例会，却将全体人员召集到一起的情况很少。樱田只是看了看站在这里的这些人，就明白一定发生了很严重的事。看到樱田进来后，篠宫轻轻地点了点头，开口说道：“不好意思，百忙之中召集大家。”

“不，没什么。”樱田比其他人要高半个头，他微微地缩了缩身子，鞠躬说道。樱田是子公司中最大的篠宫观光的社长，篠宫集团的二号人物。虽然他比篠宫小三岁，可他们已经有了二十年的兄弟般的感情。

一直等到樱田到了后，篠宫才从位置上站起来，环视了一下围在这里的这群男人们。头发都向后梳着，看上去面色白皙，就像歌舞伎演员一样，每个人带着难以想象的尖锐目光。

“各位，专程前来辛苦了。”

篠宫用惯用的男中音说道。他已年近四十，一手建立起并领导着这个集团。他的声音和一举一动，看上去虽然算不上是一个优质男人，可依然能给周围带来压倒性的魄力。

“其实这次是因为私事才将各位召集起来。劳烦各位……”

真让人吃惊啊，樱田还以为是工作上出了什么大问题。在樱田的记忆中，和自己有二十年交情的篠宫还从未有过因为个人问题而召集部下的情况。

“怎么了？出了什么事？小智。”

问这话的是具有长老资格的宫下顾问。能够用这种语气和篠宫说话的，在房间里的这些人中，也只有他了。篠宫顺着声音传来的方向看去，然后做出了并不适合自己的动作，在稍微迷惑之后，用低沉的声音说道：“是关于传助的。”

“少爷怎么了？”

“被绑架了。”

男人们突然一起开口发问。

“绑架？”

“怎么会？”

“难以置信。”

“到底是谁？”

众人各说各的，话语一波一波地在篠宫兴产的社长办公室扩散。

“报警了吗？”

“怎么可能？这种事。”

“难以置信，我们的社长居然被敲诈。”

为了制止这些零零星星的声音，蓧宫用双手敲了敲桌子。虽然自己只是轻轻地敲了一下，可这个声音还是让整个房间安静了下来。

“希望各位能帮我找回传助。”

蓧宫的双手撑着桌子，低下了头。其他人又开始骚动起来——蓧宫居然低下了头，向着他们。他可是蓧宫智彦。

樱田一下子说出了公司内部的禁语：“老大！”

大家也都一同说道：“老大，请不要这样。”

“请把手放下来。”

“我们就算是拼了命，也要救回少爷。”

有的人甚至流下了眼泪：

“我们一定会找出拐走少爷的混蛋。”

“究竟是哪个混蛋？！”

这的确是某个地方的混蛋，而且一定是外行人。这一带的罪犯不可能不知道蓧宫兴产的社长蓧宫智彦，同时也是埼玉县南部最有势力的八岐组的组长。

蓧宫抬起头，脸上又回复了平日里冷峻的表情，用尖锐的目光扫视着房间。

“胜又在吗？”

从一群穿着黑色西装的人后面，一个梳着油头、戴墨镜的，穿得很复古的男人走了出来。

“在。”

“反侦察应该怎么做？”篠宫这样询问道。

胜又六年前还是埼玉县的警察。因为自己的配枪在黑社会总部被发现而被警察局开除，又因为豪赌欠下一大笔钱，当时哭着找篠宫求救。后来他加入了八岐组，成为里面的头目。因为是过了三十岁才加入组织，这种情况很少见，因此时常被人指指点点。又因为当警察的经历，被许多组员所怨恨。

“反侦察啊……我已经很久没做过了。虽然不是很清楚，但好像是要给NTT发一份请求书，然后让他们的职员到现场，能够摆弄这些设备的也必须是NTT的职员。”

他用断了一截的小指一边掏着耳朵，一边说道。他似乎还没有改掉当警察时的习惯，态度依然很嚣张。

一提到NTT，樱田马上说道：“有个NTT的职员经常来我们赌场赌钱，而且输了很多。那家伙的确是NTT东日本公司的人。或许派得上用场。”

应该是，那家伙已经欠了几千万了。只是个小白领，居然还来黑社会开的非法赌场赌博，要是给他曝光的话，他内心一定会很害怕。

“能帮我问一下吗？”

“我试着问问吧。”

“拜托了。”篠宫又看了一遍所有在场的人，然后像歌舞伎中的男主角一样坚定地说道，“一定要把绑架传助的那个混蛋给我找出来！”

樱田在想，罪犯是单独作案，还是一个团伙呢？应该准备几个大铁桶呢？

“把他给我带回来，活生生地给我带到这儿来，我要杀了他。”

虽然说话的口气显得很冷静，可大家都明白蓧宫已经完全陷入愤怒的旋涡之中。因为他原本苍白的脸颊已经被染成了红色。

和他有二十年交情的樱田非常清楚这一点。因为蓧宫智彦一直深爱着自己的妻子和孩子，他从未在组员们面前做出任何让妻子、家庭蒙羞的言行。如果有人要伤害他的独生子传助，他会毫不犹豫地进行残酷的报复。如果少爷有什么三长两短……只是想一下就让人恐惧。这二十年来，一直走在社会黑暗面的樱田虽然已经见过不少惨烈的场面，可现在依然忍不住全身发抖。

罪犯到底是来自哪里的笨蛋？樱田又开始估算沉入利根川的铁桶的数量。

阿嚏——秀吉打了一个大喷嚏。到了下午，风似乎变得有些冷了。他将原本开着的车窗放了下来。根据地图指示，现在的位置是浦和市的郊外。他避开了城市地区，继续沿着有荷花田的道路前进。

首先必须选好交钱的地点。到底应该选什么样的地方呢？因为这次是突然进行的绑架，需要考虑的事有很多。算了，没必要着急。茂君也曾说过："不要急。在对方筹钱的这段时间里，自己也不能有丝毫的犹豫。要消除心中的不安，别去想象一些坏事情，这也是让对方身心疲惫的时间。不要让自己变得身心疲惫，要学会控制自己的内心。不要什么事都在脑子里过一遍，要让对方完全听从自己的话。因此，不要着急，要留有充足的时间。最好等一段时间再和对方联系。"

秀吉看了看表，下午一点半。从带走孩子算起，过了还不到两个小时。到了傍晚，先打电话确认对方是否已经将钱准备好了，然后再指定交钱的地方。就在指定的时间之前打过去。

依照茂君所说，在打电话时，可以根据对方的情况，了解对方是否报警，要注意不能让对方把话题引开。可是，如果又是孩子妈妈接电话就麻烦了。即使是普通的交流，她也是想到什么就说什么，很容易把话题引开。一想到这儿，秀吉就有些泄气了。

传助似乎已经玩腻了从家里带出来的游戏机和漫画，吃着零食来代替午餐，并望着车窗外面。

"哎呀，薯片撒出来了。"

别弄脏啊。这可不是我的车。

"你要吃吗？"传助从副驾驶位把装着薯片的袋子递过来。秀吉一言不发地摇了摇头。

"别把头伸出去。"

"为什么？"

"因为你是离家出走，要是被人发现就会被带回去。"

“不要。”传助打着哈欠回答道，身子一下子就沉了下去。

“把安全带系好，不然很危险。”说完这句话后秀吉意识到，这可不是该对自己打算杀掉的孩子说的话。不管怎样，虽然自己明白必须干掉这个孩子，不过现在还不行。当时的杀意已经和大便一起消失了。但这也只是时间问题。

自己的继父、中学的同学、监狱的看守、欺负自己的狱友，还有一直把自己当笨蛋的同事。想要杀掉的家伙有很多，而且有许多次在某一瞬间就想下手了。所以，产生杀意的那个瞬间一定会到来。对，只是时间问题。

茂君并没有教自己杀人的方法。每次一有人向他询问当初杀人的情况，茂君都会闭口不谈，眼睛睁得像玻璃珠一样。

“不是让你系好安全带吗！”

“哇哇！”

秀吉的声音一下子大起来，总算听到孩子刺啦系安全带的声音。“哎，这个和我家的不同，应该怎么系啊？”

因为自己也系着安全带，于是只好在等红绿灯的时候，又重新给小孩系了一遍。“你以前到底坐的什么车啊？”

“各种各样的都有。”传助开始掰着手指数着。

先前丧失的杀意似乎回来一点儿了。

“妈妈开的是小奔驰。爸爸开的是大奔驰和一辆红色的没有顶子的车。公司的人有各种各样的车。”

什么？让员工住在自己家里。那所房子这么大，是因为办公和住家并用吗？这和齐藤工务店让茂君住在车库的二楼不是一样吗？

“公司的人开的是4WD或装甲车。”

秀吉苦笑着，果然是个孩子，居然说装甲车。

“这么说来，你们还有战车和飞机哦？”

“没有战车，”传助用略带不满的口气回答道，“不过有飞机。”

秀吉用鼻子发出了一声冷笑。

“哎呀，那可不好了，说不定你爸爸正在天上找你啊。”

秀吉这样说完，传助露出了担心的表情，透过窗户抬头看着天空。

“把飞机开出来怎么样？现在应该正停在桶川吧。”

对宫下顾问提出的这个建议，担任蓧宫保镖的小头目及川摇了摇头。

“叔叔，这可不行。因为每次开飞机都必须提交飞行计划。明天本来计划飞去千叶郊区的俱乐部，而且已经给我们标好了飞行路线。如果朝不同方向飞的话，会被警察问的。”

被辈分不如自己，只是凭关系才进入组织的及川这小子说教，宫下露出了不悦的神情，保持沉默。及川本来是小混混，可因为总是和蓧宫在一起，最近说话做事也越来越像一个白领了。

下午三点。在蓧宫家近百平米宽的客厅里，已经聚集了十数名男子。他们都佩戴着八岐组的金勋章、银勋章。在五百平方米的庭院和建筑物的四周，都分别安排了人手，总计超过百人。虽然为了避免过于显眼，车子都停在了附近的地方，可门口还是安排了几个人站岗，在角落处还停着两辆装甲车。

“采用人海战术吧，让年轻组员全部配枪，开着车到处转吧。”年轻头目远藤顶着明亮的光头，摇晃着啤酒桶般的身子说道。

“不，再等一下，不用急。”樱田在一旁制止道。他用拳头敲了敲铺在大理石桌子上的巨大的埼玉县地图，问道：“你说到处转，那到底应该去哪儿？”

传助少爷被绑架已经超过三小时。现在还不清楚他是否还在附近。虽说八岐组登记在册的组员有两百八十多人，可其中三分之一的人都还在服刑。目前还不清楚罪犯在哪儿，或者说他们并没有那么足够的精力去追击罪犯的团伙。

“各位，抱歉打扰了。”

在用人佐藤以及一些年轻会员的帮助下，组长夫人篠宫多香子将饮料和点心送了过来。夫人的脸色看上去有些发青，却丝毫看不出慌乱。“真不愧是夫人。”加入组织日子尚浅的胜又这样说道。可她并不是因为作为组长夫人而有了这样的胸襟，是因为她本来就是这样的人。她相信别人，不会去怀疑。由于丈夫带着属下已经回到了家里，因此她相信，不会再有什么不好的事发生了。或许罪犯也会守信用，应该没有人会为了区区五千万去杀一个孩子。

“夫人，都这时候了，您不用管我们。”

樱田郑重地拒绝了夫人端来的自家制的花茶。

在客厅中央的大桌子上放着电话，电话一头伸出许多线路，和一个像放大器一样的箱子般的机器以及录音机连在一起。

在蓧宫家的客厅里，还有一部黑道生意用的电话。虽然以孩子为目标，应该不会是黑道所为，可罪犯也有可能是敌对组织的人。于是这边也安装了反侦察装置。

蓧宫智彦坐在电话前的椅子上，而他身边站着一位正蜷缩着身子穿着NTT工作服的男人。

由樱田负责联系之前提到的那位NTT员工。一开始他在电话里还是一副爱理不理的口气。接着樱田就不再采用正规的语气，突然怒喝，要他把所欠的债务全部还清，并且威胁还要向他公司告发他去赌场的行为，然后才要求他来协助。而且，这名年轻的技术员完全没弄清楚情况就被强行送到了这里。真可怜啊，这个男人还以为是帮助警察办案，慌慌张张地弄好了一切，现在连头都不敢抬，正在一旁浑身颤抖呢。

“警察先生……”看来他把手里拿着一本生命保险赠送的黑色胶皮笔记本的胜又当成了真正的警察了。NTT职员似乎觉得胜又的样子比较靠得住，用颤抖的声音问道：“这真的是绑架事件的调查……”

胜又慢悠悠地回答道：“是的。”

用惴惴不安的视线环顾了整个房间后，这个男人又发出了细小的声音：“是真的？”

“是真的啊！”丝毫不打算掩盖身上刺青而将袖子挽起来的远藤，盯着NTT的这个男人。

“啊……”这个男人发出了悲鸣。

胜又故意用猫叫一样细小的声音问道：“不对吗？那么，你认为是什么？说说看。”

“啊，不……”当看到胜又的小指断了一截后，NTT员工立刻闭上了嘴。

篠宫依然闭着眼，一动不动地坐在那儿。即使夫人和他说话，他也丝毫不答理。脸色虽然和平时一样，可平时很少吸烟的他，已经抽了五支了。正对着篠宫而坐的樱田，正大口抽着五千日元一支的雪茄，看上去如坐针毡。

三个相互之间的距离可以进行牵制的男人站在篠宫身后。他们透露出来的杀气，比任何组员都要明显。他们就是八岐组的几大天王——远藤、灰岛、时田，分别担任辅佐、理事长、干事长等职位。樱田和他们一样，各自下面都有组织，有组长。而还有一位金本，现在还在服刑。

三森用像孩子发现了新玩具一样的目光，看着这个出人意料简单的反侦察装置。他戴着绿色眼镜，头发是茶色的，虽然才二十多岁，可已经是篠宫兴产企划室的室长，在八岐组担任理事助理，佩戴银徽章。自从暴力对抗法施行以来，他们就必须像普通企业一样进行活动，一些背地里的活动也必须具备经济、法律、IT方面的知识，因此，八岐组的大门开始向大学毕业生敞开。可是毕业于东京大学的，他还是第一位。或许是看上去和组织没什么关系吧，NTT的这个倒霉鬼，只敢正视三森，而且面对他所提的问题，也都认真回答。其实他还不知道，三森是在警署以及警视厅都留有案底的、在虚拟世界都很有名的黑客。

虽然房间里也备了酒，可却没人去喝，也没有人闲聊。客厅里弥漫着香烟的烟雾和愤怒的杀气。

下午四点四十，电话响了。

篠宫睁开眼，伸手去拿听筒。旁边准备了两对耳机，其中一对是NTT的小子在用。樱田拿着另一对，放到自己耳边。耳机里传来了高分贝的声音，声音震耳欲聋。

“喂，请问是篠宫先生府上吗？”

“是的。”篠宫刚一回答完，电话那头就开始滔滔不绝地说起来。

“我是SK经济浦和分店的畑山。现在正在推介一款非常不错的投资方案，请问主人在家吗？”

篠宫扣下了听筒。看到他鬓角微微冒起的血管，及川气得直叫：“明天把这家伙收拾了。”

于是，SK经济的畑山第二天一早一打开家门就被一群来历不明的男人围住了。

“老二，难道说是香港的那帮家伙搞的鬼？”不知何时时田已经站在樱田身后。他还是像猫一样弓着身子，将长长的头发扎在脑后，露出饱经风霜的脸庞。虽然看上去并不是什么铁腕人物，反倒有些娘娘腔，可这家伙却如同猫科动物中的猛兽一样，会悄悄出现在猎物身后，一下咬断猎物的脖子。

樱田未置可否，只是一言不发地点了点头。他之前已经想到过这个可能性了。

近来，埼玉县南部已经来了许多外国黑手党。时田所说的香港帮也是其中之一，虽然当初寻求的是一起发财，可这几年围绕着毒品交易发生过几次纠纷，现在已经转为敌对关系。就在前几天，他们还在八岐组负责的几家弹珠店里，因为作弊，和组里的年轻人发生了小争斗。

可是，他却想不到理由。那些家伙为什么会绑架少爷，还要求五千万日元，这一点他百思不得其解。

下午五点十分，电话再次响起。

不要发出声音。在全体人员收到自己目光的命令后，樱田才拿起耳机。

“喂喂，请问是篠宫先生府上吗？”

电话里面传来了捏着鼻子的说话声。是这家伙。

“是的，我是篠宫。”

听到篠宫回答的声音，樱田甚至怀疑起自己的耳朵，想必在场的所有组员也是如此。这声音完全没有气势，完全不像平日里的篠宫。

“你是一家之主吧？”

“是的。”

“不是警察吧？”

“不。不是警察，是我本人。”

篠宫有些语无伦次的同时，发出了悲痛般的声音。大家谁都未曾听过他发出这样的声音。然而看着他冷峻的表情，又会怀疑发出这声音的是另有其人。樱田在想，这或许是为了不让犯人掌握自己的性格特征而采取的策略，是故意显得有所动摇吧——真是个可怕的男人。

“真的吗？真的没有报警吗？”

用心听男人的声音，可以感觉到这捏住鼻子发出来的声音，虽然在努力让自己显得很冷静，可很明显他并不冷静。樱田非常确信。没关系，只要是这家伙的话，应该很快就能抓到。自己也非常了解犯罪者。如果发出这种声音的话，就证明对方对自己所做出的犯罪行为并没有自信。

“你是从你老婆那里听说的吧？”

“是，是的。”

篠宫发出了让人觉得可怜的声音。演技太逼真了。与其说是演技，在组员们面前表现得这样，对于篠宫来说，也一定是一个痛苦的选择。看来老大是认真的，比以往面临任何挑战和阻碍时都要认真，当少爷回来之后，接下来就会对罪犯进行报复。

“五千万准备好了吗？”

他察觉到篠宫的脸一瞬间浮现出了恶鬼的映像。或许是在为绑架了自己的孩子，却只定价为五千万而生气吧。区区五千万，怎么回事啊？篠宫兴产的——不，八岐组总部办公室保险柜里的日常资金都是以亿为单位的。

“……是的，当然。我的孩子，我们家的孩子现在还好吗？能让他接一下电话吗？”

“现在还不行啊。听好了，如果想要你的孩子活命的话，就绝对不能报警。”

这自然不需要他说。这关乎八岐组的面子。首先，如果让警察知道了，篠宫就不能再对罪犯用私刑。而且樱田很自信，自己组织的组织能力和机动能力绝对在警察之上。在追捕逃亡人员时，也都是组织的人，而非警察抓到的。因为他们都是拼了命的。

“我会再打电话过来的。”

说完，电话就挂断了。

NTT的人用颤抖的手取下了听筒，该和那里联络。他当着所有人的面，把录音带调回去。电话的内容还没听完，及川就开始碎碎念。

“太得意了，干掉他。”

“位置在哪儿？”胜又询问NTT的人。

“浦和市内。”

“浦和哪里？”

“啊，还没办法……”

“什么？”远藤叫道。

“啊，啊，啊，刚才的通话时间太短了……”

“那你是怪我们社长了？”

胜又撇着嘴笑着，摇了摇头。想必现在已经被搞得不知所措的NTT这家伙，已经没有空儿去想为什么警察里面还有社长吧。

“非常抱歉。现在系统只能做到这样……”

“什么混账系统啊。我会信你说的话吗？是你小子不配合吧……切你手指啊。混蛋！”远藤再次咆哮道。NTT的小子用求救的目光窥视着胜又的脸，胜又却装作一副事不关己的样子，而是将脸转了过去，将目光投向三森。

三森说道：“好了，别吓唬他了。如果因为这种事就要切手指的话，那算上脚趾都不够切的。那么你的手指就留到下次失败的时候再切吧。”

NTT的人开始浑身颤抖。

“啊啊……很抱歉。不不不过，我知道对方的号码。”

“早说啊！”胜又又拿出以前当警察时的样子冷静地说道，“那我们先调查一下这个号码的持有者吧。”

“可是，只有六位数。”

“什么！”远藤又一下子抓住了他。

“是的……”NTT的家伙哭起来了。

“这完全没用嘛。”

“怎么办，老大？他们一定是用了破解了的机子。香港那帮人在东口有卖这种机子。”

时田也和远藤一样，是单细胞的家伙，脑子不够聪明。用破解了的手机啊，八岐组的小混混们也经常卖这个。

“先把电话号码告诉我。”

听完胜又的话，NTT的家伙声音颤抖地说道：“222，1111，5，333，999……”

“冷静点！”被远藤这样一吼，NTT的家伙反而更不冷静了。三森看了看他手中的小本子，把号码读了出来。

“2，1，5，3，3，9。”

“啊啊啊……”本来没人喝水，却还是在一旁泡茶的篠宫夫人叫了起来。

“啊，难道……”

“什么事？”将听筒放下后就一直默不做声的篠宫终于说话了。

“关于这个号码……”

“这个号码怎么了？”

“难道……”

“快说！”篠宫鬓角的血管都冒起来了。组员们也开始用手敲着桌子。夫人看到这种场面，一下子开始道歉起来。

“那应该是传助的手机啊！”

“什么？！”篠宫发出了愤怒的声音，如同长久被压抑的感情突然爆发一样，让在场的所有人都感到不寒而栗。只有一个人还保持着平日的冷静，翻开夫人的电话簿确认。

“啊，果然没错。”

“开什么玩笑！”樱田双手握拳说道。有绑架人连手机都不准备的吗？可能这家伙只有一个人，一定是毫无计划的犯案。稍微有点计划性的家伙，都不会捏着鼻子来改变声音，都会准备变声器。

三森拍着NTT家伙颤抖的肩膀说道：“辛苦了。如果只能做到这一步的话，你可以回去了。不过，我们还需要让你准备一些东西。”

樱田盯着三森问道：“你打算怎么办？”

“只要知道了手机号，主动权就掌握在我们手中了。比起公用电话，电子化的东西的确要方便许多，不但可以反侦察，还可以知道他的藏身处，而且相当准确。”

“真的吗？”

三森露出自信的表情，像外国人一样摊了摊双手：“是的，只要有NTT网络中心的试验控制装置。你去给我们借来。”

NTT职员像安了弹簧的人偶一样一下子从椅子上跳起来。三森继续着他伟大的发言：“说什么如果对方用手机就很难找到，这其实是警察怕麻烦，将信息隐藏了。其实他们已经开发出了这种系统，主要用于窃听。他们应该很擅长窃听吧。只要罪犯打电话，他们就能听到对话内容。只要这混蛋下次再打来，就行了。”

“我们不能就这样等着。已经知道是在浦和了，就立刻去找吧。把我的手下全都派出去，马上开始找遍整个浦和。”

时田似乎为了和三森对抗，用激动的语气说道。

“嗯，我们也去。”远藤也在一旁附和。

“不，我的手下也出动。”

自从罪犯打来电话后，像一只蜘蛛一样一直蜷缩在沙发上的灰岛，这才慢慢站起来，露出黄色的门牙。灰岛已经穿着一身城市型迷彩军服，开始调试一把美军用的KSC·M9手枪。

“还不行。”就在樱田正要开口说出这句话前，篠宫亲自制止道。

“等一下。”他挥着放在电话旁用来做记录的圆珠笔，说道：“不要轻举妄动。那家伙一定会指定交易地点的，我们到时再采取行动。在这之前，都必须忍耐。”

“可是，如果再等的话，少爷……”

及川一说到这里就打住了。无须再言，后面要说的内容，大家都清楚。

“没关系，传助不是个懦弱的孩子。”

“可是，万一……”

“万一的时候……”篠宫将手中的圆珠笔折断了。

4

一望无际的荷花田的对面，是与风景完全不相衬的高楼和圆形剧场。这是哪儿？秀吉对埼玉县完全不熟悉。他只熟悉有赛车场和小酒馆的川口市。

他将车停在路口，该往哪里开啊。闭上眼随便按一个手机键试试吧。如果出现在右，就走右边。如果出现在左，就走左边。

结果是“0”。那就直走吧，往北走。回想起刚才和孩子父亲的对话，秀吉不由得笑起来。OK，OK，一切都很OK。和开始的时候相比，第二次的电话自己已经变得很冷静了。反而是孩子的父亲显得有些慌慌张张。

正如茂君所说，他已经完全陷入混乱的状态。本以为他贵为一家公司的社长，应该更理智一些。或许他的事业和财富都是从父母那里继承而来的吧，是一个懦弱的富二代。而自己则是一个没钱没家、一直都是一个人生活、入狱三次的人。他和自己所经历过的人生完全不同。从声音上来说，和他交流要比和那个什么都搞不清楚的母亲交流更容易，应该是比较好受控制。然而，不能太乐观。他说自己没有报警，或许是撒谎。

他将地图铺在方向盘上。接下来该怎么办？现在还没定好交钱的地点。到底哪里合适呢？反正是不可能在这里收钱的。这时，秀吉决定依照茂君的建议行事。

“一开始的指定地点应该是虚的。不能在那里收钱。自己要躲在暗处观察形势，这样就能确认对方是否报警。最好能够事先知道对方的样子，因为经常会有警察来代交赎金。还必须注意周围人的情况，因为也许会有便衣警察混在里面。”

“如果一眼就看出对方是警察反而会有些奇怪。特别要注意女人，经常会有女警察被安排执行这种任务。”茂君不愧是有经验的人，连鉴别方法都知道。“耳朵，注意观察耳朵。如果是警察的话，都会戴耳机，就像是收音机的耳机一样的东西。”

“那些举止动作不够冷静、视线飘忽不定、行为可疑的人，都有可能是警察乔装的。因为只要是警察乔装的人，他们的动作都会显得不自然，会观察周围可疑人物的一举一动，可是却不知道自己的那些举动更显可疑。还有，如果是女警员，即使她们化妆成OL，其化妆功力也很差劲，脸上的粉都有可能没弄好，一下就能看出。”

“到了现场，首先让带钱的家伙出现在一开始的指定地点，观察他的一举一动。不要让他开自己的车来，让他打车或坐电车。还要小心不要暴露了自己，这样会让对方变得更加不安。记住，这是重点。你如果真想干一票的话，就把笔记做好。”

在监狱里原本是为了打发无聊时间听来的这些内容，没想到现在真的派上用场了。

原本以为还会一直穿行在这片田园风光里，突然，眼前的风景变得像是置身于外国。道路两旁矗立着一排排有着浅色墙壁和黑色三角屋檐的住所。这是一片住宅区。秀吉并不清楚这是欧式风格还是美式风格，本来应该一户一户建在森林里的房子，现在却被一堵堵围墙围着，一户户连在一起，似乎有些让人惋惜。

这时，家家户户都开始亮灯了。然而这种显得有些贫瘠的风景，却不知为何触动了秀吉遥远的情怀，让他感到有些羡慕。

“我肚子饿了。”坐在副驾驶位置上的传助放下了手中的游戏机，开始叫嚷道，“饿了，饿了，肚子饿了。”

“你不是吃了很多吗？”

虽然没有吃午饭，可传助却像松鼠一样，嘴巴一直没有停过，原本装得满满一包的薯片、饼干、巧克力，都被他吃光了。

“哈哈哈，点心都被另一个肚子吃掉了。”

“什么？”

“妈妈经常这样说。妈妈的另一个肚子很厉害，可以装五块蛋糕。”

“你妈妈是个什么样的人？”

传助歪着脑袋。

“那爸爸呢？”

“可怕！”

这个问题一下子就回答出了。然而听着电话里那懦弱的声音，很难想象他会是一位可怕的父亲。不过，这样的男人，懦弱是很正常的。他那会发酒疯的继父，在外人面前也总是装作一副好人样。

“你不能光觉得可怕啊，可以试着反抗。”秀吉似乎忘记了自己已经不打算让这个孩子再回家，在一旁认真地建议道。

“反抗……什么？”

“违背他。这是生存中一件重要的事。如果不能让对方知道自己不是一个任人摆布的人，那么这个人的一生都会变得很悲惨。”

“那应该怎么做呢？”

“这个嘛，方法很多。例如，用棍子打他的头什么的。”

“不能使用暴力。”

“那可以顶嘴，还可以离家出走……”

“哇，”传助发出了喜悦的声音，“对啊。现在我正在反抗。”

“说起来也是啊。”

他像发现了新宝物一样，不断地说着“反抗”。“说起来，乔·波波也是一名反抗国王，踏上航海冒险之旅的战士，然后遇到了传说中的勇者。”

他的眼神开始闪耀着光芒，在车里四处搜寻，似乎这辆又小又脏的卡罗拉是一辆载满宝物的海盗船一样。虽然不知道秀吉信口开河的一番话哪里吸引到了他，不过好歹也老实了一段时间。

“……不过，反抗也会饿肚子啊。”

“知道了，再等一会儿。”

虽然从早上开始什么东西都没吃，可秀吉却还是没什么食欲，而胃就像是塞满了弹珠一样重。而且之前突然袭来的想要大便的感觉虽然消失了，可一想到自己还有些东西没有处理完，肚子就又开始蠕动起来。

车子再往前开了一段，道路两旁的农田和空地就消失了，进入了一片连接着矮小建筑物的区域。根据地图所示，这一地区名叫岩槻。和大宫相比，规模要小很多。太好了，终于找到一处环境不错的地方。

他绕着这一地区转了一个多小时，总算找到了一处方便的地方，是一间位于道路旁的餐厅。虽然离车站有些远，可往来的人却很多。秀吉觉得是一处很适合执行计划的地方。

他停车后观察了一下周围的情况。现在是下午七点。太阳已经下山，四周已经被黑暗所包围。而餐厅里则是灯火通明，还能看见闪烁的霓虹灯。

“喂，我们要进去吗？”

“不。”

“啊……我肚子饿，肚子饿。”传助开始在车里摇晃着自己的双脚，重复着同样的话，“我肚子饿，我肚子饿。”

“知道了，再忍一下。你想吃什么？”

“你想吃什么都行。或许这是你最后的晚餐了吧。”

“嗯，我想吃帝国酒店的儿童套餐的牛排，还有寿司政的烧鸡蛋。点心的话想吃资生堂最新款的玫瑰布丁。”

秀吉觉得自己原本丧失的杀气又恢复了少许。

车子再开一段立刻就看到了便利店的广告牌。于是，他将车子停在了距离五十米远的道路的另一边。

“你去那里买什么？”

他以为传助会抱怨，结果却没有。

“耶……便利店！”

他又开始高兴地挥舞着双手。

“那里可没有儿童牛排，只有便利店的便当哦。”

“耶……便利店便当！太高兴了，我还没吃过呢。朋友们都吃过了。”

难以置信。秀吉他们只是看着都会打饱嗝，觉得难以下咽的东西，他居然……

车门一打开就立刻飞奔出去的传助，被他一把抓住。要是被这小子牵着走就前功尽弃了。这里比在加油站更危险，因为便利店里有摄像头。

“不行。在这里待着。”

“啊，为什么？喂喂。”传助摇晃着身子，把脸蛋鼓起来。“喂喂。”

“想一想吧。你会被摄像头拍下来。”

“喂喂……”

“这样就会被爸爸妈妈知道。离家出走的计划就失败了。”

“喂喂……”

这个六岁的孩子应该是听不懂这些话的。如果再这样纠缠不休的话，就用胶带把他绑了吧。秀吉虽然这样想，传助却又轻微地点了点头，皱着眉头小声说道：“对啊，难得进行的反抗，我不能前功尽弃……我就在这儿等。可是我有个要求。”

“什么？”

“给我买布丁。”

“好。”

他在像垃圾堆放区的后备厢里寻找着变装用的道具。这里有几款帽子。头盔、写着齐藤工务店名字的工作帽、巨人队的棒球帽。虽然上面已经长霉了，他还是选了棒球帽。然后，又找了一副墨镜。

他正要戴上，却突然想到，戴着棒球帽遮住视线，已经是晚上了还戴墨镜，这与其说是变装，不如说是将自己变成了一个怪人。

“你在干什么？”

从副驾驶位置上露出半边脸的传助正看着他。

“啊，这个……就是……”

“变装吗？”在车内昏暗的灯光下，传助的眼睛正闪着光，不由得屏住了呼吸。“是啊，我明白了。我觉得看上去很怪。”

“喂，你懂什么啊！”

传助像正在闻着气味的猫一样，眯着眼睛。

“哈哈哈，我的推理完全正确。警长。”

哈哈哈，秀吉也笑起来。要是事情败露的话，就完蛋了。到时候就只能把他绑起来。秀吉的眼睛瞟了一眼绳子。传助露出猫一样的表情问道：“叔叔你也是离家出走吧？”秀吉想都没想就转过身看去，那是一副非常认真的表情。“我看叔叔你的样子也有许多烦恼吧。明明很危险，却还要到那家店里去给我买便利店便当。”

“是，是啊。我也是离家出走。不过没关系。我是大人，应该没问题的。”

“真厉害啊，叔叔。你就像斗剑传说Ⅱ中的勇士一样。”传助似乎开始哼起了游戏中的主题曲。呼，秀吉深吸一口气。这口气似乎将一直压在胸口的东西给弄走了。

他决定用在车门袋子里找到的老板的老花眼镜。这就是他一直唠唠叨叨的、在小摊上捡到的一个大便宜。秀吉一戴上立刻头晕眼花。

站在便利店的入口，自动门打开了，他身子变得僵硬，心跳速度加快。

“欢迎光临！”店员招呼道。如果是平常的话，他一定会认为这是一家很懂待客之道的便利店，可今天却不同。他把自己的脸一直躲着店员，舌头搅在一起，生怕说了什么多余的话。急急忙忙朝放着食品的架子走去，从架子上随便拿了几个便当和饮料。本来自己打算今天晚上尽早把孩子干掉，却不知不觉买了两人份的早餐。在收银台前，他背对着左侧的摄像头站着，头一直低着。

“便当要加热吗？“

面对店员的提问，他只是默默地摇了摇头。

付钱的时候手都在颤抖，一下子把兜里的零钱和驾照都拿出来了。他一边慌慌张张收拾，一边伸手去接东西。

“给……”

他抬头一看，一个戴着齐藤工务店帽子、戴着太阳眼镜的孩子，捡起掉在地上的驾照，递给他。

“喂！”秀吉发出轻微的怒吼声。

“您有何贵干？”

“在干吗？你这小子。”

“我是乔·波波，来帮助传说中的勇士。呵呵。”

“我不是说不许过来吗？”

店员带着惊讶的表情看着这边。戴着太阳眼镜的小孩，就像是马戏团的小丑进到店里来一样。

“快回车里去。”

本来想要小声地说，却不知不觉把分贝提高了。

“呵呵……”传助轻轻地跳起来，睁着圆圆的眼睛，朝门走去。然而，走到门口又像飞机一样来了个U形回旋回来了。

然后拉着秀吉的袖子，学着秀吉的声音，低声说道："你忘了买布丁哦。"

秀吉又回到了货架前。

"真好吃啊。"传助吃着冰冷的便当发出感动的声音，"正如大家所说，真好吃啊。"

"那太好了。"

眼前，一轮新月如同落在水中一般倒映在水面上。这里似乎是荒川的上游。他将车子停在了河边林立的草丛中。

离开岩槻的便利店后，他想要找一处地方容身一晚，于是选择继续北上。因为他觉得离东京越远的地方，人迹罕至的地方也就越多。然而，无论开多远，周围的风景、田野、居民区、矮矮的商业区，却总是反复出现。无奈之下他只能选择朝西前进，好不容易到了这里。可即便是在这里，依然能够看到河对岸工厂的烟囱，可至少这里看上去是一处到了晚上就不会有人来的地方。

传助打开副驾驶旁的车窗，然后一边望着湖水，一边啃着便当。即使是背对着，却依然能够看到他鼓着脸蛋。

"喂，你不想回家吗？"

带着他四处转了一整天，传助却并不害怕，甚至不怀疑他。想一下，这真是个不可思议的孩子。他是在怎样的家庭，被怎样养大的啊。过了一会儿，传助用平静的声音回答道："嗯……有点想回去了。"

传助重新看着这边。本来以为他脸上会挂着泪痕，结果口中却叼着一根炸虾。看来他回答得慢了一些的原因是嘴里塞满了东西啊。他满口喷饭地说道：“可是，我才刚离家出走呢。我是要打算反抗爸爸的，我可是少年战士乔·波波，我必须忍着。现在就像是出去远足过夜一样啊，真高兴。啊，现在应该给妈妈打通电话说晚安吧。”

“不行，会被抓住的。”

“啊，对啊。”

“吃完了就赶快睡觉。”

本来打算利用今天晚上好好想一下第二个交赎金的地方，结果吃完便当后，感到劳累了一整天，却没什么好结果。算了吧，明天再想。要是现在再有什么大动静的话，很容易被人发现，天不亮也看不清什么。

他将坐椅放下，从后备厢里找出唯一的一条毛毯，盖在自己和传助身上。传助正透过天窗望着天空，说道：“真漂亮啊。”他说的是星星。

“是啊。”

“今天真开心！”

这时秀吉的心情似乎变得有些难受。他避免自己看着传助的脸说道：“快睡吧，明天一早还要出发。”

“难得今天这么开心，再玩儿一会儿吧。”

一边这样说着，传助的眼皮已经半闭着了。虽然拼命想要睁开眼睛，可却如同用干电池的电动机器人一样，倒下了。

明天一大早就有的忙了。终于变成独自一人的秀吉，开始在头脑中预想着明天一天的计划。首先给篠宫打电话，指定交赎金的假地点。自己先偷偷靠近，观察对方的情况。然后再确认第二处交赎金的地点。如果不能按照计划进行，那么第二处也可以作为假地点。第三处——还没找到。

茂君的完美绑架法则中最终的接收赎金的方法虽然是让对方将钱汇入一个虚假的外国户头，可秀吉连什么是虚假的外国户头都想象不出来。茂君自己应该也不太明白吧。茂君曾经利用ATM向国内的虚假户头汇款都失败过。

秀吉只能选择最传统的现场收赎金了。第二地点就是关键。如果不行，就只能在找到好方法前，把篠宫引得团团转了。而传助……他抽了几支烟思考一阵。可无论怎么想，都觉得传助是个累赘，留下他没有任何好处，除掉他却是好处一大堆。

呼……秀吉朝着黑暗中缭绕的烟雾长吁一口气。已经放下来的座位的另一侧后座上放着一直没有使用、就那样散乱着的绳子。他试着将绳子拿在手中，然后拉出一截，长度正好能将自己的脖子缠住。

他又眺望了一会儿，却还是下不了决心。不行，今晚不行。或许明天态度会有所改变吧。

他将绳子挽在自己手中，另一端拴在传助的脚腕上。虽然传助并不打算逃走，可好歹也预防一下吧。

他用力系着绳子，紧到小孩无法挣脱。

“喂，为什么绑我？”刚入睡的传助，一下子起身。

秀吉慌慌张张地将手背在身后：“啊，不，我们不是一起走吗？这就是两个人的羁绊。我们要身心一体。”

虽然这种说辞是胡编乱造，可睡得迷迷糊糊的传助还是很轻易地相信了，用听起来有些高兴的声音说道：“是啊。”

虽说对方是小孩，可是却能完完全全地真心接受自己所说的话，这种经历是前所未有的。不知为何，秀吉的屁股有些发痒。

“你醒了？”

“本来是半睡半醒的，因为没有枕头……”

“没有枕头啊……”

说起来，今天在车里睡觉时，他是用背包来代替枕头的，可是里面的点心已被吃光的背包，已经瘪下去了。

“我或许没有枕头就睡不着。”

没办法，秀吉只好在狭窄的车里蜷缩着身子，伸出左臂来给他当枕头。手臂当枕头，这样浪漫的事，他一次都没和女孩子做过。

到了夜里，一下子变得冷起来。他用仅有的一块毛毯盖在传助的肩上。

“喂，你刚才所说的羁绊，是什么？”

传助的口水掉在秀吉的手臂上，向他询问道。什么啊，当时自己都不明白什么意思就用了这个词，这下可要好好想一下了。

可是，却始终找不到好的答案。

“总的来说，就是像绳子一样的东西，用来联系着。”

“是吗……明白了。”

“喂，真的吗？你真的明白了？”

传助没有回答。这下看来是真的睡着了。明明是个小孩子，头却那么重，还很温暖。面对这个接下来打算杀掉的孩子，自己居然还拿手给他当枕头，想到这儿不由升起一股怒气，于是他将手臂拉了回来。结果他一下子回忆起来，自己也曾这样做过。那是在一个被继父殴打过后的晚上，他给正在被窝里颤抖的弟弟用手臂当枕头。

自己已经不能再和弟弟见面了。秀吉拼命想要在头脑中描绘出秀次的样子。然而，不知为何今天晚上，这张脸总是显得很模糊。

大宫车站东口。这里曾经是县内有名的商业区，自从西口进行过再开发后，这里已经丧失了以往的活力。然而，到了晚上又是另一个世界。车站前的那条白天都还显得沉寂的欢乐街，随着夜幕的降临变得充满生机，五彩缤纷的霓虹灯照得灯火通明。

晚上九点二十。车站东口前的转盘向北五分钟的距离，有一家名为“红龟酒家”的中餐馆。似乎是为了招揽客人，门口设置着在香港根本就不可能见到的大型霓虹灯。

红龟酒家的一楼二楼分别是店铺和厨房，三楼是仓库兼员工休息室和办公室。每天晚上，营业快结束时，店主王宗华就会在办公室里计算着一天的销售额。

从收银机里取出来的钱堆在桌上，大概有十万日元左右。每一枚硬币他都会亲自数过。他的旁边放着白葡萄酒。厨房给他送来了迟来的晚餐。今天做的是“广州猪蹄”。这一份不同于为了应对来到店里的日本客人而撒上化学调味料、弄得既不像广东菜、北京菜、上海菜、四川菜、潮州菜的东西，而是来自他父母的故乡——广东的味道。

红龟酒家雇用的都是真正来自广东的大陆厨师。员工也大多是广东人。日本人只有一名，担任楼层经理。日本人比较容易接受服务员日语很差的中餐店。他为了做到这一点，还雇用了越南人和老挝人。反正他们看上去和中国人也没什么两样。

之所以让日本人担任楼层经理，是因为店里有一个日本人的话，客人会比较放心，而且这家伙在道上也有些名气。来日本八年了，王宗华对如何在这个国家做生意已经非常了解。

广州猪蹄，是一道用猪脚做的菜，和夏布利酒是绝配。里面放入了丁香、陈皮、罗汉香、桂皮等多种香料。有着细致味觉的日本客人，一闻到猪蹄的香气都会不明就里地皱起眉头。

猪脚具有入口即化的口感，需要用夏布利酒来调味。然后再吃下一口，这真是一种至高的享受。眼前的这只猪蹄，其价值完全无法用金钱来衡量。

在喝下第二杯夏布利酒后，铃声响了起来，营业时间已经结束了。楼层经理这时一定会将今天最后一笔钱带上来。想到这里，王宗华用日语说道："请进。"

然而推门进来的却是服务员朱龙。虽然他是服务员，可仍然在实习阶段。平时他是不会进来这里的。现在一定发生了什么事。难道是那些见不得光的业务出了问题?

朱龙站在那里一动不动，将自己瘦弱的身子潜藏在门前的黑暗之中。他来店里工作前，曾干过保镖，其实他也是捞偏门成员中的一员，去年才偷渡过来。有着强烈的自尊心且不好说话，是一位典型的北京男人。

朱龙用带着北京腔的广东话说道："蓧宫的孩子被绑架了。"

"什么？"朱龙的广东话并不流利，王宗华认为自己一定听错了，于是用普通话反问道："你再说一遍？"

于是，朱龙用普通话重复了一遍。

"什么？"王宗华摇头说道，"我不记得我有安排执行啊。"

自己两个月前曾计划绑架八岐组组长蓧宫六岁的孩子，而且已经吩咐下去，各项准备也都已做好，只剩下最后的执行了，而且就是在两天后，在孩子入学的那天执行这个计划。

制订绑架计划的原因有两条，其中一条就和那些见不得人的生意有关。

王宗华所经营的多项偏门生意中的其中一项就是非法入境的中介服务，是一项非常简单的工作。方法是伪造厨师的职业资格证，让所有想要非法入境的人都变成厨师，然后只要找到肯接收的中餐馆，就能很快通过入管局的审查。很重人情的他，对才到日本的人也是多方照顾，可相应的手续费也收得特别高。

他计划在大宫市内占有一栋正被日本的制纸公司使用的大楼。下个月，那里将作为新接收的五十名入境者的住所，所以他现在正对大楼展开驱逐攻势。

而负责这栋大楼业务的则是蓧宫的八岐组。虽然这只是一栋三层的旧楼，可是作为不会做菜的五十名外国厨师的住所，没有其他更好的地方了。然而，八岐组坚决阻止王宗华的介入。

绑架蓧宫的儿子，扰乱八岐组，争取时间。如果这样做还没效果的话，就只能直接提出要求，让他们放手了。即使八岐组的人知道自己是在干什么，他们也不会知道王宗华是控制大宫周边地区的香港黑社会的香主，更不清楚其成员的样貌和人数。

然而，这只不过是其中的一个理由。这只是为了说服自己手下的理由而已。还有一个原因对王宗华来说，那才是真正的原因——复仇。

那是三年前的事了。他所属的香港组织里的一名年轻成员，来到这里想要开发一条贩卖毒品的路子。王宗华于是不辞辛劳地开始担任起中间人的角色。而这名年轻人叫英杰。其实他是王宗华和最爱的情人倩莲所生的孩子，是他的第七个孩子。

英杰工作很勤快，事情进展得也非常顺利。然而没过多久，却遭到了来自八岐组的骚扰。本来八岐组以前也卖过迷幻药，可是六年前却突然收手了，这次却担任起了城市的自卫队，在英杰就快签订合同前，破坏了这次交易。所有事情并非被日本警方，而是被日本黑社会给破坏。对于年轻的英杰来说，这次任务是关系香港黑社会颜面的事情。

可怜的英杰，并没有听从王宗华的劝告留在日本，而是两手空空地回到香港。结果却被以色列产的枪打成了蜂窝，被扔进了维多利亚港。

可怜的英杰，可怜的倩莲。倩莲因为儿子的死患上了精神疾病。即使三年后的今天，也依然没有好转。倩莲现在正在九龙的医院里，给已经死去的二十七岁的儿子织着毛衫。

应该怪八岐组，应该恨蓧宫。不能让蓧宫被拐走的儿子活着回去，要让他感受一下失去自己孩子那种骨肉分离的痛苦滋味。

可现在这到底是怎么回事？抑制住心中腾起的怒气，王宗华开始故作冷静地询问朱龙。

“到底是谁会干这种事？”

大多数广东人都是血气方刚。难道是有人已经等不到计划执行的那天，一股血气涌上来，急急忙忙地把这事做了？虽然没有留下任何马脚，做成功了，可是破坏了计划，却还是要承担责任的。朱龙调整了一下自己的面部表情，严肃地回答道：“不是我们的人干的。或许是其他组织，也有可能是一般的日本人做的。”

“什么？”王宗华的双拳敲在桌上。由于太过用力，酒杯也被震得掉在地上，摔碎了。

平时看上去是一位很善良的中餐馆老板的他，原本长着一张福神般的脸，现在已经扭曲得像阿修罗一样了。他本来就是一个沉不住气的男人。尤其是自己打算做的事，不知道被谁抢先了，这是最讨厌的。他脸颊的肉颤抖着，做出了指示：“让所有相关人员报告。不要有任何遗漏。一定要找出是谁干的。”

很久以前，他就在葆宫身边安插了自己的人。这次的绑架计划的制订也得到了他们的帮助。因为葆宫不会对他们产生任何怀疑。不管这次的情况是不是能一下就弄清楚，至少中国人是很快会被怀疑的对象。

可是，太天真了。日本人，日本黑社会太天真了。这也是理所当然的，因为这个国家只有两千年的历史而已。在历史的长河中，他们流的血太少了。从他们切手指的这个仪式中就可以看出来。切掉自己的小指，简直就是个笑话。

虽然自己还在香港时就已经听过关于葆宫的一些事，可那些只不过是以讹传讹罢了。六年前，他不再进行毒品贸易，而是老老实实地结婚生子，或许是又有什么邪恶的想法了吧。已经是走上这条不归路的人，却还没有做好下地狱觉悟的准备。

为了抑制住自己心中的愤怒，王宗华将夏布利酒的酒瓶拿在手中。他已经注意到杯子摔碎了，于是就这样对着瓶子喝起来。然而，这只不过是给自己的怒气火上浇油罢了。

那么首先必须找到破坏计划的那位不速之客，然后必须抓住他。而且，一定要先于八岐组将他找出来。

在他的家乡，流传着这样一句谚语：“偷鸡的是坏狐狸。而最坏的则是偷其他狐狸的鸡的狐狸。”

偷其他狐狸的鸡的狐狸，必须受到惩罚。当然，这种惩罚就是死。

于是王宗华立刻向朱龙做出指示：“去找！”

无论是谁干的都不可原谅。将那个不速之客带来，和蓧宫的儿子一起做成肉包子。他再一次朝着正邪恶地舔着舌头的朱龙说道：“去找，拼命找！”

阿嚏。秀吉打了一个大大的喷嚏，坐起身来。刚才一直没怎么睡好，好不容易要睡着了，却被这一下弄醒了。

感冒了吧，背上有些凉飕飕的感觉。秀吉蜷缩着身子，背脊仿佛被寒气侵袭一般，颤抖着。

5

“哥哥，我要扔了哦。”秀次大声叫着。

在秀吉挥手回应之后，秀次将球扔了出来。虽然秀次才小学一年级，可如果徒手去接他扔出来的球，还是会觉得很疼。秀吉为了不让手掌变冷，挥了挥手之后，又朝手掌吹了吹气。由于他们兄弟俩只有一只非常破旧的手套，所以就拿给弟弟秀次用了。

“扔了哦，秀次！”秀吉将球又扔了回去。

他们玩球的地方是一座有蒸汽火车通过的铁桥下面。这里是故乡的河边。兄弟俩好久都没玩扔球了。虽说手套很破旧，可是他们却连个球都没有。当时一个软球大概需要一百日元左右。如果有一百日元，就一定会拿去买酒的继父，当然不可能拿这钱给他们买球。而好不容易摆脱亲生父亲家暴的母亲，对继父也是言听计从。而且，两人连一个肯借给他们手套和球的朋友都没有。

现在扔的这个球是秀吉在放学路上捡到的，上面没有写任何名字。那个年代的小孩都会在自己的东西上写上自己的名字的，连每一支铅笔都会写上名字，现在的小孩一定会觉得难以置信吧。于是，他赶紧将球放进兜里。要是被人发现自己玩的球上有别人的名字，那就不得了了。从此以后，只要教室里丢了什么东西，同学、老师都会怀疑是自己偷的。

因为很久没玩接球游戏了，秀次显得很兴奋，露出正在换牙的嘴大声地叫喊着："球，球，快扔！"

于是，秀吉又将球扔给秀次。其实这一切只不过是自己的梦境罢了。正在扔球的秀吉已经是现在成年的秀吉，而秀次还是小学一年级的样子。

虽然明白这一切只不过是梦境，可却还是希望把梦做下去，不想醒来。

虽然想要考虑一下力度，可是成年秀吉投出的球还是很有力，一下飞过秀次的头顶，掉进了深深的草丛之中。

兄弟俩只有这一个球啊。很久都没玩接球游戏了，这颗球很珍贵啊。在梦中，秀吉拼命地寻找，可是无论翻遍多少处草丛，却始终找不到。秀次站在秀吉身后，发出让人同情的声音。

"哥哥，球没了呢。"

"再等一下，一定能找到。"

对着一头钻进草丛中的秀吉的背影，秀次又再次说道。

"哥哥。算了吧。"这细细的声音给他带来一丝不祥的预感，于是秀吉回过头去。一回头，草地上就只剩下一只破旧的手套，秀次消失了。

当他一下起身醒来，已经是早上了。让人晕眩的阳光正透过挡风玻璃照射进来。过了几秒钟，他才回过神来，自己并不是睡在葛饰的公寓，而是睡在车里，自己也不再是齐藤工务店的员工，而是一名绑架犯。

时间显示为早上六点，可封闭的车内已经被早晨的阳光照射得非常闷热。秀吉擦拭了一下额头上的汗水。先不管现在是什么情况，为什么屁股一动，就觉得工作裤那里会传来一阵痛感呢。

一看旁边，虽然还觉得昨天所发生的一切就像是做梦一样，可传助在一旁的座位上睡得正香。他的头深深地埋着，真是一副有意思的睡相。那么，那股疼痛就应该是被绳子绑着的左手因为一直弯曲所传来的了。而且由于被绳子摩擦，手腕部位有些脱皮了。

传助睡觉时还张着嘴，口水都滴下来了，完全是一副毫无防备的样子，还传来轻微的打鼾声。秀吉突然想到，现在正是干掉他的好机会啊。

于是，他小心翼翼地起身。要是不干掉他的话，就又必须回到那座小山坡的樱花树下。如果不干掉他，自己就得死。那就必须干掉他。

在按响了手指后，他将手腕上的绳子绕成了一个圈，即使不用绳子，秀吉的手也能勒住那细细的脖子一圈半左右。

那小小的喉结正在轻微地动着。在离传助脖子还有十厘米的地方，秀吉的手停住了。他一下回想起了昨天在山坡上那十多秒不能呼吸的痛苦。

传助突然翻了个身，伸了伸手，身体又蜷缩起来，保持不动了。“呼呼……”传助的嘴里似乎在咀嚼着什么东西，上半身再次蜷缩着，将副驾驶位置全部覆盖。

秀吉裤子拉链的地方有些疼，而且下面已经勃起了。他似乎觉得自己是一个要向小孩下毒手的性犯罪者。

等一下，这太恶心了。这简直就像是一个喜欢杀人的变态狂。

监狱里也有过这种人。那些因为性犯罪而被判入狱的家伙，会遭受到来自其他犯人的鄙视，被人厌恶——茂君却是个例外，因为他的罪行太多了。

在第二次入狱时，他曾和那些强奸惯犯同一个房间。即使受到来自众人的责骂，那家伙也丝毫没有反省自己罪行的意思。由于在被其他犯人欺负了后，秀吉会给他一些照顾，他将秀吉视为能理解自己的人，当只有他们两人在一起的时候，就会给秀吉讲一些自己犯过的罪。说的时候简直就是一副非常怀念的表情，看上去他就像是完全陶醉在自己的罪行中一样，秀吉也忘记了自己是在坐牢，气得一下子将象棋盘向他脸上砸去，将他的牙齿打断了。

不，不，我的情况不一样，我可不好这一口。我可是没办法不得已而为之。

他将手腕上的绳子解开，走出车外。

一会儿，他又回到车里。现在行了。这下觉得原本迷迷糊糊，有些昏昏欲睡的脑子一下清醒了。

虽然清晨的阳光直接照在了脸上，可传助依然睡得很香。秀吉望着车外。这一带被深深的草丛所覆盖，一个人影都没有。好吧，快点把事情解决了吧。好的，为了重新调节自己的情绪，他再次用手捂了捂脸。

他一边口中念叨着是的、是的，不知不觉已经将手伸向传助的脖子。自己的手还散发着臭气，看着传助的脸——这个小鬼什么东西都有，而我和秀次却不能得到自己想要的东西。或许这个小鬼在现在的这个年龄，已经体会过了多出我人生数倍的幸福吧。可是，我却还是知道这个小鬼不也有许多未曾体会过的幸福吗？如果我现在下手，他就会在没能体味那种感觉的情况下离开这个世界。

秀吉将身子埋进座位里，点上了烟，大口吐出阵阵烟雾。

对啊，不用急，再给这小子一次机会吧。这是最后的机会了，就来试他一下吧，到时候再来解决他也不迟。虽然他想立刻将传助摇起来，可正要张嘴的时候，却看到了传助的睡脸，结果一下用手指按住下嘴唇，将已经张开的嘴闭上了。

“啊……”传助发出了声音，嘴巴也张开了。

当秀吉快要抽完今天早上的第五支烟时，传助终于醒了。秀吉将昨天在便利店买的饭团和一罐乌龙茶递到依然睡意朦胧的传助面前。

传助的头发已经睡得竖起来，他一边揉着半睁的眼睛，一边吃着饭团。秀吉对他说道：“你一个人睡在这里，不觉得寂寞吗？”

秀吉其实几乎没睡，即使刚入睡一小会儿，也会很快醒来，一晚上就这样反复着。估计总的睡眠时间只有三小时吧。

“嗯，可是我并不是一个人啊。”

稍微停顿了一下，秀吉才注意到他把自己给漏了。

“啊，不，不是这么回事，我的意思是没有和父母一起。”

不知为何秀吉变得有些语无伦次了。

“没问题的。因为我是第一次一个人睡，有些兴奋，根本就没怎么睡着。”

“还说什么没怎么睡着，你枕着我的手臂都睡了三分钟。”

“三分钟！”传助的眼睛闪耀着光芒，似乎睡了三分钟和现在起来都值得自豪一样。他又开始吃第二个饭团了，也不知道这些东西是怎样被塞进他小小的身子里的，吃完后他又舔了舔手指用意犹未尽的表情说道：“我从小就是一个人睡。”

“在自己的房间里？从小？”

现在的孩子都是这样的吗？还是说因为他是有钱人家的孩子？秀吉从十五岁离开家以前，都是和家里人一起睡，因为只有一个房间。

“是啊，爸爸说国外都是这样的。即使做了噩梦，一个人去厕所，我都不能在晚上进入妈妈的卧室。”

从小就有自己的房间，秀吉不知道自己是不是有些羡慕。因为从传助的话中，他似乎听出了一丝寂寞。

“说什么独立性，爸爸说为了让我养成独立性，他总是这么说。男孩子从一生下来开始就应该是一个人，要学会耐得住寂寞地一个人活下去。”

“寂寞？”

“是的，所以我已经习惯了。”传助做出奇怪的大人的样子这样说道。然后抬起惺忪的睡眼，看着已经没有食欲的秀吉正盯着自己的第二个饭团，于是分了一半给他。虽然这小子生于富人之家，却并不自私啊。这念头在秀吉脑中一闪而过。

秀吉对刚吃过早餐的传助说道：“接下来要进行测试了哦。”

传助一下子皱起了眉头。“哦，什么啊？太突然了。我最讨厌测试了。”

“你想离家出走吧？你想和我一起踏上旅程吧？”

“嗯。”他像是迷迷糊糊睡着了，被人晃动了一样点了点头。

“所以，就必须做这个测试。如果你不及格，就不能带你一起上路。这是为了了解你是否能适应这次旅程的重要测试。”

“那好，做吧。”由于传助回答得太干脆了，秀吉差点将“这是关系到你是否还能活下去的重要测试”这句话脱口而出。

“那好，来了，第一题——”

“等一下，我要小便。”

传助解开了脚上的绳子，一个人迷迷糊糊地去了。秀吉还在想要是他就这样逃走了也还是不错的，可对现在的情况一无所知的传助，在卡罗拉后面的备胎上尿了一通后又回来了。

“你有什么可以画画的工具吗？纸和铅笔。”

传助嘴里还在念念叨叨的，却还是从背包中拿出了一包皮革制的大人用的笔套，和用来打草稿的精美的答题纸。

“你在这张纸上给我的脸画一个像。”

“要是随便画的话，会被补习班老师骂的。”

“没关系，你随便画吧，这也不太重要。我以前的朋友们，在上课时都不听讲，在课本和答题纸上画满了小人儿。结果这家伙却成了一位有名的画家，现在的收入是那些白领的几倍呢。”

“真的吗？”传助的眼睛闪耀出了光芒。

真的，以前在拉面店偶然翻看的杂志上，看见上面介绍小学同学现在已经成为一名漫画大师，还配了一张照片，让他大吃一惊。当然，他们是朋友这番话是他吹牛的，因为对方应该已经记不得他了。

传助聚精会神地盯着秀吉，开始在纸上描绘起来。他画了一会儿，又停下笔，再看看秀吉的脸。这孩子有着一双大眼睛，黑黑的眼珠，长长的睫毛，他妈妈应该是个美女吧。在多次的视线交汇间，似乎变得有些害羞了。

“好了，完成了。”

秀吉看到传助举起已经完成的作品，自己的心跳也开始加速。

“这是什么？陶俑吗？”自己稍微放心一些了。认认真真画出来的作品，却只有脸部的轮廓稍微有些像。大大的圆脸中，或许是打算画眼睛和鼻子吧，结果却只画了几个小圆圈来代替。这种东西即使交给警察，也没有任何参考意义。

可即便如此，他也是马上就要上小学的孩子了，到时候他会不会画得更认真一些呢。秀吉还是小孩子的时候，也是贪玩好动，可是秀次在上小学之前，就已经很会画画了。

秀次很喜欢画画，只要一有空，就会在广告纸的背面画这画那。他虽然不像其他孩子那样有各种颜色的蜡笔，可在色彩把握上却很独到。如果他还活着的话，或许会比那个成为漫画家的男人赚得更多。

“不行啊，我画画很差的，或许这只是幼儿园的水平吧。”传助带着懊恼的语气说道。

“你不喜欢画画吗？”

“不是的。如果我画画的话，爸爸会生气的。他会说不要去做这些无聊的事。”

“什么啊，你爸爸这么容易生气啊。”可通电话时，听上去明明快要哭出来了。难道说他是那种窝里横的男人？

“嗯，可是他并不会大声地训斥。可即便是普通的声音也很恐怖了，因为他几乎不会笑。”

秀吉露出怪异的笑容说道：“那可不行啊。好，下一项。”

似乎已经完全陷入画画的感觉中了，传助的手一直把铅笔握着。

“什么什么？接下来画什么？我这次一定好好画。”

“不，接下来是汉字测试。”

“哦，不要啊。”

“你先出去一下。”

于是他们站在车外，秀吉指着车上写着的齐藤工务店几个字问道：“你读一下。”

“哦，好难啊！”传助皱着眉头，抄着手。拜托，不要读可不可以。

“嗯，好吧。”

“……能读吗？”

传助的声音小得只有他自己能听到。

“只会一个。中间那个字的发音应该是EI吧。”

秀吉原本心中憋着的一口气终于吐出来了。没问题了。这个小鬼是个笨蛋。虽然说话有些时候像个大人，还去上补习班，之前让人一阵担心，可到底只是个六岁的小鬼。不，或许水平更低。

“好，合格。”

“我只读出来一个啊。”

“因为你没读出来所以合格了。”

“太好了，真幸运。要是补习班的测试也像这样就好了。我汉字很差的。我汉字写也写不出来。”

“那你到底擅长什么？”

“嗯……空手道和西班牙语。”

“这是西班牙语里面的‘母鸡，早上好’。”

“你还是应该先学好汉字吧。”

为了保险起见，再测试一次吧。于是秀吉对嘴里正咬着铅笔、像小鸡一样在地上来回踱步的传助说道：“好，再来。”

“还要测试？够了吧。”

“最后一次，这是最后一次了。”这次将会决定你的命运。一定要好好做，不，一定不要好好做。

“这次又是什么？”

似乎不敢直视传助沮丧的目光，秀吉慌慌张张地避开了他的眼神。

“看着我的脸，试着说一下特征。”

“什么是特征？”

“如果有人问你叔叔长着怎样一张脸，当然，这里的叔叔是说我。那么你应该怎么回答呢？”

从下往上看的话，只会看见是一张大鼻孔的脸。可秀吉还是抄着手，不由自主地皱起眉头，将眉毛挤在一起。

“嗯，鼻子下面有嘴巴。鼻子上面有眼睛。头上有头发。”

好的好的，这小鬼果然是笨蛋。可正是因为他的笨才帮了他。还差一点就能通过测试了。

“如果再说仔细一些呢？”

“嗯，长着胡子，鼻毛露出来了，还有……”

“好，合格。”

秀吉还没听完就大声地宣布，传助高兴得跳起来。

“这样就行了吗？”

“嗯，我们一起上路吧。”接下来只需要收到钱，逃到一个安全的地方就行了。没问题的。不取他性命，让他回家就没问题了。

“不过，还有一个特点哦。”

“哦，什么？”秀吉发出了厌恶的声音。

“总觉得脸很奇怪。”

看来还是要干掉他啊。

6

篠宫府上的客厅里，摆放着的一个巨大落地钟里跳出来一个小型人偶，开始随着狂想曲的节奏跳起舞来。现在的时间是早上七点。

樱田从沙发上站起来。他不知什么时候睡着了。揉了揉脸，环视了一下四周。有些人正在长椅上打鼾，有些人已经躺在地上了。组员们这一晚上都睡在充满烟臭的宽大房间的各个角落。

捞偏门的话晚上应该是最忙的。虽然篠宫安排一切都按日常进行，可结果昨天半数以上的干部都是在这里过夜。

篠宫昨晚在同一个地方，保持同样的姿势坐了一晚上。就如同放在这一宽大客厅角落里的石像一样，身子一动不动地一直凝视着电话。僵硬冷酷的面部表情，也会让人觉得像是一尊石像，眼睛下面已经有了深深的黑圆圈，遮也遮不住。

“老大。”樱田开口说话了。他发出的声音里似乎带着对自己睡着了这一行为的羞耻，“你还是稍微注意一下身体吧。”

篠宫沉默地摇了摇头，少有地微微一笑，似乎是觉得如果自己连一个晚上都撑不住，反而更是一种耻辱。

伴随着传来的一阵香气，篠宫夫人也进来了。和家里的用人佐藤一起端来了一个盆子，里面放着水瓶和杯子。就连对人毫无防备之心的她，也应该明白绑架犯是什么样的人了吧。她在室内穿着和昨天相同的棉质大衣，脸前散落着蓬乱的头发，平时总是挂着微笑的她，现在则是一副相当憔悴的表情，看来她也是一夜没睡。

樱田呆呆地看着两人一夜之间似乎苍老了几岁的脸。这或许就是父母对孩子的思念吧。他可是当年曾经只凭一把枪就只身冲到敌对组织的总部，被誉为县南狂龙，将原本只有五名成员的八岐组领导成为一流的暴力团伙的篠宫智彦，而现在却变得如此憔悴。这种感觉对于没有妻子、孩子的樱田来说，或许永远无法明白。

正是因为自己没有孩子，樱田才将传助少爷看做是自己的孩子一样疼爱。孩子出生时，由于篠宫一直以工作优先，是他代替篠宫在医院里一直等着孩子出世。他会在孩子参加运动会时在一旁录像，还会让孩子骑在自己身上在游乐场玩。他对这种感觉也是感同身受，想要找回孩子的心情一定不输给篠宫夫妇。可是，父母终归是父母。樱田再一次揉了揉自己的脸，自己应该还没变成那副模样吧。

除了在一旁一直没有睡的保镖，还有一个人也醒了，就是三森。他正在仔细地检查昨晚NTT员工准备的试验控制装置。虽然他认为这是一台非常精密的仪器，可却还是像平时看笔记本电脑一样，只是用手轻轻敲打而已。

三森说道：“其实我想要的并不是硬件，而是数据和系统而已。因为我已经得到密码了。之后要做的就是让昨天那家伙启动设备。看，这项功能是告诉我们手机现在所在位置的。只要能利用这一功能就行。硬件方面只需要无线接收器和测算器。只要有了这些就能很精确地锁定位置，能够以十米为单位计算出来。那么误差也就只有几米而已。”而无线接收器已经架在篠宫家的阳台上了，另一头连接着大型的导航系统画面。

三森之所以还这么有精神，都是可卡因的功劳。八岐组从六年前开始就已经禁止成员服用违禁药物，可是要让三森放弃这种药物，是不可能的。

樱田又卷着舌头向篠宫说道：“少爷一定没事的。他是老大你的儿子啊。他是那种无论面对何种痛苦，都不会放弃的孩子。”

在浅浅的睡眠时，樱田梦到了传助。在梦里，传助正哭着求救。救命啊，丘利——

丘利——这是篠宫夫人给樱田起的外号。可现在最痛苦的并不是自己，也不是篠宫夫妇，而是传助少爷。樱田像是想要听清那段回音一样，清了清自己的耳朵，回想起了梦境里传助求救的声音，不由得咬牙切齿。

“哟嚯——”当卡罗拉像过山车一样从坡上滑下去时，笨蛋小鬼传助发出了欢呼声。

“喂喂，你慢点开啊。我都不能好好画画了。”

他似乎像是沉迷于绘画之中一样，将放在后面的漫画杂志作为画板，从刚才开始就已经作废了许多页了。

“慢慢开吧，今天既不用去补习班，也不用去幼儿园。”

是啊，慢慢开吧，急也没用。星期天早上的街道，就如同山村的道路一样空旷。从地图上来看，现在离目的地已经不到二十公里了，十多分钟之内应该能到。想要执行好之前的计划，最好是等街上人再多一点的时候更好。看来有必要找个地方消磨一下时间。

他握着方向盘的手开始微微颤抖。这是武者的颤抖。虽然自己是这样安慰自己，可其实他很清楚，这是害怕的颤抖。现在也还不晚，真想就把这小鬼从车上放下，然后自己逃得远远的。正是有这样的冲动，他几次都想要踩刹车。逃走是没用的。即使现在逃走，也没有自己的容身之处了。自己已经没有前路了，就如同村里的山路一样。

再在脑子里整理一下，看还有没有什么事情遗漏吧。是不是应该要求对方全部拿新钞票会比较好呢，电视剧里经常这样演。然而，茂君认为这其实没多大关系。“让对方准备旧钱、不要连号钞票什么的，实际上没什么意义，因为所有号码警察都掌握了。在我们打电话过去前，他们没其他事可做，就只能做这些。那么首先，我们要考虑如果收到钱的话，应该怎样花掉。如果是你的话，一定是用来赌马什么的吧。这样的话，谁都能查到，警察也不是吃白饭的。所以用钱的话要稍微忍耐一段时间。

传助还是老样子，把人的脸用四角形、三角形、圆等几何图形拼凑而成。他将铅笔放在脸蛋上，说道：“嗯嗯嗯，画不好呢。”

“画的什么？章鱼和乌贼？”

“狗，凯撒和克拉乌斯。”

秀吉摇了摇头，停顿了一下对他说道：“你不要用手来画啊。”

这是当年中学老师说的话。因为买不起新的绘画工具，只能用红色和黑色的笔来画，可却得到老师的表扬。

“画画不是用手来画，而是用脑子，重点在感觉。你的画就很有感觉，非常不错。你很有才华，老师是知道的。加油！”

“呵呵呵。”传助发出奇怪的声音。

秀吉往副驾驶位置上一看，传助正咬着铅笔，像鸡踱步一样用铅笔在纸上乱走着。

“不对，是用脑子。用脑子来画。”

“哦？用脑子？”传助用觉得不可思议的眼神看了一会儿铅笔后，接着又用耳朵把铅笔夹着。

“不是啊。”对啊，这家伙不是个笨蛋吗，现在不就正好证明了这一点吗？

“喂喂，应该怎么做啊？”

“意思是说你不能只靠手来画。重点在你要对绘画物体有感觉，首先要在脑海中浮现出来。你试着闭上眼睛想象一下你要画的东西，然后用手画出来。”

“要是一直闭着眼睛，我可画不了。”

“画画的时候可以把眼睛睁开。”

“是吗？原来如此啊。”

在闭了一会儿眼睛之后，传助又开始慢慢用铅笔画起来，那副表情就像是在憋大便一样。在显得有些得意地点了点后，他将画拿给秀吉展示。

“怎么样？”

“嗯，好很多了。画的是狗吧？”

“不是，是章鱼和乌贼。”

“哦，前卫艺术啊。”

“那是什么？”

“我也不懂。”

“那这画的是什么？”

“这可不是猜谜游戏哦……猫？”

“错了，是我妈妈。”

“是吗？那你试着画一下爸爸吧。”

茂君似乎曾经说过，如果不预先确认小孩父亲的样貌，对方就有可能让警察来代替交赎金。虽然对传助的画并不怎么期待，可总比一无所知好。

“爸爸的脸……很难呢。”

“你首先试着想象一下他的脸。”

传助一下子闭上眼睛。过了一会儿就开始摇头。

“爸爸的脸长什么样？最近都没怎么见到。他老是说工作忙。”

“爸爸脸上的特征呢？”

“嗯，眼睛旁边是耳朵，鼻子下面是嘴巴。”

“喂，我问的是特征，不是指这个……也就是说，他和其他人不同的地方，究竟明显的地方是哪里。比如你看我，鼻子旁边有颗痣。爸爸和其他孩子的父亲相比，有什么不同，你再想一下。”

“可怕，几乎不笑。”

“再说详细一些？”

“要是一直看着他的脸，虽然很开心，可还是会有些紧张。光是看着背影都会让我的心怦怦直跳。可是妈妈却不会这样。”

看来也是个很普通的父亲啊，或许就和秀吉的继父是同一类型的吧。在外面被人当做笨蛋，回到家里就开始撒野，还会拳脚相加，喝了酒之后最讨厌。年轻时的秀吉只要一看到继父的脸就会感到生气，所以总是把脸转过去。这种态度让继父觉得不满，所以经常挨打。要是传助到了能还手的年纪，就会觉得父亲的存在其实是微不足道的。秀吉是只要一听到那种可怜的哭泣声就会忍不住动手的人。

“他戴眼镜吗？”

“不戴的。可经常戴一副黑色眼镜。”

墨镜啊。

“身高呢？”

“和冰箱差不多高。”

应该是小冰箱吧。

“应该很瘦吧。是不是很瘦，可肚子却鼓起来了？”

继父就是这样子，因为经常喝酒。

“嗯，不瘦。肚子也没鼓出来，很有肌肉。背部也很有线条。”

“哦，你刚才说什么？”

“很有肌肉。”

“啊，那他多大年纪？”

“嗯，多大呢？和小德爸爸是同年的。”

“小德是谁？”

“我幼儿园的朋友。”

“那小德爸爸多大年纪？”

“和我爸爸是同年的。”

再问下去自己就成笨蛋了。似乎问了这个笨蛋小鬼许多比较难的问题。传助像是要发表重大决议一样，举着铅笔说道：“好，脑子里稍微有点爸爸的印象了。我再努力一下。”

本来完全没有什么期待，可看了传助画好的画，秀吉却不由得睁大了眼睛。

“哦，只要试着做，不是做得很不错吗？”

“嘿嘿嘿。”

自己只不过是给了一些适当的建议，却没想到能取得这样的效果。虽然还是像之前的一样画得像几何图形，可总算有点像人的样子了，而且还画了手脚和身子。用一条条竖线画的头发看得出头发都是往后梳的。鼻子用箭头表示，看来鼻子很高。嘴巴是V字形，看来从来不笑的父亲在这幅画中是会笑的。

“话说回来，为什么爸爸的屁股上会有一朵盛开的花？”

“啊，那是背部，开着一朵牡丹花。”

“哦？现代艺术啊。”

围着大宫市的中心地区来了一个大迂回后继续向东前进，不一会儿就进入到岩槻市。这座城市是以生产人形玩偶而著名的，到处都立着玩偶店的广告牌。

现在时间已经过了早上十点，离秀吉指定的时间还有一个多小时。或许在到时间之前再联系比较好吧，这样就能不给对方思考对策的时间。虽然在茂君的“完美绑架法则”中并没有这一条，可这种事情秀吉还是明白的。为了调整好时间，他在即将到达目的地之前，将车子从国道拐进一条没有人的小路，停下了。

问题是传助该怎么办？必须让他老老实实地待上一阵。虽然绑起来是最有效的办法，可好不容易才让他相信是在和自己一起旅行，如果还要再带着他走一段路的话，那还是让他一直保持这种想法会比较好。

他一边点烟，一边偷偷看了看副驾驶位。传助正盯着之前被当做画板用的杂志，眼珠都快飞出来了。

“喂，传助！”

“什么？”眼珠都快飞出来的传助回答道。

“你要不要藏起来？”

“藏哪儿？”

“藏车里。很有意思的哦。”

“这里不是没地方藏吗？”

“你可以藏在后备厢的纸箱里。还可以藏在毛毯下面。”

“太无聊了。”

“啊，果然。”

看来还是不行啊。这时嘴上的烟已经快要烧完了。

“那你知道怎么解开绳子吗？”

“不知道。”

“这是个魔术。我在电视上看到过，很厉害的。魔术师把自己绑了，关在狭小的、不能活动身子的封闭箱子里。本来应该是绝对出不来的，可是打开箱子一看，却不可思议地不见了。魔术师在不经意间逃脱了，然后又搭着升降梯从天花板上下来。要试一下吗？很有意思的。”

传助似乎稍微产生了一些兴趣，眼珠像老虎机的硬币一样发出光芒。

“这个是不是像SM游戏一样？”

“啊？”不要去知道那些莫名其妙的事情啊。不对，“你到底是从哪儿学到这个的？”

“就是刚才看到的。看，这里。我的肉体……不会读了……什么啊……今天……SM游戏……不会读，好厉害……突然，用CYO把我……”

“CYO？”

“是的，绳文时代用的绳子。这个汉字是这样读的。以前我在补习班学习过历史，是为了中学考试进行的讲座。”

“是补习班教的？中学考试，你都还没念小学呢。”

“是的，补习班的老师说是精英教育。他是这么说的，听好了，想要在人生中不断取得胜利，就必须比别人先迈出一步，他还说其他人都是这样。真奇怪啊，要是大家都能战胜别人，那不就没有输家了吗？”

“嗯，要我说，那些花里胡哨的东西是赢不了的。想要在人生中得到胜利最重要的是什么，你知道吗？”

“计算训练？读写汉字？”

“不。时机。明白什么是时机吗？就是运气。”

“嗯。”不清楚传助的这声回答是否真的明白了自己所说的话。

“只要时机对了，就能领先别人超过百步。可是，只有时机也是不够的。想要获得好的时机，外部环境也很重要。时机和环境，人生所需的就是这些。”

“原来如此。我记一下。”

传助在答题纸的背面书写着，然后又用如同星星般闪亮的眼睛看着秀吉。秀吉不知为何觉得身上有些发痒。

“不用记笔记。”他不想再看着传助散发着热情的脸庞，于是又重新叼了一支烟，将脸转过去，望向窗外。

“喂，为什么要把这个姐姐绑着呢？”

“啊？”秀吉将脸转过来，传助也没有再看着他，而是带着不可思议的表情看着杂志中的写真照。

“这个嘛，虽然我没干过，不过看上去这样做了会很舒服哦。”

“真奇怪。”

秀吉突然灵光一闪。

“对啊，你也来试试吧。”

“哦。”

“不，你也来玩玩SM游戏。”

“嗯，好吧。”传助看了看写真照，又看了看秀吉的脸，用满不在乎的口气回答道。秀吉于是去拿后备厢里的绳子。

“好了，来试试吧。”

“叔叔，你眼神好可怕。”

“好了好了。”

“哎呀……”

已经过了早上十点，电话却依然没响。在宽敞得可以进行网球双打的蓧宫家的客厅里，已经没有多少人了。除了樱田之外，留下来的干部一级的只有三森、及川、胜又等人。而其他人和他们的手下待在休息区里以便能随时开始行动。抓住罪犯的准备工作已经做好了。这是一次能够动员超过一百名组员的万无一失的布置。

首先在罪犯指定了接触地点的同时，蓧宫先行前往，然后以时田为首的三十人也去到现场，埋伏在周围。

三森则利用之前的设备，如果找到罪犯的藏身之处的话，那么就再由远藤带领三十人，而且是八岐组中最暴力的一帮家伙前去。

为了应对对方更改地点，在第二、第三地点做好准备，及川会开着六台车，带领十五个人一直跟着蓧宫待命。

剩下的一百名组员，会前往大宫、浦和、上尾、岩槻、川口、与野等地的中心、主要道路、高速入口等地埋伏。灰岛和其他下属则打游击，秘密对搜查区域进行地毯式搜索。而且蓧宫还准备了通讯上用到的无线电设备来进行联络。

时田小队和远藤小队已经在蓧宫家周边的空地和停车场里将车子分散停放，做好准备了。及川小队用的跟踪车辆是蓧宫交通的出租车、蓧宫建设的面包车、蓧宫金融因为对方还不起钱用来抵债的国产轿车，年轻组员则开一些运动型车和两辆摩托车。他们都在附近的路上停着，等待出发的命令。

三森正在摆弄着NTT的试验控制装置，据说可以搭载到车上。两辆装甲车中的一辆作为指挥车，樱田和三森应该是会乘坐这一辆。

上午十点二十五分。大理石桌子上的电话响了。篠宫慢慢将手伸向电话。正在倒茶的夫人也停下来，双手交握得手指关节已经发白。樱田将耳机放在耳朵旁，房间内剩下的干部们谁都没有发出声音。

“你好，我是KO进学会的藤本。你们家的孩子今天也没来上课呢，再这样下去的话，我对您家孩子的将来很担心，所以打电话。”

篠宫将电话挂断了。胜又停止了录音。

“啊呀啊呀。”夫人发出了困惑的声音。

“混蛋混蛋！”三森也仰天长叹。

及川咆哮着说道：“把这家伙也做了。”

胜又则小声说道：“与其担心别人家的孩子，还是先担心一下自己吧。”

一分钟后，电话又再次响起来。

“啊，刚才电话似乎断掉了。我是KO进学会的藤本。我给您打电话不为别的，是想谈一些关于您家孩子将来的重要事情。喂喂，夫人”

篠宫露出像恶鬼一样的表情将电话交给妻子。如果是关于孩子未来的话，还是应该由她来处理。“孩子感冒了。”夫人随意说了一句想要挂断电话，可藤本却依然不依不饶。而这期间罪犯也有可能会打来电话。这时在场的所有人都站了起来，气得直跺脚，有的还把手指关节按得咔咔直响。篠宫妻子在一旁劝大家不要使用暴力，而及川为了避免篠宫妻子听到，悄悄在篠宫耳边说道："这家伙以后再收拾。"

摸不着头脑的KO进学会的藤本，后来在走夜路时被一群凶神恶煞的男人围住，殴打了一顿。

好不容易才挂断电话，铃声又立刻响起来。时间是十点四十分。

又是藤本吗？如果还是他，一定要打断他两根骨头。樱田拿着耳机的手变得很用力。不是藤本——是那曾经听到过的捏着鼻子说话的声音。

"喂喂，是篠宫吗？"

"是的。"

篠宫发出的悲痛之声比平时低沉的声音高一个八度。

"钱已经准备好了吧。现在在身边吗？"

"是，是的。"

"五千万，全都准备妥当了吧。"

"是的，当然。"

"如果少一分钱，你就要不回孩子。如果多出来了，就没问题啦。哈哈哈。"

听到这带着鼻音的笑声，樱田气得咬牙切齿，恨不得把手伸进话筒中，扭断里面那混蛋的脖子。

“那将钱按两千五百万分开装。”

“哦，那么应该用什么装呢？是用纸袋……还是用旅行箱呢？还是用公文包？”

“嗯，该用什么呢？……用什么好呢？”

篠宫将自己装作是一个已经失去理智的父亲，在罪犯毫无察觉的情况下将话题一步步展开，他们开始一起思考。而三森则眼前一亮，真是个笨蛋。

“用什么材质比较好呢？应该是结实一些的好，还是轻一些的好？颜色呢？有什么要求吗？”

“什么都行，你看着办，只要携带方便就行。一个人的话，或许有些重吧。呵呵呵。”

三森做了一个OK的手势，在樱田耳边小声说道：“没错。这家伙用的是传助的电话。”

罪犯还在笑。他也就只有现在能笑一下了。

“当然你要带上手机，把号码告诉我。”

篠宫将手机号说了一遍。手机是这次专门准备的。他们还用收信器捕捉到了周波数，打电话的内容其他人也能听到。只念了一遍似乎没有记住，发出鼻音腔的这个笨蛋又让篠宫重复了一次。看来并不是一个聪明的男人。

“那，接下来应该怎么做……”

“你马上到我所说的地方来。我只说一遍，听好了。岩槻市的国道十六号线路边的家庭餐厅。一定要在十一点半时到。坐在窗边的位置。明白了吗？我再说一遍。”

之前明明说只说一遍，可他还是重复了一遍指定地点。没关系，这家伙脑子不好，而且气场很弱。看来是很容易对付的。

“必须一个人来，要是不遵守约定，你儿子就没命了。”

“是，是的。请让我听听孩子的声音。求你了。求你了。”

篠宫的声音提得更高了，声音尖得无法想象是个男人的声音。与其说是为了欺骗对方，不如说正好展现了他逼真的演技。

胜又又念叨着“真是太可怜了”。似乎察觉到自己听到了一些不该听的内容，组员们都将视线落在地板上。

只有樱田还抬着头，看着篠宫。他是最了解篠宫的人，可还是感到愕然。难道刚才不是演技而是真情流露？从刚才的感觉来看，难道不是想要听一听孩子的声音，而从心底对罪犯发出的恳求吗？虽然完全不愿去想篠宫智彦居然会变成那样，可是樱田却看得一清二楚，篠宫握着听筒的手还在轻微颤抖。

虽然对方沉默地挂断电话，可篠宫的表情看上去依然显得非常平静。篠宫一言不发地扫视了一下全体人员，似乎希望有人能说几句，或是来确认是否有人看透了自己的内心。

“这个混蛋，太得意了。”关掉录音，听到篠宫悲痛的声音后，及川忍不住咆哮起来，“老大，已经够了。我们不必再演戏了。接下来就交给我们吧。”

“对啊。”三森也敲着桌子大声说道，“我们已经知道他的藏身之处了。岩槻，一定是在指定地点很近的地方，一定就在半径五十米之内。”

“好！”樱田一下站起来。这个鼻音混蛋这下就完蛋了。今天晚上就把他扔到利根川里去吧。然后他朝着正在摆弄桌子上机器的三森问道：“把这玩意儿装在车上需要花多长时间？”

“花不了多久，只要给我足够的时间来安装天线的话。”

“那好，我和老大一起进店里。然后你们跟在后面。”

三森用两根手指行礼说道：“明白！”其他的年轻组员们站在樱田面前都会紧张得说不出话，可这家伙却例外。虽然他是个有些任性的小子，可关键时刻能起作用。面对他无礼的回答，樱田笑了起来。

首先是及川，接下来要留一点儿时间让樱田从后门离开这里。如果罪犯是团体犯案的话，现在就有可能在监视这座房子，所以在进出时不能太张扬。依照曾经是埼玉县警察的胜又的建议，他们决定以少数人分批从后门离开。然而，这恐怕是白费工夫。因为樱田确信罪犯只有一人，而且很笨，气势也很弱。所以只准备一个汽油桶就够了。

虽然平时樱田身边总是会有年轻头目担任护卫工作，可今天他却独自一人在葆宫府的后面走着，朝着数十米开外的空地走去。时田已经在车子旁等着了。打开车子后门，樱田钻了进去。

“已经让我们的人去现场了。老大和我殿后。”

“没有安排人在店里埋伏？”

“之前选了一下。高林兄弟，还有一名染了头发的年轻人和两个女的，我想自己也先进去，行吗？”

“嗯，我也进去。”

时田办事真是得体，也能做到适才适用。现在许多的年轻组员，他们的风格看上去就和坐在便利店门口的小鬼头没什么分别。而高林兄弟在金融诈骗方面有很强的能力，为了配合自己的工作，他们两人总是梳着三七开的头发，而且经常穿着一身西服，还把里面的长袖衬衣的领子遮起来，看上去像是两个老老实实的银行工作人员。

将一头长发绾在后面，经常晒太阳的时田看上去也像是一名做国际贸易的年轻社长，也没什么问题。问题就出在樱田身上。

“这副眼镜和你不配啊，看上去像超人克拉克。”

“走开。”虽然准备了一副眼镜，想让他看上去更有气质，可不得不说真的很不合适。

他们从后门开到了蓧宫家门前的那条路。这时蓧宫开的车也正好出来，是那辆夫人经常开的银色奔驰。在通过后视镜确认了应该跟在后面的摩托车和面包车已经出发了之后，车就直接拐进了前面的主干道。他们开的车并不是平时樱田开的装备了防弹玻璃的林肯，而是为了让自己显得年轻一些而专门找的一辆斯普拉，后面的位置非常窄，和时田并排而坐的樱田必须将自己的长腿弯曲。头快要碰到车顶的时田也蜷缩着问道：“远藤呢？”

“他接到三森的电话后，就马上上了装甲车。看上去显得意气风发。”

不好的预感。虽然远藤比较适合担任战斗队长，可是却不会用脑子。那巨大的光头里，脑子可能就只有梅干那么大吧。

“没问题吧。那家伙有好好理解自己的任务吗？”

“也许吧。”时田也不安地回答道。远藤好歹也是他的大哥，所以说话还是要有些顾虑，“也许吧”的后面应该是要再跟一句“我不是很清楚”才对。樱田对司机命令道：“开快点！”

他们沿着县道往东开。篠宫家离罪犯指定的岩槻市的家庭餐厅不到三十分钟。应该能在指定时间前十分钟到。

出了大宫市就向右拐，进入十六号国道。没过多久就看到餐厅的广告牌。和周围的店不同，这家店的一楼是停车场，二楼的店铺建造得很有城市风格。正对马路的大窗户是开着的，让人能够看见店里非常宽敞。

在进入停车场的瞬间，樱田抬头看了看天。停车场里几辆银灰色玻璃的奔驰像开车展一样停成一排，而中间是一辆装甲车。远藤那个笨蛋，真是的！

他和时田一起上楼。在正要拐进大楼的时候，就看见篠宫的奔驰正从道路的另一头开过来了。

一打开门，远藤那些先行到达的小弟们都坐在门口等人用的沙发上，大口大口地抽着烟。樱田见到这一幕后，立刻慌慌张张地制止。

看来不好的预感很快就应验了。一进入店里，就已经明白事态非常严重。

远藤的手下们分散落座在餐厅的各处。让本来就很少的普通客人一下子就发现周围的气氛有些不对。

远藤的那些手下们虽然故意装作只有自己一个人或是几个人围坐一张桌子，可却没有发挥任何效果。虽然他们都穿着运动衫或高尔夫球衫来拼命彰显气质，却还是白费心思。远藤直属的这些人，每一个都是油头粉面的，一副凶神恶煞的表情。

“请问是两位吗？”店员带着一副和善的表情来招呼他们。“请问您吸烟……”

因为觉得回答起来很麻烦，他们都没说话，只是看了店员一下，就径直走入店里。或许是樱田运气不好，他的视线和店员对在了一起，结果这名店员一下子露出了一副尿湿裤子的表情。

“呀，大哥！”一旁的桌子传来了远藤的声音。他真的有打算化装吗？光头上戴着一顶滑雪帽，矮矮的鼻子上戴着墨镜，正在向他们挥手。

这个单细胞的梅干脑袋啊！虽然当时就想发飙，可是想到罪犯既然指定让藤宫坐在窗边的位置，那么他就极有可能正在某处进行监视。于是只好装作没听见。

“喂喂，老大，是我。果然没把我认出来啊。”

肯定认出来了啊，笨蛋。他在远藤的桌子边停下来，一边装作寻找空位的样子，坐了下来。

“你打算干什么？”樱田在一旁小声问道，可远藤却在旁边用敲铜锣一样的声音大声回答道：“什么打算干什么？怎么样，我叫来这么多兄弟，一下就能把那家伙解决掉。”

樱田从西装内的口袋中取出电话，装作在打手机的样子骂道：

“笨蛋，你想害死少爷吗？你刚才有听计划安排吗？”

“没有，只是三森打电话叫我来这里。”

“不是这里，是附近。首先就是让你不要进来这里。”

篠宫进来了，两手提着提包，在店员的带领下走向了窗边的桌子。店里的空位已经屈指可数了。篠宫也意识到罪犯还没到，而店里已经全是他的组员，气得表情僵硬。要是在其他时候，他早就把远藤骂得把巨大的身子蜷缩成老鼠了，可今天却只能一言不发。他刚一坐下，就立刻朝远藤投去尖锐冷酷的目光。

只是这一瞥就足够了。远藤似乎已经意识到自己到底干了些什么。“……老大好像很生气啊。”面对这种理所当然的事，樱田也只能一言不发地盯了他一眼。

“对不起啊，那现在应该怎么办？”

“出去，不，也不行。一个个不要太张扬地去厕所，藏在那里。”

“明白了，我马上让他们去厕所。那么，我呢？”

“你也去。”

“嗯？”

“你也去厕所！”

远藤做出一副可怜的表情。

已经太迟了。篠宫的手机响了。

7

好了，差不多该去拜会一下传助爸爸那张哭丧着的脸了。秀吉慢慢地整理了一下自己的脸，窥视着店里的情况。接下来就没再说一句话了。

“！”

他立刻察觉到了店里各处怪异的情况。黑社会，黑社会，还是黑社会。店里到处都是黑社会。虽然穿着显得很平常，可都梳着油头，戴着墨镜，胸口挂着金链子，站在这里都能看清楚手指上的大戒指。无论怎么看都是一帮不寻常的家伙正围坐在桌子前。这简直就是暴力团伙在进行午餐会。

店里的人应该还没发现自己——秀吉虽然对这一点很有自信，却还是不由自主地将脖子缩了回来。

那群家伙是什么人？难道是警察？而的确有许多警察的穿着打扮看上去和黑社会没什么不同。反黑组的那群家伙更是如此。可现在的这群男人，应该没那么简单，他们是真的黑社会。秀吉曾经入狱三次，在里面也见识过这类人物。现在店里的这群人，每一个都散发着当年监狱里那些黑社会同样的味道。

黑社会聚餐？在家庭餐厅？选了一个不伦不类的地方啊。篠宫虽然已经遵照指示坐在窗边的位置了，可是窗边已经坐了太多的黑社会，已经分不清哪个才是篠宫。之前为了不在店里显得混乱的时候进去，才专门将时间定在十二点前，可现在却已经坐满了人，都坐不下了。

不管了，先打个电话试一下吧。为了不让拨号的动作太明显，他将手机用胶布绑在了袖子里面。篠宫的电话号码已经设置成了快捷键。按一下，已经是等待音，那究竟是哪个人？秀吉的眼睛开始扫视着。

从这里看过去最左首，一个坐在一张两人桌旁的男人将放在桌上的手机拿起来了——就是他。

传助画得很对啊。黑色的头发向后梳着，高高的鼻梁看上去的确像个箭头。然而面对初次见到的传助的父亲，和秀吉的想象还是有很大的不同。这个男人穿着灰色的西装，看上去有四十多岁。皮肤很白，可体格很健壮。他的模样混在这群黑社会中并没有任何不协调。真的是他吗？

“喂喂，喂喂。”

手机里传来迫切的声音。秀吉将手机拿开，伸长了脖子去窥视篠宫的样子。没错，桌子下面还放着两个手提包。不过居然那么小，五千万日元就是那堆东西吗？本来以为如果一只手抱着会很重，才让他分成两个包来装。秀吉以为会是两个铝合金的箱子。什么啊，早知道就要更多的钱了。

“喂喂，喂喂。”

虽然篠宫应该不知道他已经到了，可为了保险起见，还是不要做出任何奇怪的举动。于是他不再用手捏住鼻子，只是将鼻孔吸紧，回答道：“是篠宫吧。”

“是。”

篠宫的声音还是那样战战兢兢。由于现在离得比较远，无法看清他细微的表情，但可以肯定的是他一定流泪了。哭吧，哭吧，继续哭吧。

“你没有报警吧？”

“是的，当然没有。”

为什么店里会有这么多人？——他本来想就这样说出这句话，却又慌慌张张地吞了回去。这样不就暴露了自己正在附近了吗？

“那好，你先从店里出来吧。”

“出来？从这里吗？”

“是的。这里只不过是一个过渡地点。你离开后我再告诉你真正的交易地点。你开车来的吧？”

“是的。”

“那好，你先上车。我还会给你指示的。”

“那孩子……”

“别担心，他很好。”精神好得过头了，“正被捆着呢。”

“捆着？……在哪儿？他在哪儿？”

“在哪儿？在车……”危险，危险，“你上车后我再告诉你。别担心，我不是说过他很好吗？总之，你先出来。”

不错，一切都很妥当，还是干得不错的。虽然篠宫还带着哭腔继续提问，秀吉却一言不发地挂断电话。因为他就快忍不住笑出来了。

樱田在篠宫接通电话的同时，按开了藏在西服口袋里的接收器的开关。耳机就藏在眼镜腿里，耳塞利用头发和衣服领子进行了巧妙的隐藏。因为他还是担心罪犯已经潜伏到附近了。他赶走了窗边一张桌子上的小弟，一个人坐在那里。而篠宫就在离他两张桌子的地方。

在偷听对话的同时，他用目光扫视着窗外。街道是一排紧挨着的住宅和小商店，这样的风景在埼玉县随处可见。这一带并没有能从高处进行监视的高层建筑。

在国道的另一头，有一家二十四小时营业的加油站。员工和客人的行为都很正常，也看不到车子。这么说，罪犯一定是在街上了。

于是他立刻用视线反复扫视着人行道。商店门口还有马路的另一边。带着小孩的一家人，牵着狗散步的男人，站着说话的情侣，抱着纸箱的流浪汉。星期天的上午，人还是很多。而这也是正常的，因为其中一半的人都是时田安排的，化装后秘密埋伏在街上。

没有发现可疑人物，也没发现有人藏在某处。除了时田小队的人之外，没什么可疑人物。这家伙到底在哪儿？虽然三森应该在离这里不到五十米的地方，应该也没发现可疑的人吧。只要他没有产生吸毒后的幻觉。

“这里只不过是一个过渡地点。”当耳机里传来鼻音混蛋的这句话时，樱田的血都开始逆流了。搞什么！“你离开后我再告诉你真正的交易地点。”装作一副了不起的样子。

他在这里吗？

那家伙果然在附近！在店里？他环视了一圈。普通客人已经很少了。应该是害怕远藤这帮人，都走了吧。除了他们这群黑社会，店里还有三个正在打闹的孩子和正战战兢兢责备孩子们的一对夫妇了。还有一对没有察觉到周围气氛变化的外国夫妻。而最奇怪的则是餐台上的那个人，从早上就开始喝啤酒，喝得满脸通红的中年男人。可这家伙的旁边坐着高林兄弟，正对他进行监视。那么，是藏在厕所里了？可是这是绝对不可能的啊。因为里面应该挤满了远藤的手下。

这时远处微微传来救护车的警报声。而正对着窗户的左耳却没有听到，反倒是塞了耳机的右耳听到了。虽然被这个鼻音混蛋的声音遮住了却还是能听到，声音还比没戴耳机的左耳大。

在外面，樱田抑制住急躁的心情，一下子站了起来。他在走过时田面前时，小声说道：“我到外面去，接下来就交给你了。”

他在收银台扔下了一张一万日元的钞票后就出去了。而店外四周的行人有一半以上是时田的人。他们有带着孩子、穿着优衣库遮住刺青的父亲；有戴着棒球帽来遮住莫西干头，牵着女孩的年轻男子；还有将没有小指的左手揣进包里，正在散步的销售员。还有一个男人装成流浪汉的模样，抱着纸箱子来回转悠。纸箱子里面藏有针孔摄影机。他负责对现场附近的所有人摄影。而图像将会发送到三森那里，从而实现实时监视。

樱田给一位和自己擦身而过、穿着豹子卡通图案的人小声说道："在店的附近，沿着道路找。"

这个男人是负责传达指令的。为了不让正在潜伏的组员同时拿出手机和无线通信器，犯如此愚笨的错误，他只能奔走相告。而樱田自己也装作想要叫一辆出租车的样子，监视着周围。可是无论怎样搜索，却始终没有发现可疑人物。

突然他注意到了正停在加油站里的那辆车。虽然驾驶位上坐着的是个女人，可是可以看见后面位置上坐着的小孩的脑袋。

"去看一下。"他朝马路另一边穿着优衣库的人用眼神下达了指令。然后目光开始关注停在路边的每一辆车。道路两侧、自己面前、对面，一共停了四辆。其中一辆看见了人影。他摘下把自己打扮成上班族样子的眼镜，开始慢慢靠近。

驾驶座上的男人正用一只手拿着手机，看起来有三十多岁。从外表来看是一个脸形消瘦、身材单薄的男人。

是这家伙吗？敲了敲车窗。男人将窗子摇下来，露出一副不满的表情，可当他看到樱田强壮的体格和宛如从高空俯视的目光后，又露出了胆怯的神情。樱田一把抓过男人的手机，放在耳边。

“喂喂，怎么了？你有在听吗？”

是女人的声音。樱田瘪了瘪嘴，将手机扔了回去。不是这家伙。

这时他看见篠宫正从店里出来，走向了停车场。于是，立刻给时田打电话。

“让及川出发，跟上。”发布完这条简短的命令后，立刻挂断电话，马上又给三森打。

“喂，哪儿都没发现。真的在这附近吗？老大要去开车了。”

“没错的。那家伙的手机还没关，就在这附近。”

“这附近，到底是哪儿附近？不是说能够定位到几米范围以内吗？”

“不，这个天线指向性的能力比我想象得要差。看来秋叶原的东西还是不行啊。再给我一点儿时间。”

到底在哪儿？到底藏在哪儿？三森在电话另一头叫喊道。

“啊，他挂断电话了。”

潜伏在四周的组员们，开始从马路的各处直接开始行动。站在电话亭里的男人，被留着莫西干头型的男人拉了出来。不对，不是他。如果是公用电话的话，在通话前会有等待音。穿着卡通豹子衣服的男人一下子抓住正蹲在街边的男人的领子。不对，不会是这么年轻的家伙。不好了，现在已经完全混乱了，作战失败了。罪犯或许已经发现了我们，混账。樱田跳上了停在电杆前，写着“CATV施工中”的车里。

呀，忘了关电源了。手机接下来还会派上大用场，要是没电了就不好办了。秀吉在确认蓧宫已经上车离开后，关掉了手机。没问题的，警察应该没有来。即使来了，也会因为店里有那么多黑社会引起混乱。好，我也跟着他吧。先从这里下来吧。

秀吉调整了一下已经深深遮住眼睛的安全帽，然后解开了绑在腰上的安全带，一点点地从电线杆上下来。装作检查离地面几米的电线杆的秀吉，即使引起了他人的注意，也不会有人觉得奇怪。衣服穿的是工作服，还有一辆装满工作器具的两用车。虽然看上去并不适用于绑架，可却带来了出奇的幸运。

因为之前的老板是一个不太注重外表的人，所以齐藤工务店的工作服非常难看，一开始要穿这身衣服工作时，秀吉觉得在别人面前这副模样很羞耻。而他之前干的工作，例如弹珠店的店员和酒吧服务员，至少有一身合适的制服。可是，很快他也变得不那么在意了。因为他明白，人们的注意力是不会停留在街上穿着工作服进行作业的人身上的。即使存在，也不会得到关注，自己只不过是街上风景的一部分而已。

在下电线杆下到一半的时候，他停住了，开始观察下面的情况，结果发现街上的行人显得格外的多。或许是自己带着警戒的目光去观察吧，路上人们的步法都显得不一致，看上去像是在搜索某人的样子。

看来没办法一下子从电线杆上下来，迅速逃去了。那就尽量慢慢下来，然后做得像样一些，将车子和折叠梯子收拾一下吧。

在他抬头的一瞬间，心脏都快跳出来了。他的眼神和站在电线杆旁的男人交汇了。这个男人身材高大，穿着一身黑西装。虽然戴着一副墨绿色的眼镜，装作是白领的样子，可目光非常敏锐。是警察吗？可是却没什么问题。他只是想要招一辆出租车，然后正扫视着街上的情况而已。他将一只手举起来，正在叫着什么，看上去非常着急的样子，然后快步走到马路的另一边去了。嗯，秀吉像是捡回一条命一样长吁一口气。

他走向停在国道边一条小路上的公务车，虽然步伐装得很悠闲，可似乎还是紧张得走路顺拐了。

在车子停放位置的附近，有个脏兮兮的抱着几个纸袋子的男人钻了进来，就像是无家可归的人被警察驱赶得无处可藏一样。可是为了保险一些，秀吉还是装得非常自然。他点上烟，将长长的梯子和工具放进车里。然后他急急忙忙钻进驾驶室，转动了车钥匙。可是，却始终点不燃火，因为紧张情绪突然消除后全身还在不停颤抖。同样的动作重复了多次，终于踩下了刹车。总之，先离开这儿。没问题的，现在应该没人注意到自己。

他没有回到过道上，而是顺着小路离开了现场。离开到十字路口还有一百米的距离，这应该是葛饰到棉丝町的路。车厢后面的纸箱正发出阵阵声响。里面装着传助，他一定生气了吧。

在根本不知道自己该往哪儿去的情况下，就顺着十字路口右转，又继续开了一会儿。秀吉通过后视镜确认了一下，后面没有车子跟着。看见道路前面有一块月极停车场的牌子，就踩了刹车，随便停在了一处空位。

先给篠宫打个电话。他简单给篠宫说了一下接下来的方向，让篠宫车子拐弯上国道。

“是。我知道了。”

电话中，传助的爸爸还是那样老老实实。虽然他的容貌比预想的更有压力，看来也是虚有其表。

打开了被胶布包好的纸箱，传助正像毛毛虫一样蠕动着。撕下贴在嘴上的胶布的同时，胀鼓鼓的嘴里已经塞得满满的抱怨，全都脱口而出。

“呼呼……搞什么啊。太黑了，太无聊了，一点儿都不好玩！”

“啊，果然如此。”

“什么果然如此？什么意思？”

“不，我说自己。那真是太遗憾了。”

他解开了正撅着嘴还在不停抱怨的传助身上的绳子，然后取出地图确认现在的位置。

“那么，接下来就该是真正的地方了。”

“什么意思？”传助还是一副不开心的样子。

“啊，我说自己的事。”

话说回来，依照茂君所说，在运钱的时候，最好能让对方坐出租车。怎么完全忘记了。不过没事。不管怎样，他爸爸都会没头没脑地享受一阵兜风的时光。秀吉并没有让藤宫向北，而是让他往南边去了。

当樱田看见及川小队的跟踪车开过自己面前时，他握紧了拳头。第一阶段是我们输了，是我的失误。虽然考虑到罪犯还有可能潜藏在现场附近，于是让时田小队一半的人留了下来，可现在那家伙可能已经不在了。

他多次看手表，用鞋底一边敲击着地面的沥青，一边等着三森的到来。五分钟后，在国道的另一端看见了一辆漆黑的大车开了过来。

这辆装甲车采用的是奔驰发动机，是由悍马公司的野战车改装而成。小小窗户上的玻璃也是防弹的。前面安装了可拆卸的挡板和特制的盖子。这坚固的车体即使一头冲进其他组织的事务所也毫无问题。其内部宽敞得像一个房间，里面像研究室一样摆满了各种机械。这是三森急急忙忙改装的。装甲车里坐着三森、胜又、司机和樱田安排的保镖野濑。

“老大呢？”三森用手指了指固定在车内桌子上的显示器画面。路线图上有一个红色的箭头正在慢慢移动。

藤宫带的提包里藏了一个被称为“search”的追踪装置。这是警察使用的无线发射装置，八岐组为了能够掌握敌对组织的行踪，在几年前也引入了。尺寸只有火柴盒大小，考虑到罪犯有可能会将包里的钱另外用东西装，所以并没有藏在包里，而是附在钞票上。虽然体积小，可信号覆盖面积能达三四十平方公里。

现在葆宫的车正沿着国道十六号线向大宫方向前进。樱田给葆宫带着的另一部手机打了电话。

“老大。”

“樱田吗？那家伙让我从岩槻上东北汽车高速。现在还不知道目的地，只是让我向北开，就挂断电话了。只是说让按这条路开八十公里左右。”葆宫说得咬牙切齿的。

胜又摇头说道：“居然敢戏弄我们！”

葆宫智彦无论做什么事都讨厌慢。在高速路上时，他会要求插着白旗，组长的驾驶员，车速必须达到每小时一百五十公里。而现在他自己则手握方向盘，以每小时八十公里的速度驾驶着车子，这对樱田来说是无法想象的。

“非常抱歉，让罪犯跑掉了。”

“没关系，还要看接下来啊。”

虽然话是这样说，他还是明显有些生气地挂断了电话。樱田回过头去看着胜又，说道：“那家伙到底打算干什么？让我们在哪里碰头？服务区吗？”

“还不清楚啊。可能是想让我们先跑一段，把跟踪车辆甩掉吧。”

或许我们太小看对方了。或许是一个比我们想象中要强大的对手。也或许不是一个人，有可能是一个团伙，那么就必须再商量一下了。或许那个鼻音混蛋是装作很傻的样子，好让这边放松警惕。

他用无线电给正跟着篠宫车子的及川发出指示。

“你们先超过老大的车子，在服务区安排人手。让久喜、加须先到那里。”虽然不知道对方为什么会将时速指定在每小时八十公里，可现在正是重新树立好态势的最好时机。“要是老大的车子直接通过了服务区，你们就再赶到下一处去。”

这次决不能让你跑掉。樱田紧紧握住拳头，抿着嘴唇。他觉得就像是内心一直饲养着的一条狂犬，久违地抬起了头，它已经饿了。除了和香港黑社会有些小范围的争斗外，这几年来，已经过了很长一段没有像样的争斗的日子了。它现在想要挣脱锁链，冲出体外。忘记了战斗的黑社会，就不算是黑社会了。虽然从未想过自己作为黑社会还有来追击罪犯的一天，可是依然想要比警察更加巧妙、迅速地抓获罪犯，而且施以比警察更加严厉的处罚。樱田咬牙切齿地给司机命令道：“开快点！”

在南边距离岩槻还有十公里左右的地方，秀吉终于注意到自己还戴着安全帽，而且全身都被汗水打湿了。汗水现在已经变冷了，背上被一股寒冷的感觉所侵袭。

可是现在情绪却很高昂，因为马上就有五千万到手了。秀吉正在梦想着传助父亲脚边放着的两个包里的东西。OK，OK，还差一步。让他爸爸再慢慢享受一下兜风的乐趣吧。接下来的事情要好好准备。

在开车的时候，之前原本忘得一干二净的计划，又很清晰地浮现在了脑海中。甚至想到了自己提着那两个手提袋，踏上前往拉斯维加斯之旅的情形。是的，想象很重要。只要有了成功的想象，就一定能按照这种想象来描绘图画。你是有才能的，伊达。他不由自主地开始哼起永吉的歌来。不是那种悲伤的、离别的节奏，而是“FUNKY MONKEY BABYS”这种充满朝气的摇滚乐。

身子已经不再颤抖了。或许是完成了一个任务，紧张的情绪得到了释放，一种奇妙的高涨情绪溢满全身。现在身体就像是充满动力一样，秀吉感觉到应该是肾上腺素的作用。

在去拉斯维加斯前，要先去一下棉丝町的酒吧吗？在那之前，先干一大杯生啤吧。他的脑海里已经浮现出自己在拉斯维加斯的高级俱乐部里酒醉金迷的样子。一只手拿着啤酒杯，桌上的盘子里装满了高级烤肉。

“喂喂，快看，快看。”

刚才在便利店买烟的时候，随便买了一包薯片和巧克力棍，传助的情绪很快就恢复过来了，又再次投入到绘画中。这次在习题集的背面画的画，把秀吉的鼻尖画得快要突出来了。

“我又画了叔叔你的样子。这次画得要好多了。”

“哦，是啊。不是能画好吗？”

秀吉并没有好好看。可是当他看到传助在短时间内就能画出比之前要好的一幅画的瞬间，大脑的某处像是忘记什么重要东西一样产生了一种奇怪的感觉，而这只不过是一瞬间的感觉而已。很快，秀吉的大脑又被拉斯维加斯、酒吧的啤酒和高级烤肉所占据，有些扬扬得意地说道：“传助，旅行的感觉不错吧？”

“嗯，很不错。喂喂，我们应该去外婆家了吧。”

“哦，等叔叔的事办完就去。”

“一言为定哦。”

“你就放心吧。”

“好耶！”传助高兴地叫起来。就像是在为秀吉的前途祝福一样，将薯片从袋子里撒了出来。

“耶——”秀吉也高兴地叫起来。

两个人憧憬着各自脑中不同的梦，都笑了起来。

8

埼玉县的浦和市。从车站往西，沿着繁华的街道走几分钟，那里就并排着县政府、地铁、法务局等庄严的建筑，是埼玉县的市政区。矗立在街道正面的县政府主楼的右首边，有一栋灰色的建筑，那是埼玉县警察局。

在七楼，是刑事部搜查四科，在别名“反黑科”的一间办公室里，暴力班三班的队长黑崎正在窗边远眺着窗外笼罩在春霞里的城市街道，他的嘴里叼着一根管儿，他正深深地吹着气。这是用来戒烟的东西，不会吐出烟雾，反而会冒出薄荷味，他似乎被这种气味弄得有些疲倦了，用手抚摸着前面的头发。

今天是四月的第一个星期天，时间也已经快到正午。四科也没什么大案子要办，今天也不该他值班，本来是没必要来上班的，可是却有些必须要收拾整理的文件还没处理完。上周，县里的弱小组织的组长因为想要解散自己的组织，将自己的枪交给了黑崎。组长都这样做了，那些组员也都开始四处逃窜，而他们组织的办公室也只不过是组长女人公寓的一个房间，也正是因为这样，只需要对这间小房间进行搜查就行了。

不过后面的工作也很麻烦。藏在天花板里的子弹和日本刀、冰箱里发现了注射用的兴奋剂，结果审讯起来格外麻烦，也留下了许多相应的记录。搜查调查书、拘留书、没收品目录……虽然他是小组里的第二号人物，可全组一共也才七个人。要是把整理文件这种工作交给其他人，自己就显得有些自大了。

真是的，像手枪这玩意儿，自己扔到荒川里不就好了吗？还专门像送隐退请柬一样把枪送到警察这里，结果让整件事变得麻烦。科长到底是科长，立刻命他们进行彻底搜查，在这种地方也只能算是挣一下业绩吧。科长来的日子不长，由于是从警察厅来的，资历和年纪要比黑崎浅，对现场也不太了解。本来黑社会自己都说要洗底了，那他们只需要出门庆祝一下就行了。可是科长却非得要和人家翻旧账。

黑崎将脸从窗外的风景中转了回来，开始继续整理没收品目录。

日本刀一把、短刀两把、中国菜刀一把、铁锹一把、注射器三支、子弹（改装枪用）五发。——今天也要上班？他将圆珠笔按了出来。他想起了出门前妻子康代充满讽刺的话，戒烟用的管儿已经被他咬出了深深的牙印。

“哎呀，今天也要上班？警察真是不把人当人使唤啊。可是为什么会那样呢？”

“那样”是一个代名词，里面包含的意思是“工资低”。

其实也并不是低得需要经常抱怨。四十二岁成为警部补（日本警阶之一），虽然仕途不算一帆风顺，可在同期的人中也不是很差。作为地方公务员，领着微薄的薪水。只是用钱的地方有些多了，因为黑崎家有五个孩子。家里的恩格尔系数有些高，而最大的两个孩子，明年都要考大学了。

本来今天是难得的全家人约好一起出门的——大女儿平时总是说自己不愿参加。白天去大宫公园赏花，然后去公园内的动物园，晚上到家附近新开的回转寿司去用餐。这对黑崎家来说已经是久违的奢侈了。

而今年春天，最小的儿子哲夫已经上小学了，还是市立学校，两天前是入学仪式，所以算是给他的庆祝。这是由因为各种借口没能参加入学仪式的黑崎自己提出来的。

“五点前能回来吧，好像是不排队就吃不到。要是到了六点就肯定吃不到了。好吗？”

因为四点到六点是为了开业酬宾，所有费用都是半价。康代当时是双手叉腰站在那里提出的请求，不过这等同于命令。

“狮子、斑马、亚洲象……”哲夫一大早起来就在跳幼儿园学会的舞蹈，高兴得不得了，可是当看到父亲系上领带出门的时候，就哭了起来。

“没关系，小哲。一定去吃寿司，爸爸一定准时回来。”

黑崎都还没有回答，在一旁的康代就已经开始给孩子保证了。于是哲夫又开始跳起新的舞蹈。“鲑鱼子、金枪鱼、手卷……”

窗外已是樱花盛开。目光所及之处都被染成了淡红色，街上看上去也比平时热闹。浮在蓝色天空中的白云就像是啤酒的泡沫一样。在确认了手表上的时间后，他又开始整理文件了。要是抓紧一些，两三个小时就可以结束。黑崎还把圆珠笔拿在手中。

星期天的电话比平时要少，现在通信指挥室进行事件通知的扩音器也显得老老实实。他们每一班都是以“岛”为单位，四科的桌子也安安静静地排列在大房间里。三班的位置上今天只有两人，其中一位是当班的年轻巡查，还有一位是巡查部长栗林。

这个栗林最麻烦。他到底是给哪里打电话，已经高声讲了快一个小时。栗林今天也不应该值班。黑崎从没有在休息日见过这个男人。他去年升为巡查部长，虽然也是隶属于四科，可是已经以成为警部补为目标了。警察的升职并不是以现场的评价，而是以升职考试的成绩来决定的，只要上级对你有印象，即使你的论文再差也没关系，面试一样占便宜。应试学习、每天的工作、孝敬上级，如果这些做到位了，那么升级也就不再是梦想。

栗林虽然只有三十岁，可看上去要比实际年龄老得多，近乎满月的脸上泛着潮红，他用脸和肩膀夹着听筒，一边翻着笔记本，偶尔似乎故意似的发出夸张的声音：“那是真的吗？”“没错！”“嗯，很难啊，可是请想想办法啊！”

或许是在和自己的线人讲电话吧。很难，想想办法，如果说出这类的话，那就意味着在表示感谢，请喝酒时，喝酒的地方要从小酒馆升级为高级酒吧了吧。

“什么？太吃惊了。”“这件事请务必保密。”

他晃动着自己矮胖的身子，一边擦拭着额头的汗水，继续着周围人都能听到的密谈。那圆圆的脸夹着听筒，显得格外高兴。这是一个即使没有事情发生，也会自己制造一些事情的男人。

栗林将听筒放下，像是正在被人注视着的感觉一样，一个人在那儿不住地点头，然后将视线投向了黑崎。不好的预感啊。他又慌慌张张地低下了头。

果然，黑崎站起来，慢慢走了过来。那像圆盘的脸上浮现出在童话中才会出现的像猫一样的笑容。

不知为什么，栗林似乎很愿意接近黑崎。或许是因为在这个小组中，黑崎是有黑社会线人最多的人吧。为了能给自己挣业绩，这个男人只要有了一丝线索，就会抓住不放，要是他觉得自己一个人处理起来有些困难的话，基本上都会去请教黑崎。

逃吧，不由得做好了准备。今天无论如何都要在五点前回去，不能再给自己没事找事了。本来没有感觉，可他还是装作要去小便，站了起来，朝房间外的厕所走去。

来到走廊，栗林也追了出来。似乎像是不希望其他人分享这个信息，而只是对黑崎情有独钟一样。

不是吧，别跟来啊。虽然听你说一下没什么关系，可你最好还是和其他人分享啊。不行，今天可不行。黑崎在走廊里快步走着。

走廊尽头的厕所里还有空的便池，栗林也走了过去。站在旁边的便池前，拉链都没拉下就把脸凑过来，露出一副皮笑肉不笑的样子。那像猫一样的小眼睛，从深处闪耀着光辉。

黑崎慌慌张张拉上拉链，结果夹着体毛了。他还是忍着疼痛，硬拉上去了。太迟了，栗林已经开始像播音员一样用沉重的口吻开始发表讲话了。

“你好，真有意思。”他的鼻息很热——这并不是一种比喻，黑崎的脸颊已经感受到了他鼻息的热气。要是装作听不见的话，他就会把脸靠得更近，就像是接受爱的告白一样，用热气来吹你的耳朵。

“系长，真有意思啊。”没办法，只好回应他了。尽量用听上去没有不高兴的语调。

“有意思？什么？”

“八岐组。”

“哦？”

虽然他用很不亲切、显得有些拒绝再继续交流的口吻回答了，可是栗林似乎并不是那种能够察觉到其他人内心想法的男人。

“昨天，我的一个线人听到了一个很有趣的传闻，而刚才他也在四处收集情报……八岐组的动向好像有些奇怪。”

又是那帮家伙啊。负责八岐组的不仅仅是暴力班三班，而是整个县警察局第四科。这个组织有三百名成员，虽然和那些势力遍布全国的大暴力团体相比规模很小，可是却异常坚固，而且属于武斗派。发生在县里的暴力事件，几乎都和八岐组有关。黑崎并未作任何回答，虽然他站在盥洗台前开始摆弄起刚剪的头发，可是镜子里依然浮现出了栗林幽灵一样的脸。

“系长，八岐组那帮家伙从昨天开始……”

黑崎终于放弃了，回过头去说道：“我听得见。昨天开始怎么样？”

“那帮家伙好像从自己的势力范围消失了。”

“或许是因为昨晚太冷了吧。”昨天樱花都掉了不少。今晚或许会更冷吧。看来吃寿司的时候不能喝啤酒，要喝热的了。看来还要吃海胆的军舰手卷了。

“下面的小的倒是随处可见，只是上面的人，尤其是干部，几乎都不见踪影。看来是在哪里聚集起来了。”

“是不是突然有什么事啊？参加某位老大的葬礼什么的……”

“并没收到相关消息啊。而且您也一定非常清楚吧。”

的确很清楚。黑社会的葬礼和选接班人，也就是所谓的大场面，正是他们炫耀规模的场合，是不可能偷偷进行的。即使他们要筹集资金和进行谈判，四科也对其日程进行了彻底调查，这方面的情况也是很清楚的。

你懂吗？我家里也有活动啊。他开始用平时都不会用的洗手液洗手，而栗林似乎没有想要离开的迹象。

说到八岐组的事务所，在暴对法执行前，并不会出现在看板上。而作为其支部的浦和事务所，也是采用“藤宫经济研究所”这样一个极其普通的名字。虽然不知道里面到底是在研究什么，可三森这小子在担任所长。

“樱田组和远藤组也露面了，情况也都一样。”

这两家都是八岐组的下属团体，他们表面上都是采用公司的组织形式，都是藤宫兴产的子公司。

“之后我又收集了各方情报，刚才掌握了决定性的内容。”

栗林说到这里停顿了一下，似乎想要强调事态的严重性一样，摇了摇头，继续说道：“年轻头目远藤也没有出现在他片区内的色情场所。”

“这可不好了。”黑崎不由自主地说道。

远藤是八岐组干部中最容易把握动向的人。去自己片区的色情场所是他每天的功课，即使是盂兰盆节也不例外。这的确很可疑。几年前有情报说远藤没有去色情场所，结果第二天就发生了八岐组朝敌对组织事务所开枪的事件。

“是啊。情况很紧急。”

当看见栗林也若有所思地点头对自己的话表示肯定时，黑崎又慌慌张张地想要把话敷衍过去。

“不过这样吧，我们要正式采取行动的话需要先给班长汇报。今天先暂时观察一下情况吧。”

观察一下情况……也就是说黑崎什么都不想干。

“好啊。那我们就去观察一下情况吧。”

看来露出为难神情这招在热血警察栗林面前是行不通的。

黑崎甚至还洗了脸，用手遮住脸，用栗林听不见的声音小声嘟囔道——哲夫，对不起了，爸爸或许来不了了。

离开厕所，他试着向似乎一直在背后推着自己的栗林做最后的抵抗：“你刚才是说看看情况吧，我们去哪儿？”

黑社会是夜间动物。即使现在这个时间出去，应该也不会有什么效果。

“当然是他们老大篠宫的家了。今天关东地区的老大们在千叶的佐仓召开联谊会，根据参加组织的名单来看，篠宫并没有去，而且是突然告知缺席的。”

“啊，可是我今天并不该值班，所以不会有交通费，你也一样吧？”

“没关系。公车现在没人用，而且今天上面的人也没有预定去打高尔夫，我刚才已经预定好了。”

真是不上道的人啊。真讨厌啊。

“可是……八岐组是为什么事展开行动呢？现在他们已经不再抢地盘了吧。”

不仅是埼玉县，整个关东地区的暴力团伙之间都有很密切的联系。和西日本的团伙相比，他们很少进行争斗。即使进行全面对抗，结果也几乎都是握手言和。即使是以武斗派著称的八岐组，最近也开始老老实实地从经济方面赚钱，老大还打算参加联谊活动。现在似乎没有争斗的苗头。即使有，最近埼玉县南部的川口、浦和和大宫附近，来了许多台湾帮、香港帮等中国黑帮人士，也就是说他们和当地的黑社会也只存在小规模的竞争。

黑崎站在那里摇了摇头。他将脑袋摆正的同时，又看了看手表。篠宫家在大宫市的郊外，距离自己家并不远。等文件整理完后，回家时顺便过去看一下吧。

“你能等我两小时，不，三小时吗？我现在实在走不开。”

栗林并没有移动自己的身体，反而把脸凑得更近。

“这边的事更紧急哦。”

“明白了，明白了。那好，我们走吧，早去早回。今天就简单观察一下吧。”

也不知道他是否听到了黑崎的话，栗林带着坏笑把脸凑得更近了，已经可以感受到他的鼻息。

“加油吧。或许这是摧毁八岐组的好机会。”

呼……黑崎深吸了一口戒烟管，吐出一口浓浓的薄荷味，开始思考应该怎样给妻子解释。

通过了久喜入口。

及川用破嗓子对着无线电对讲机喊道。进入东北高速公路十五分钟后，篠宫的奔驰车依然以每小时八十公里的速度继续向北行驶。

樱田在堆满器材的装甲车的沙发里找了个缝隙坐下，已经充血的双眼继续盯着显示追踪装置位置的画面。而现在的时间正好是正午。

现在这个时间是见不到什么奇怪车子的。

在奔驰前后，一直有跟踪小队的四台汽车和两辆摩托车跟着。及川所乘坐的国产轿车则和奔驰车保持几辆车的距离一直开着。

在高速路上进行跟踪要比在市区跟踪简单，只需在中间适当地夹几辆没关系的车，通过后视镜看是否有车追来。作为经常和篠宫一起行动，曾经是警察，很有跟踪经验的及川，应对这些已经非常熟练了。

樱田所乘坐的装甲车在后方距离篠宫一公里的距离一直开着，虽然是选了一辆看上去比较老土的车，可这辆车还是显眼得无法靠近。

第一个接头地点是家庭餐厅，然后对方让篠宫上车，罪犯到底是从哪里进行的联系，现在都还没搞清楚。

“的的确确是在现场附近。”虽然三森这样说道，可是却无法进一步确定。连他本人都开始对这台能够对罪犯的手机进行反侦察，能够将其位置精确到数米范围的设备产生了怀疑。

“不，传助的手机有PHS就好了，因为手机的基站范围很广……很不好办。或许误差会有十几米。不，一百米吧。请再给我一些时间。”

虽然不知道应该客气一点，还是应该继续采用威胁的语气，三森一边给NTT的人打电话，一边不停地敲击着键盘。

通过加须入口了。

樱田的保镖野濑转过比远藤还要宽的肩膀，带着还有青春痘的脸说道：“到底打算开到哪里？再这样开下去就要到群马了。”

以前是警察的胜又又悄悄嘀咕道：“到了群马就不是我的管辖范围了。”

“这和你已经没关系了吧。”

樱田生气时的声音能让大部分的手下都变得战战兢兢，胜又也只好顺着他说：“是啊。不过要是出了县，负责管辖的人也就变了。这里的警察处理事情的方式据说很不好，搜查也是一团糟。我想罪犯或许是把这一点也考虑到了，如果真是这样的话，他或许是个很聪明的家伙。”

“这就如同我们在别人的势力范围很难展开行动一样。”

“是啊，或许正是这样。这可真麻烦。无线电的波长也变得不一样，还有他们的搜查本部设置的位置，以及交接手续等等。我们之前的关系很不好。”

“也就是说，那家伙的目标就是要我们离开埼玉县？进入群马后才会和我们联系？”

“嗯……不，或许一开始会让我们去枥木，或者……”

牙齿咬得更紧了。群马境内的东北高速路的另一端就是枥木县。如果再往前就是福岛。再往前开……已经不想再去想了。

通过羽生路口了。马上就要到群马了。

及川迫切的声音听上去就像是在哭泣一样。

“到底打算让我们开哪儿去？”

“难道要让我们开到青森去？”

三森的这句话听不出玩笑的意味。樱田盯着正在欣赏“津轻海峡冬日景色”的胜又。这家伙某些地方真让人讨厌。少爷到底在哪儿？他一边盯着显示器画面，一边握紧拳头，握得关节都变白了。

看见河了，是利根川。只要过了这条河就是群马了。

看见河了，是荒川下游。只要过了这条河就是东京。

传助发出欢快的声音。

秀吉也一边吹着口哨，一边握着方向盘，将脸转向副驾驶位。“啊，你刚才说的什么？”

“是西班牙语，意思是‘哇，好宽的河’。”

“呜，明明连汉字都不会读。”

真羡慕啊。这小鬼明明是个笨蛋，却能受到良好的教育。自己以前要是能好好学外语就好了。看来外语在有些意想不到的时候还是很有用啊。

“Please marry me.”

秀吉也轻轻说了一句，这下该传助来问他了。

“你刚才说的什么？”

“没什么。”

现在已经能够看见河对岸像是笼罩在烟雾中的东京灰色的街道。赤羽的京滨路到底在哪一带啊？在京滨路附近的那家菲律宾酒吧还在吧？虽然知道安娜已经不在这家店了。

秀吉将一只手从方向盘上放开，像弹钢琴一样伸出手指，然后开始回忆关于安娜的事。

“你的手真漂亮。你是干什么工作的？是弹钢琴的吗？”

第一次见面时，安娜就这样说道。因为她是用简单的日语和英语说的，或许并不正确，但大致就是这个意思。她用漂亮睫毛下深深的瞳孔盯着秀吉不知该如何回答的脸，看上去真的像是弹钢琴的，她继续问道：“你是钢琴家？”而秀吉则不由自主地回答了一句“yes”。

虽然碰都没碰过钢琴，可秀吉的手指看上去的确是又长又细。这样的手指最适合巧妙地使用偷盗用的工具，来打开别人家的锁孔。

他们的初识是在秀吉第三次入狱前，已经是六年前的事了。那是在十一月，一个赏菊的夜晚。他当时心里一热，就被接待员引进了店里，而安娜正好也在。

因为这家酒吧的消费并不便宜，他为了能再次见到安娜，于是开始赌马、赌车、赌船，而且他为了能大赚一笔，并没有去选择那些热门马下注，这是他有生以来从未想象过的赌法。而当自己输得精光时，他趁当时在零件工厂工作的间隙，开始重操旧业。然后用好不容易弄到的钱在酒吧一直坐到打烊，之后送安娜回家。

第三次在酒吧之外的地方约会时，他求婚了。那是在上野动物园的狒狒笼子前。“Please marry me.”

这句话是当时住在自己旁边房间的学生教的。安娜并没有正面回答，而是给秀吉看了照片。照片里是一个小学生年纪的长发小女孩。然后她用英语给拿着照片发呆的秀吉说：“我在国内还有一个女儿，这也没关系吗？”或许当时就是这个意思吧。虽然自己当时想说：“没关系。”可在那一瞬间却不知道该如何回答。首先，自己不会说英语。安娜将照片放回包里，淡淡地笑了。“不行吧。看你的表情就知道了。”

虽然自己什么都没说，可当时应该还是在笑吧。

自己真的很讨厌小孩。于是，他想起了自己的弟弟秀次。每当看到街上的其他孩子，自己就会莫名地生气，会想为什么那些家伙们看上去那么幸福、快乐。不过，自己或许会喜欢上安娜的孩子——虽然自己想这样对安娜说，可或许由于表情显得太僵硬了吧。

安娜现在怎么样了？重新把了把方向盘的秀吉这样想着。是带着女儿回马尼拉了？安娜曾说自己会说英语、菲律宾语和一丁点儿中文，秀吉当然是什么都不会，结果就在还未表明自己心意的情况下就第三次被送进监狱。要是自己会说英语或中文的话，或许就能将自己复杂的心情告诉她。虽然自己不喜欢小孩，可如果是你的小孩，我一定会喜欢。自己并不是钢琴家，可今后一定会好好工作，让你变得幸福。要是自己多学一点外语，或许就能和安娜结婚。

“喂，西班牙语的‘我喜欢你’怎么说？”

“这个没有教过，我不知道。”

“这个你应该好好记住，很重要的。”

驾驶位上的电子钟的时间已经显示为十二点三十分。从岩槻的家庭餐厅逃走，到现在还不到一个小时。怎么办？该给他爸爸打电话了吧。不，还是让他再焦躁一会儿吧。

传助又发出兴奋的声音。

“这次又是什么意思？”

“那边，那边！”

他看见了右首边的铁桥。电车正从上面开过。

“电车？这有什么好稀奇的？”

“我很喜欢啊。我很想坐电车。”

“喂，你父母应该带你去过很多地方吧？”

当他说完这番话才意识到，他是有钱人家的小孩，或许出门都是坐车吧。或许没有坐过电车。

“难道说你没坐过电车？”

“坐过，坐过几次了。”传助开始掰着手指数着，“幼儿园小班的时候出去远足。然后中班……”他只掰了三根手指。

传助晃动着剩下的两根手指说道：“我想当电车的售票员。”

“不想当司机吗？”

“嗯。”

秀吉曾经想当一名卡车司机。考取大型车驾照，买一辆属于自己的卡车，给车身好好装饰一番，内部装饰也全都采用自己喜欢的风格。这样就不再需要房子了，就在车里睡，成为一个开着卡车到处旅行的人，和家人一起。安娜坐在副驾驶座，后面是她还是小学生的女儿……

“去年出去远足时乘坐的川越线的售票员就很厉害。在电车开动时，一下子就把帽子戴好了。然后叫道，出发——真是太帅了。”

“你不想继承爸爸的公司吗？”

“不行啊。爸爸说我必须靠实力才能继承。第二代syoumei必须废除。”

“syoumei？啊，世袭啊。你还知道这样一个古老的词啊。”

“嗯，因为爸爸经常说。啊啊啊……”

“怎么了？”

“我喉咙有点疼。”

“是薯片吃太多了吧。”

“呜……”

本来打算顺着河边的道路向右拐，却发现拐角处有一处交通亭。于是又慌慌张张地左打方向盘，继续往前开了一阵后，将车停了下来。现在是十二点三十六分。之前的计划又一下子全部浮现在脑海中。已经不能再等了。差不多该给他爸爸打电话了。

“我们去哪儿？你又要方便？”

秀吉正想要从车里出去，传助就露出一副细心的神情。

“啊，稍微有点。”

虽然从昨天晚上开始肚子就一直不舒服，已经在野外方便了三次了，可这次却不是。秀吉一直握着放在口袋中的手机。

“快回来哦。一定要回来哦。”

“啊，当然。”

“我们之前说好要去外婆家的。”

“知道了。我一定不会食言。”

他在说这番话时，眼睛是斜着的，这是他说谎时的习惯，鼻孔也会张得很大。对不起了。我无法实现约定。我很快就要和这个小鬼告别了，而且再也不会见面。那么他的心里就会记住我是个大坏蛋，而且会记一辈子——不，或许他会跟父母和警察说我并不是那么坏的人——我到底在想什么啊，现在可不是想这些的时候。

该干正事了。五千万日元很快就要到手了。拉斯维加斯。不，还是去菲律宾吧。安娜应该已经回马尼拉了。而在此之前还有一件事必须做。完美、冷静。在思考接下来应该怎么做的时候，肚子又开始不舒服了。

果然还是想要方便啊。

9

东北高速公路休息日中午的出行高峰终于结束了，现在道路已经变得空荡荡。樱田透过挡风玻璃，一直盯着前面延绵不断的道路，右手握拳，敲打着左手的手掌，抑制着身子快要冲出车子的焦躁。

已经十二点四十分了。车子已经过了群马的馆林入口，篠宫的车子、这辆装甲车都已经进入了枥木县，可罪犯还是没有打来电话。不知什么时候胜又开始哼起了《函馆的女人》这首歌。

篠宫现在手握方向盘，到底在想什么？他正打算打破不接受不必要的联络这一指示，将手机拿在手里的一瞬间，插在耳朵里的耳机传来了铃声。

来了。那家伙终于打来了。

“把车停在下一个服务区。”

对方只说了这句话。

“喂喂，孩子……”

还没等篠宫说完，就传来了让人讨厌的声音，电话被挂断了。

“下一个，快去下一个服务区。”樱田朝司机叫喊着，眼睛开始在摊开的地图上游走。佐野SA。前方五公里。

“那家伙现在在哪儿？”

“通话时间太短了……”三森摇着头，略带辩解似的说道，“那家伙的通话时间似乎越来越短了，或许他已经有所察觉了。”

“果然如此，我就知道一定是这样。”胜又又用他那不温不火的声音说道，“我说过的吧，他一定是在等我们出辖区。没想到他还是一个有知识的罪犯啊。从埼玉到群马、从群马到枥木，是警察的话也会被他搞乱。”

“你说一定是这样，到底是怎样？”

面对樱田的问题，胜又又恢复到一副警察的表情说道：

“第一次的地点是为了进行确认，看社长有没有报警。他已经确认是没有报警了。”

虽然不知道他看到远藤手下的人是怎样想的，但警察的确是不知道这件事。他们当然不会报警。樱田又抬起头，让胜又继续说。

“那么接下来就该收取赎金了。既然已经知道没有埋伏，那么就会让我们将钱放在服务区。不过这里和一般的街道不一样，只要一出现就回不去了，因为这条路就相当于一个密室。或许他是在服务区的某处——垃圾箱、厕所、电话亭，会让我们将钱放在这些地方吧。等社长的车子离开后，在没有任何人干扰的情况下，再去取钱。或许是一个团伙，为了不太显眼，所以并没有把绑架的孩子一起带着。或许还有一两个人在其他地方监禁着少爷。”

“那少爷怎么办？怎样交换？”

樱田继续询问道，胜又则耸耸肩说道：“其实，一般情况下绑架犯脑子里根本没有想过交换人质这件事。”

之后就看篠宫要怎么办了。如果罪犯不说出交换少爷的方法，就不把钱给他。这种交涉只能交给篠宫了，不过想必他也能处理得很好吧。在处理纷争和制定计谋时他总是能让其他老大哑口无言，不管是面对知识型犯罪分子也好，还是其他什么人也好，他也一定能够迎刃而解。

虽然不知到时候出现的是罪犯本人还是同伙，但他们必须要弄清楚在服务区收钱的人的身份。当然，如果真的有人来收钱的话……

“总觉得有些不对劲啊。这里不会也是虚晃一枪吧。”

“不，对方应该准备一决胜负了。他们也应该想尽快收到钱吧，因为这才是他们的最终目的。从刚才的声音来看，对方似乎已经显得有些焦躁了。”

的确那熟悉的鼻音，虽然只说了一句话，可语气却显得比以往更急迫。

“这就是所谓的犯罪心理。人类具有可悲的个性啊。无论多么完美的计划，都不会有人能够完完整整地去遵照执行。因为欲望已经蒙蔽了他的眼睛。”

“看起来你很有自信啊。”

“这可能就是所谓警察的感觉吧……我以前好歹也是警察。”

已经能看到服务区了。变换车道，开进去吧。离开加油站旁边的小路，前面是一块有数百米宽的四方形的停车场，最里面有一个休息区。他们若无其事地开过篠宫奔驰停放的位置，围着停车场绕了一圈后，将装甲车停在一辆旅游大巴的旁边。

相比路上的空旷，服务区里就要混乱许多。樱田双手插进口袋，迈着看似悠闲的步子朝着挂着“特产除厄运馒头”帘子的休息室走去，扫视了一下挤满客人的店面。这只不过是一个平常的休息日在高速路服务区的普通一景罢了。粗略一看，并没有发现什么可疑人物。

人群中最奇怪的则是之前已经混在其中的及川和他的手下。为了不引起别人的注意，他们所有人都穿着黑西装，可是，却起了反作用。在一群穿着休闲颜色的人群中，他们就像是花丛里的乌鸦一样吸引眼球。

这样看来自己也很难融入其中啊。今天穿的是捞偏门时穿的西装。走过他跟前、和他肢体有接触的人们，似乎不知为何会专门要从他身前绕过。从别人脸上的神情、目光来看，大家都意识到了自己的存在。于是樱田不由自主地把手从口袋里拿了出来。

当看到眼前一下子空出来的这片空间时，樱田想看来他们还是不合适这种地方啊。虽然自己制造犯罪，然后脱逃，在这方面很擅长，可是追查罪犯这种事看来还是不适合黑社会。

曾经有一次，他去追查一个出卖组织的人。当时他在全国布下天罗地网，两个月后比警察还要快地找到了那个人，让他身中十五枪后扔到了利根川里。可是，那次之所以能如此顺利是因为对方也是黑社会。会逃去哪里，会怎样隐藏，各种手段都一清二楚。黑社会就像是会在电线杆边撒尿的狗一样，有着会在四处留下臭味的习惯。

可是，这次的对手并不是自己的同行。而且这次无法很快消除自己黑社会的习性，这就感觉像是给自家戴上了手铐、脚铐一样。到了这个时候，自己都还不能舍弃那些作为自己存在证明的服饰和行为举止。手下也好、自己也好，似乎害怕舍弃那些东西，似乎觉得自己的手变得不知该往哪儿放了。

在商店里转了一圈的胜又出来后，看到樱田的神情，将手里拿着的东西一下子藏进了怀里。他提着的是威士忌的口袋。

“喂，我们可不是来旅行的。”

听了樱田的话，胜又像一只野猫一样耷拉着脑袋，露出了可怜的表情说道：“对不起，我身子又开始颤抖了。”

胜又半天都离不开酒。虽说以前是警察，可是他却和黑社会是同类，而且更像黑社会。

及川在休息区外叼着烟，装作很自然的样子向他们靠近。露出他那像罩着尼龙袜子的强盗一样没有棱角的脸，摇着头，只是动着嘴唇说道："没有发现。"然后装作借个火的样子，简短地和他们交谈。

"再把人减少一些，太显眼了。"

"啊，可是我想尽快找到人。"及川显得有些不服地说道。

"这里也有可能是虚晃一枪。要是做得太显眼，就会暴露我们的存在。"

"虚晃一枪？又来了啊。"

"是啊。有可能。"

"到那时候……"

"什么？"

前东日本轻量级冠军及川露出严肃的表情回答道："我要给他重重地来上一拳。"

这家伙也不合适。

他们回到装甲车上，继续等待罪犯的下一次联系，可是耳机始终保持沉默。篠宫也没有从奔驰车上下来。看来直到罪犯打来电话，他都会一直保持这种状态。

能采取的手段都用了。及川的一个手下还通过录像机将停在这里的车牌号全都记了下来。在休息区的出入口各安置了一个人进行监视，对出入车辆进行确认。只要有人做出一丝怪异的举动，都会被重点注意，现在只差去敲厕所的门进行确认了。

篠宫看了几次手表，焦急地等着。当他第四次看表时，手机终于响了。于是，他立刻打开全体人员都能听到的无线对讲机。

樱田做出一副像要立刻冲出去战斗的样子，握紧了拳头。三森停止敲打键盘，胜又慌慌张张地喝下了口中的威士忌。

“葆宫先生，你到了吗？”

“是的，是枥木的佐野吧。”

还没等葆宫回答，电话里就继续说道。

“那好，你再出来，进入下一个入口，回到大宫。”

樱田用拳头敲打着自己的膝盖：“开什么玩笑，这个混蛋。”

“从大宫车站乘电车，坐前往上野的东北线。”

电车！看来这里的确是虚晃一枪啊。

“几点的电车？”

葆宫还是保持着冷静，压抑着怒火询问道。

沉默。还没想到这一点的鼻音混蛋陷入了沉默。看来他并没有对他们的追踪有所警戒。那家伙真的是智慧型犯罪分子吗？难道其实是个笨蛋？现在都还不清楚。过了一会儿，那家伙终于回话了。

“要在三点前到达车站。也就是说乘坐三点后的第一班电车。听好了吗？东北线。”

然后电话挂断了。樱田再次用拳敲打自己的膝盖，就像是正在用拳头猛击连样子都不知道的罪犯一样。

葆宫的奔驰出发了。在等了一分钟后，他们也从后面跟了上去。现在已经是下午一点过了。必须抓紧时间，要是遇上堵车的话，就完了。

从枥木入口下来，然后再重新上了高速道。从监视器上看得很清楚，走在前面的篠宫的车解除了时速八十公里的束缚，以最快的速度南下。在这边联系他之前，篠宫先打来了电话。

“樱田。”

篠宫的声音听上去也显得身心憔悴了。

“我们听到了。我们都正前往大宫车站。如果周围没什么问题的话，我们就在车站见吧。及川他们也会乘同一班电车。”

在樱田说完这番话后，篠宫接着说道：“喂，樱田。”

“是。”

“电车……应该怎样坐啊？”

是啊，看来过了这么长的时间，篠宫连买车票的方法都忘了。看来他是没有坐过电车啊。樱田自己也是如此，别说组长和干部，只要有几个小弟的人，再没钱都会去买辆奔驰，然后坐在后座。这就是黑社会的生存方式，或者说是被黑社会的习性束缚了。

“对啊，原来来这一手。”胜又让整个车内散发着一股酒气，“天堂和地狱啊！”

“什么？”

“以前的一部电影。黑泽的电影。”

野濑也接着说道：“对啊。有一段情节是在铁桥上扔下装着现金的包。”

“是的是的。野濑，看不出你虽然年轻，知道的也不少嘛。

而且据说有许多绑架犯都会模仿那种手法。以往的犯罪记录里也有许多类似的例子。除了铁路外，还有从高速公路上把钱扔下去的，虽然方法比较老旧，可也是最基础的方法了。据说警察也将这种情况列入了特殊班的训练项目，好像叫《如何应对利用高架桥的绑架犯》。或许他之所以指定东北线，就是这个原因。”

“原来是这样啊。”

“而且几乎所有东北线的列车都是老型号，窗户都能打开。”

东北线又名宇都宫线。是从黑矶出发，经过宇都宫一直连接到东京上野的一条线路，从大宫到上野之间的经停站没多少。现在也和当警察时一样买定期车票上班，每天从埼玉北部的大利根町到大宫市的篠宫兴产上班的胜又，像给孩子教授社会常识一样解说道。

“现在的电车，窗户不能打开吗？”樱田完全不知道这一情况。

“来大宫的车几乎都是如此，可是，我们先不管能不能打开窗户，从大宫出发到东京之间，根本就没有铁桥，而且更让人奇怪的是这条路线上几乎没有可以埋伏的地方。”胜又用手指着摊开在桌上的地图上的某一点，“让扔钱的地方肯定就是这儿。”

荒川的河边。川口前面，和东京交界的地方。

“的确如此啊。”

“这是我的经验。我十五年的警察可不是白干的。”

“之前不就错了吗？”

“之前是用感觉，这次是依照经验进行的推测，更加准确。”

胜又有些扬扬得意地说着。虽然不知道什么地方有些不对劲，可却还是显得很有自信。啊，好吧，就再相信这家伙一次吧。而三森则表现得很冷静，因为自己追踪罪犯的所在地失败了。

“……出了县就不行了啊，而且现在的距离又更远了，那家伙说话的时间又短……本来这套系统应该是很完美的。看来是天线的精度有问题，秋叶原买的东西还是不行啊。”

自己之前说过一次就能锁定，而且能将误差控制在几米的范围之内。看来在怪罪天线之前，或许有必要确认一下三森大脑的精度。这个沾了可卡因的大脑，看来只有在侵入银行和保安公司的电脑系统时才会起作用。

“真伤脑筋。那个电器店的老板还说防卫厅也是用他家的东西。我干脆入侵他的主页，胡乱更改他的价格吧。”

这家伙也是这样靠不住啊。樱田还没听三森说完，就开始呼叫灰岛。

“灰岛在吗？”

“在。”

“现在到哪儿了？”

“浦和。”

“我们有多少人？”

“二十六人。三辆车，一辆卡车。”

“去荒川，到河岸边，在铁路高架桥下面待命。那家伙会去那里。注意不要被发现了。”

“明白了。我们都穿迷彩服，埋伏在草丛中。”

简直就像是忍者。接下来就交给他了。只要能消除心中唯一的不安，灰岛就能放心了。不管怎么说，自己的这帮小弟都是从自卫队和外面的部队搜罗来的优秀人才，除了手枪外，还有机枪和手榴弹，就像一支军队一样。樱田又再次叮嘱道：“听好了，不能杀了他。要把他交给老大。”

灰岛显得有些不服气似的回答道：“明白。”

蓝色天空中飘着的红色风车，随着春风忽左忽右地移动着。在风车的中间写着“中丸电器店·春季促销”几个黄色的字。秀吉就像是在后面追着风车一样，慢慢悠悠地回到了停车的地方。

他是在公共厕所给正在东北高速路上的篠宫打的电话。因为在他刚开始打电话时，一股强烈的便意向他袭来，所以只说了一句话就把电话挂掉了。

在如厕完了后，他到附近街上的手机店给手机充了点值，又去药店买了口罩。这是用来防止花粉症的大型口罩，眼睛以下的部位全都遮住了。风车是药店旁边的电器店送的。这作为最后一项工作的道具正合适。他甚至认为这简直就是为自己而准备的，看来已经时来运转了。自己一定会越来越有钱，剩下就等着中头彩了。

离开商业街给篠宫发出新指示时他甚至笑了起来。让他一直开到了枥木，真是辛苦他了。一切都没问题了。现在一切都按照自己的预想在进行。

他看了一下时间，现在是下午两点，离篠宫乘上电车还有些时间。三点前他能回到大宫吗？想到这儿秀吉就哧哧笑了起来。不过，迟到二三十分钟也没关系。在带着风车悠闲散步的同时，他想到自己好歹是个绑架犯，结果却让自己绑架的孩子一个人待在那里。不过没事，没什么问题。因为传助信任自己，不会逃的。

真的没问题。他远远就看见传助还和秀吉离开车子的时候一样，坐在副驾驶位置上画画呢。

“喂，传助，我得到一个风车哦。”

传助不为所动。他正垫着自己的膝盖，画着画。这画里的脸一看就知道是自己。因为连鼻子旁边的痣也画出来了。

“喂，怎么了？”

秀吉摇了摇传助的身子，那张画了他样子的画掉到车里了。

“呼……”传助像小猪一样用鼻子哼了一声，看上去像是睡着了。

“喂，快起来。看，风车。”

“呼呼……”

他将风车送到传助迷蒙的睡眼前，可传助似乎对不上焦。

“高兴点啊。嗯，用手拿着。”

虽然想要用手拿着，可是传助暖暖的手就像是被融化的棍子一样使不上力。结果风车就快被吹走了，秀吉又急急忙忙抓住风车上的绳子。要是他不拿着可不好办啊，因为这是计划的一部分。本来想要绑在传助的腰上，可是他穿的是很时尚的短裤，没有可以用来系风车的地方。没办法，他只有将风车的绳子系在他因为睡觉而立起来的头发上。

“喂，干吗啊！”这略带怒气的声音里似乎没多少力量。

“你怎么了？”

“有些疲倦，身子觉得很疲倦。”

“是因为你在车里坐得太久了。稍微运动一下吧，出来散一下步。”

“……不了。”传助摇着头，又将耷拉着脸埋在膝盖上。

“这样不好。”

“不了。”他的脸埋着的时候也在摇着头。

“我们去看电车吧。”

传助一听到这句话，立刻抬起头来，眼睛还是半开半闭的样子，像说梦话一样说道：“咚咚咚。”

“好了，走吧。拿出点精神来。”

表情稍微开心点吧。我们一会儿就要分别了。

10

在大宫车站连接西口和东口的大厅。中央的标志物是一处很明显的碰头地点。樱田觉得站在这处标志物下面，指示牌前面的篠宫，看上去肩膀要比平时小很多。

现在是下午两点三十分。很庆幸，回来的道路很空旷。一个劲地跑，只花了一个小时多一点就回到了大宫。樱田在没有和篠宫有任何眼神接触的情况下，假装靠近，就在两人擦身而过之际，他像一个专业扒手一样迅速将东西递给了他。而篠宫接过东西后，很快将其放进西装口袋。那是到上野的车票。

因为樱田自己亲自买票也是很久以前的事了，所以稍微耗费了一些时间。虽然确认过了周围没有可疑人物，可这里太混乱了，任何人都有可能是罪犯。樱田一边用心观察着，一边朝指示牌的反方向走去，然后在那里停下了。他拿出手机，装作正在打电话的样子对篠宫说：“老大，没问题吧。”

过了一会儿，从指示牌的另一侧传来了声音：“当然。”

“请再忍耐一下。”

“啊。”

“我们已经在车里安排了人，而且不会被人看出来。”

又过了一会儿，正当他想离开时，篠宫又轻声呢喃道：“喂，樱田。”

“是。”

“有孩子可真麻烦啊。”

樱田不知道该如何回答。

“黑社会有小孩的话，算是一种不幸吗？”

“我们没法选择自己的父母，所以也就无所谓幸与不幸，而且我们也别无选择。”

锴的一声，似乎是替代了“我走了”这句话，伴随着敲击指示牌的声音，篠宫的脚步也远去了。

装甲车一直在车站前的一条小路里待命。樱田回到这附近，看见有一辆非常老土的车子停在他正要前往的装甲车的路上，虽然车牌号和普通车一样，可是却能看见车顶上竖着的车载电话的天线。他看了一眼空无一人的驾驶位，正如他所预料的一样，堆放了许多无线设备。这是警察的车。

“喂。”顺着声音回过头去，看见了依然记得的中年男人的脸庞。这次遇见了一个麻烦的家伙啊，是县警察局四科的黑崎。

“你好。”问候时樱田的头只动了三厘米。而这时他所思考的则是要怎样才能赶走这家伙。

都是拜这家伙所赐，之前有许多响当当的人物，都被送进了监狱。有些组织被他威胁，或者劝解，最终解散。被他摧毁的组织可不止一两个了。对于埼玉的黑社会来说，他就像是天敌一样。

“还好吗？樱桃君。”黑崎用戏谑的口吻说道。

听到这儿，樱田的鬓角微微颤抖了一下。这是除了蓧宫夫人和传助少爷之外，其他人都不会叫的外号。为什么这家伙会知道？

“总之好久不见了啊，自从去年秋天以来。”

是啊。去年秋天自己代替蓧宫去幼儿园参加传助少爷的运动会。少爷当时这样叫自己，被他听到了吧。这家伙的孩子也是在同一家幼儿园，两人差点拔枪了。不过当时他说自己不当班，所以当天休战，然后低下头，用摄像机拍和他一样长着一张象棋脸的小鬼。

“哪里哪里。今天有何贵干啊？”

“不，我刚才想去蓧宫家见见主人，可不巧的是他不在。在回来的路上又看见了这辆宽大的车子，就想来问两句。我虽然是和蓧宫夫人初次见面，可她也是一个了不起的女人啊。不过她脸上的神情似乎不太对，发生了什么事吗？”

樱田摇了摇头：“不，没什么。”

黑崎旁边站着一个圆脸的年轻男人，用高亢的声音说道：“我已经收到情报，你们都离开了自己的地盘，在某处集结。”

这家伙是谁？以前没见过。应该是最近稍微在总部和樱田的事务所露过脸的家伙。当时连名字都没问——还是说忘记了？自己本来打算将脸转过去无视他，结果这家伙叫得更厉害了。于是他只好装出一副掏耳朵的样子。黑崎则衔着戒烟管，像衔着一根牙签一样上下动着，接着说道："告诉我，你们到底在干什么？你们最好不要干什么坏事。"

"既然你这么说……我们在赏花。这是公司内部的惯例，也是一项福利吧。"

"赏花？八岐组？"

"不行吗？"

"那么你们去哪里了呢？樱桃君。"

看来他是想要套我。虽然自己已经气得青筋暴起，可他知道这是他的惯用手段，不会吃这一套的。

"大宫公园。很不错的地方哦。"

"你们即使去赏花，难道每次去都要把地盘全都空出来吗？"

"没关系，总不能扫了大家的兴吧。"

两人都在通过语言相互试探。

"能让我看看车子里面吗？"

"不行，因为里面太乱了。"

虽然黑崎应该看不见里面的情况，可是高大的樱田还是一下子挡在挡风玻璃前，三森和野濑则慌慌张张地用布将设备盖上。正当樱田想要挡在企图靠近车门的黑崎面前时，从装甲车的小窗里传来了声音。

“你好啊，黑崎先生，好久不见。”

是胜又。黑崎不屑地看了一眼。已经喝完一瓶酒，脸色红红的胜又，看上去就像是才赏完花喝醉酒的样子。

“黑崎，听说你孩子又多了啊。现在有几个？有八个了吧。”

黑崎用并不好笑的笑话回应道：“不，这期间已经生第十五个了。”

“麻烦你转告益田，之前那件事劳烦他了。他现在是班长了吧。不管怎么说，我当时连招呼都不打就辞职，还是不好。”

黑崎的脸有些抽动，停下了脚步。樱田则趁机钻进车里，对司机说：“开车。”

司机露出犹豫的神情，问就这样开车行吗？

“快点，要是被这家伙缠上了，就有的烦了。”

他从窗户把头伸出来，对着打心底想要摆脱胜又絮絮叨叨的黑崎说道：“黑崎君，要是方便的话，也请一起上车吧，车上还有空位哦。”

他一边这样说着，一边看着警察沐浴在汽车尾气中，飞快地离去了。他还通过后视镜来确认情况。他们应该会追上来吧。

胜又则将自己红红的脸从车窗里伸出，不住地挥手。黑崎紧紧地咬着戒烟管。

关于那件事，黑崎并没有做什么特别的关注。其实一点关系都没有。可是，县里的警察里面也有几个像胜又这样的家伙。曾经，县里的几名警察，为了提高自己的工作业绩，将自己准备好的手枪，装作是在黑社会的办公场所发现的一样，来捏造其非法持枪的罪行。事情败露后，所牵涉的人员中，正好胜又转变成了黑社会，于是决定让他扛下所有的责任。而其中另一名成员益田，现在是黑崎这个班的班长，本来他是主谋的人，结果却还得到晋升。

看着这辆比机动部队的特殊警车还要坚固的车子消失在道路的尽头，栗林慌慌张张地坐进驾驶位："我们去追吧。"

"没用的。如果我们一直跟着他们，樱田就会真的去公园。而且他还会发出指示吧。"

"什么指示？"栗林依然露出不服的神情看着装甲车消失的地方。

"其实即使没有看车子里面，我也大致清楚。他们像是在追什么人。"

"哦？"栗林歪着圆脸，就像是一个掉下来的保龄球。虽然他在工作方面非常卖力，可是观察力还有所欠缺。

"那辆车上竖着天线吧。那是具备指向功能的天线，是用来追踪的。之前见到这辆车的时候，还没有这玩意儿。"

"追踪？追谁？"

栗林拿出笔记本，准备好钢笔，像一只将自己抢来的鱼埋藏在地面某处的猫一样，舔了舔舌头。

"不知道。"黑崎摇了摇头。不过如果是一些不规矩的手下或小的竞争对手的话，用不着专门开一辆这么大的车子，而且像樱田这样的年轻头目也不会出马。如果是这样的话——想到这里，黑崎头脑中的热酒和海胆军舰手卷一下子消失了。

藤宫又在什么地方呢？如果暴力团伙的成员全体出动在追击某个人的话，那只能是他们的组长、领导者受到袭击了。只能这样认为。而且藤宫今天也没参加高尔夫联谊活动，他妻子也是一副看上去刚哭过的脸，这样更能说明问题了。

黑崎的脑海中浮现出藤宫像歌舞伎演员一样端正的脸庞，慢慢地摇了摇头。他和其他组织的老大不同，他不喜欢和那些暴力警察同流合污，自己虽然没和他有过任何交流，可他们似乎存在一种奇妙的缘分。

他们年纪相同，出身地也都是在埼玉周边。就连现在住的地方，也相距不到一公里。而且藤宫的孩子和哲夫就读同一所幼儿园。或许对方已经不记得了，可是黑崎早在三十年前，就已经听说过藤宫，当时还是中学时代。

西中的藤宫，当时大宫市内打棒球的没人不知道他——四号位的王牌。在升上三年级前的那个春天举行的县大赛上，藤宫成为了优胜投手。他相貌堂堂，学习成绩也很好。而且由于他是来自富裕家庭的小孩，却选择就读市立的中学，让人觉得不可思议。在藤宫投球的时候，就连对手学校的女生都会给他加油。

说道黑崎，却是同一座城市里出了名的坏学生，在一个好不容易凑齐九个人的棒球俱乐部里担任第六号位，还是因为当教练的体育老师为了让老是干坏事的他改过自新，半强制性地让他加入的。

可是，原本就是坏孩子的黑崎和朋友们好不容易进入到了第三轮，却没能和篠宫在夏天的大赛上碰面。过了很久才听说篠宫离开学校了。据说是他父亲生意失败，连夜逃走，从这一带消失了。

栗林双眼闪耀着光芒，问道：“从车窗把头伸出来的那个男人，以前是县里的警察吧……之前说的那件事，是怎么回事啊？”

“你最好不要问，如果你想早一点升职的话。”

听到黑崎这样说了后，栗林圆圆的脸低下去，沉默不语了。

“八岐组的定点医院在哪儿？”

“吉敷町的本山医院。”

“我们要到那儿去看看吗？”

或许会有什么线索，如果篠宫还活着的话。真是讽刺啊，中学开始就骑着摩托车集会，到了高中就和小弟一起晚上到处游玩，抽烟、喝酒、被人说长大后一定不是好人的黑崎，现在却是警察。或许会成为甲子园的明星，除了棒球外，各个领域都很擅长的篠宫，现在却是黑社会老大。人生真是没法解释。祸福、因果都息息相关，不停地环绕。

黑崎突然想起了旋转寿司店搞活动的时间，摇了摇头。坏了，要是赶不上的话，不知道康代会摆出一副怎样的表情。

乘上了上行东北线下午三点零七分出发的前往上野那班车的

篠宫智彦，觉得车里的环境就像是自己第一次进拘留所一样恶心，让人无法忍受。自己已经很多年没有坐过电车了。可能是从十五年前最后一次被护送到监狱之后就一直没有过吧。虽然了解了一些，可是当看到自动检票机和电子指示牌的时刻表时，还是大吃一惊。自己就像浦岛太郎一样。

由于现在是下午较早的时间，可以坐四个人的位置有一半是空着的，可是篠宫却没有心情去坐，只是板着脸站在门口，观察着周围。在自己跟前的这个位置上，一家人正在热热闹闹地喧哗着。当爸爸的年龄和篠宫差不多。旁边跟着一个斜挎着水壶，看上去比传助年纪稍小的孩子。虽然孩子在敲他有些秃顶的脑袋，眼镜也被摘掉了，可他却没有生气，还笑出声来。

篠宫不由自主地把脸转了过去。如果再继续看的话，他会冲上去揍那个一脸傻相的父亲一顿。因为看见那父子俩如此安稳平和地玩耍，对于一直在拼命争斗，比谁都要活得更加坚强的篠宫来说，是再气恼不过的了。一想到这里，他就气得全身颤抖。

忍耐吧，再忍一下。在高速公路时速保持八十公里，没带保镖来坐电车，这些都是让人无法忍受的屈辱，可是篠宫却还在尽力抑制着感情，拼命忍耐。要是自己失去冷静的话，那些血气方刚的手下们不知道会干出什么样的事来。

樱田这次有些急躁，他像是在为自己没能帮上什么忙而感到羞耻，其实并不是这样。他还是一个很靠得住的男人，虽然有些急性子。可是作为黑社会来说，有些过于内省了。其实事情发展到现在，都还在预测范围内。没能抓到罪犯当然会让人头痛。可是，自己总还是要拼命去努力才行。

樱田他们五个算是榜上有名的人物，是八岐组在不到二十年的历史里所培养出来的，他们不仅有手段，还有胸襟。而且头脑和战略方面也都能配合自己，在谈判上也不会输给其他人。

重要的是，首先要给对方诱饵。让对方产生自己掌握主导权的错觉，给他一场美梦。然后再趁对方大意的时候，抓住其弱点，将其赶入陷阱。这就是第一步。然后，再将自己该做的事情做干净。

问题从现在才开始。他们当然不会一直让那个混蛋如此得意地发号施令。差不多该是他们夺回主导权的时候了。无论是做正行还是捞偏门，笑到最后的总是自己。自己经常会压制住对方，让事情朝着对自己有利的方向发展。这次也照做即可。冷静下来，全力计算。

先对形势进行客观分析。自己也是很冷静的人。现在夺回传助，同时抓住罪犯的概率超过七成。要是只夺回传助的话，概率应该更高。那么无法夺回传助的概率……

他不由得看了一下周围，背向及川所待的车厢。一想到最坏的情况，身体就不由得颤抖。之前在服务区也是如此。自己待在被水汽遮蔽玻璃的车里，一下子觉得自己气场变弱了。而且眼睛还不自觉地变得湿润，根本没办法走出去。

自己已经有十多年没流过眼泪，应该不会再有眼泪这种东西了。自从投身这个道义的世界，就忘掉了悲伤这种感情。说到例外的话，就是在传助出生前，篠宫的拜把兄弟，田所组的组长，田所传乃助被人枪杀，参加他葬礼的时候吧。当时觉得比自己父亲死的时候还要难过。不过当时也觉得，懦弱的男人必然会有一段让人怜悯的可悲人生。

电车在浦和停车后，又再次发车，接下来就不停站了。手机响了。按下接听键，又听到了那已经习惯了的让人恶心的鼻音。

“篠宫先生，坐上电车了吧。”

篠宫继续压抑着怒火，持续着之前的表演。

“是，是的。”

“你在什么位置？”

“在最后一节车厢。”

“那好吧。左边，你走到前进方向左边的窗户面前。”

基本上是按照我们预想的在进行，这家伙应该是要让我把包从窗户扔出去。我会这么做吗？至少要先确认传助平安无事。

“要把钱扔出去吗？”

“啊啊，是的。”

“孩子呢？你不把孩子还给我，我不会把钱给你的。”

“我只要钱一到手，马上就把孩子还给你。说话算话。”

说话算话？黑社会谈判的时候绝对不会使用这些字眼。篠宫从未在自己的条件没有得到保证的情况下，就依照对方的意思去做过。

“这可不行。”篠宫的声音一下子变大了。让步之后是威吓，还打算带有一些恐吓。

“为什么一下子变得强势了？”

“听好了，我还没有报警，这次也该轮到我做主一次了吧。”

“篠宫，你脑子烧坏了吗？”

“你只要把孩子还给我就行。这样吧，我有一个两全其美的方法。”首先让对方觉得自己的弱点被抓住了而产生不安，然后再针对这种不安，给对方提出让其放心的条件。当然，这时会在这里设下圈套。

“我们在立交桥交换吧。你可以指定地点和时间。”

只要对方说出了时间和地点，手下们就可以马上赶过去。

“你在下面等着就行。我确认孩子从车里下来后，就把钱扔下去。”

电话的另一头似乎陷入了思考，变得沉默。篠宫稍微缓和了一下语气，打算用轻言细语动摇对方的内心。

“你试想一下。这个方法有效吗？这种古老的做法没问题吗？如果交钱就可以完事的话，我这边还有风险更小的方法。”

沉默还在继续。看来已经上钩了。接下来就是慢慢将他引进圈套，然后给他脖子来上一刀。突然沉默被打破了，对方用鼻音笑起来。

“不行。”

“……为什么？”

"太麻烦了。"

别得意忘形啊。蓧宫觉得自己的忍耐已经接近极限了。

"那好，这次交易……"

"这次交易，什么？你在说什么啊。"

根本就没有谈判，只是完全按照对方的要求行事罢了。因为对方已经小瞧了他们。看来这个混蛋并不知道蓧宫八岐组的名号，以及背后存在的庞大组织。看来他并没有见过自己背上在牡丹花中升天的龙，以及脸上的伤痕。

"你适可而止吧！这次应该听我的了。不然的话……"

"不然的话会怎样？"

对方的声音相当冷静。让人想到这是一种能很平静地杀死小孩的声音。

"啊，不……"耳边传来了带着鼻音的笑声，不由得让自己背脊发冷。太可怕了，这是一种自己被枪指着时都未曾感到过的恐惧。蓧宫发出了声音。这声音简直就像是在哭泣一般。

"求你了，请把孩子还给我。"他自己都不清楚自己现在是在继续表演，还是声音真的开始变得颤抖。他也忘记了樱田他们正在监听，再次说道："求你了。"

"没问题，我会让你见到孩子的，我先挂了，在车里最好不要打手机……待会儿再联系。"

对方带着让人汗毛倒立的笑声挂断了电话。

手已经停止不住地颤抖。要是传助有个三长两短，一定要杀死这个混蛋，然后自己……

鼻音混蛋的声音消失了。装甲车正追着篠宫的电车，沿着高速埼玉大宫线南下。

“好的，这下知道地方了。”三森叫道。

“在哪儿？”

“东京。”

“东京的什么地方？以十米为单位报告。”

三森只是一边摇着头一边说饶了我吧。

“基站的位置又变了，不过，这次总算弄清楚了。他应该是在河对岸。没错，他给我们的投放点，应该是在铁桥靠东京的那一边。如果要考虑各方面因素的话，应该是在列车靠近赤羽车站减速时，让我们将钱扔下去。”

篠宫所乘坐的电车在显示器的画面上呈一条直线不断南下。

已经过了川口车站，离铁桥只有一公里了。灰岛叫了出来。

“听得见吗？”

“听得见。”

灰岛打开了所有的线路，让樱田也能听到自己和篠宫的对话。

“准备好了吗？”

“都还行吧。东京、埼玉和河边都能应付。”

“不要失败。”这是曾经不断在远藤耳边重复过的一句话，可这次已经不需要再重复了。

“明白。”

灰岛充满自信地回答道。

电车已经到达铁桥，对方却还没打来电话。

正在通过铁桥。离达到东京一侧的河岸还有两百米。

一百米。五十米。到了。手机还是没响。电车就这样穿过了河岸。

“喂——”樱田朝着显示器画面叫道，“怎么回事？”

噗，胜又口中的威士忌喷了出来。三森把脸埋在键盘上。这就是“天堂和地狱”啊。什么投放点啊。

画面上的小点停下来了。电车已经到了赤羽车站。那家伙到底打算干什么？是在这里下车？还是在车里接触？

潜伏在电车里的及川打来电话。

“没有发现可疑人物。车子马上就要出发了。”

在及川说完后，就响起了快要发车的铃声。这也是虚晃一下吗？下次又是什么地方？难道还要去羽田机场坐飞机？混蛋！他在用拳头打自己手掌的瞬间，电话响了。声音从耳机中传来，是那家伙的声音。

“篠宫先生，你现在还在窗子前吗？现在差不多该让你看看儿子了。电车开了后，你就看着窗外吧，就能看见你的儿子。一看见的话，就立刻把包扔出来。”

发车铃已经响起来了。

“我在电车里怎么看得见？”

篠宫回答这个男人的时候，声音已经变得非常纤细了。

“我在他头上系了一个风车。你从电车里应该能很清楚地看见。”

“头上？”

“是的。我这边也想了很多办法。就在车子一开出来就能看见。可别看漏了。

电车开始缓慢开出。樱田一直紧咬着牙。罪犯的确是在东京的河边附近，可是却没有发现。车站也没有发现，是在车站前面一些吧，大概是离车站一公里左右的距离。那家伙一定就在那附近。正在远离河边的高速路上的灰岛他们无论怎么赶，都是来不及的。混蛋！

灰岛打电话来了。

“我已经听到了。”

“你现在在哪儿？”

“河边。”

已经到了这样紧张的时刻，灰岛的声音却显得很轻松。

“快点！”

“没关系。我为了保险起见，安排了一台车和老大的电车并行。只要他们有了第一次接触，三分钟之内就能赶到。”

“哦！”装甲车里的人都叫了起来，甚至包括一直保持沉默的司机。

樱田也挥着拳头叫道：“太棒了！”然后用右手的拳头，击打着左手。这次是胜利的喜悦，终于追到这家伙了。很快，马上就是这混蛋最后的时刻。

车铃响了，防护器关闭得稍微有些迟缓。电车看来已经很老旧了，还发出嘎吱嘎吱的声音。秀吉抱着头上系着风车的传助。快了，马上就有五千万日元了。

“轰隆，轰隆。”总算是醒了，传助看着正从眼前开过的电车，发出了欢呼声。

“电车，再多多来一些。好厉害啊！喂，你为什么戴着口罩啊？”

“哦，我好像有些感冒。”

“你刚才在和谁说话？”

“哦，是要给我送礼物的圣诞老人。”

“真奇怪啊。”传助一边擤鼻涕，一边把视线移回到眼前的电车线路，瞳孔发着光，“哐哐哐地响呢。快来，快来。”

踏入赤羽车站和备用资材放置区之间的那条小路，周围一个人都没有。这里马上就会有许多条线路通过。从赤羽车站出来的东北线会离开铁路桥，在这里回归平地。电车会在这里稍微减速。

他之所以会将最后交赎金的地点选择在东京，也是因为回想起了茂君的一条建议。话是这样说的：

“让警察的搜查陷入混乱，有一个最好的方法，就是在移动的时候要跨都道府县。要是在东京干的坏事，就逃去神奈川。要是在神奈川干的事，就逃去东京。可以利用警察之间的范围意识。东京和神奈川是最好的。因为警视厅和神奈川警察局的关系很不好。埼玉和东京的关系也是如此。千叶不行。他们好像手机都用的是同一家运营商的。”

之所以选择东京，是因为很了解这里。赤羽京滨大道的酒吧关门后，自己经常送安娜回位于东十条的住所。就在这一带告别，连手都没握一下。他就住在对面那栋小豆色公寓里，安娜和朋友们住在一起。自己总是站在这儿朝安娜挥手。本想站在这儿一直看着她的背影，却总是很快会被过来的电车挡住，基本上都是东北线。这一切，他至今都还记得。

看见电车了，闪耀着绿色和橙色的灯，就是那辆。

“传助，电车来了哦。”

“唔……”还很困吗？传助有气无力地打着哈欠。

篠宫一直盯着窗外。电车一从高架上下来，原本能看着大楼高层和天空的窗外一下子变成了街道的景色。

交叉点在哪儿？从高架上下来应该很快就是了。看见窗外红色的风车了，是传助。白色的长袖运动衫，茶色的短裤。虽然只有短短的一秒，可是这一切却如同静止的画面一样清晰地印在篠宫的眼中。

虽然紧握着的手机里传来了樱田高昂的声音，可是所说的内容却丝毫没能传递到篠宫的耳朵里。

看见传助的瞬间，他用尽所有力气，用左手将抱着的两个包扔了出去。这有违篠宫智彦自己的原则。在完全没有保障的情况下，就给了对方想要的东西，握着提包的手指一根根地松开。那一瞬间，眼睛里有热乎乎的东西涌了出来。

现在才知道，原来自己还有泪腺。

“传助——”篠宫叫道。包扔出去了。

11

包扔出来了。一个，接着还有一个。一共五千万，成功了！

秀吉的心中在欢喜地狂叫着。他轻松地越过遮蔽的栏杆，朝着对面跑去。这附近一个人都没有。即使有人，他们看到的也是穿着工作服、戴着安全帽、将放在卡罗拉里的安全装备穿得整整齐齐的秀吉，在他们眼中只是一个线路维护人员而已。

传助在身后叫喊着。回头一看，他头上的风车还在摇着，人已经从栏杆下钻过，一直追着秀吉。风车的绳子挂在栏杆上，头发散开了，像是带着某种暗示一样，飞上空中。

“危险！待在那儿。”秀吉叫道。传助的身体一下子变得僵硬，直挺挺地站在那儿，然后慌慌张张地回到另一边。

自己怒吼声应该很可怕吧，至少当时他是这样想的。不过他很快就明白自己的想法大错特错。不管怎么说，这时的秀吉，眼中只有铁路对面那一对像黑色钻石一样发光的手提包。其他东西都无法进入他的视线，当然也包括自己的身后。他像一个以得分点为目标的橄榄球选手一样开始猛烈地冲刺，离手提包越来越近了。

还有五十米。明明跟他说看见孩子就立刻扔下来，结果篠宫还是扔得很远。他双腿快得像要离开地面一样。

还有三十米。这是离拉斯维加斯的距离。

还有二十米。不，还是去马尼拉吧。

还有十米。在此之前先来杯啤酒。要喝个够，还有烤肉也要。

还有五米。现在差不多可以和以往无聊的人生告别了。

还有一步，到了。然后，新的人生开始了。

他拿到了手提包。虽然比想象中的小，可是却很沉。这是两千五百万日元的重量。还有一个包掉在前面十米的地方。该去捡另一个包了。

身后有声音，是带着杀气的怒吼声。一开始以为是动物的咆哮。赶紧回过头去，自己眼前出现了一张脸。

留着金色的短发，狰狞扁平的脸，是一个很高大的男人，穿着迷彩的军服。是警察吗?

其实长着这副模样还穿这样的服装，之后自己一下子就想起来了。不过当时头脑一片空白，什么都不知道。反而被眼前这个男人眉宇间的刀疤所吸引。

“你这混蛋。”男人高声叫道，向秀吉冲过来。而在他身边还有一个穿着军装、有着强健身体的男人冲了过来。金发男人一把抓住秀吉的领口，摘下了他的口罩。

“嘿……”

像烧开了的水壶一样的声音，这是他自己发出的声音。秀吉将手中的提包胡乱挥动着，打在男人的身上。男人一下子把包夹住。这一瞬间，长长的衣袖下露出了颜色极浓的刺青。

金发男人的脚已经踢过来了。而他身后的另一个男人则高举着手中的棍子。不，那不是棍子，是来复枪。

“等一下。”身后传来的怒吼声，近得似乎能感受到发出的气息。现在自己的领口被人抓住，脖子无法动弹，当然也就无法转过身去看身后的情况。

秀吉开始拼命跑过眼前的铁轨。列车过来的警报铃终于响了，栏杆也开始放下来。在越过铁轨后，立刻有辆货运车穿过。

“我会傻傻地在这儿等吗？”他纵身翻过另一边的栏杆。当身体到达地面的瞬间，货车正伴随着轰鸣声通过。被列车阻挡了前进道路的男人们开始不停咒骂。现在秀吉脑中已经完全没有了五千万的概念，只顾逃命。

车子停在离这儿不远的路上，其实只有不到一百米的距离。可在秀吉看来，却需要跑很长一段路。自己的心情比双脚跑得更快，似乎身子向前倾得快要摔倒了。他在跑的同时还多次回头去看，身后已经没有那些男人的身影了。可是，越是向前跑就越有自己很快会被身后人追到的恐怖感，于是又会回头去看。

为了能尽快逃离，他并没有锁上车门。他打开了离自己最近的副驾驶位置的车门，滚进车里。这时才第一次想起了传助。传助怎么样了？

“喂——”是传助的声音。他被压在自己身子下面。原来他已经回到车里了，“你干什么啊？”

虽然秀吉心里想要骂几句脏话，可却没有时间。他像是游泳一样爬到驾驶位上，颤抖的手在转动车钥匙时多次失败，用还在痉挛的脚嘎吱嘎吱踩下油门。这时双手双脚似乎都不是自己的了。现在必须逃走，在踩油门的时候，他还是不住地回头去看，似乎听到了不知从何处传来的怒吼。

车子发出尖锐的排气声，开动了。秀吉没有确认眼前的标示，就直接右转。秀吉和轮胎都发出了悲鸣。

右转，右转，右转，自己想要尽快从这里逃走，于是开始胡乱地打着方向盘。一下子来到了十字路口，却没有发现眼前的信号灯是红色，结果慌慌张张地踩了刹车。

双手的汗水已经把方向盘打湿了。秀吉在长出一口气的同时，还看了看后视镜。虽然已经逃出了相当远的距离，可那些男人就在自己的身后追赶的这种妄想却始终挥之不去。他已经等不到信号灯变绿就又准备前进了。撞击的声音，一辆车从旁边飞了出来。差一点就是一次危险的撞击，又被自己躲过了。

“喂！”传助在一旁叫道。

他漫无目的地在一条两旁都是居民房和小工厂的狭窄道路上开着，好不容易才把车开到了主干道上。原来，自己在不知不觉中选择了前往葛饰的方向。

无比混乱的脑海中浮现出了许多问题。是谁？那些到底是什么人？为什么？为什么会袭击我？警察？不，警察不会刺青，而且那种刺青不是一般人会刺的。手腕附近刺的是真正的日本式的图案——这么说来是黑社会？为什么？为什么黑社会会袭击我？为什么？为什么？为什么？传助应该知道答案。

“真危险啊……”传助用悠闲的声音说道。秀吉以为是在说自己闯红灯的事，结果错了。“差一点就被发现了。为什么小钦和小高会在那儿？”传助这番不痛不痒的话传到秀吉耳中，让他的舌头开始打结了。

“小……钦……是谁？”

“就是刚才朝你冲过来的那个人。他身后的是小高。”

“……你……为什么……会知道他们的名字？”

“因为他们都是我爸爸公司里的人。他们应该是来找我的吧。”

公司的人？在秀吉已经被煮得混浊、沸腾的脑子里，想要理解传助的意思，需要再等一个信号灯。然后，一个不得了的事实浮现在他的脑海中。

“传助，我有个问题。”他用颤抖的声音问道。

“什么？”

“你的……爸爸的职业是什么？”

“公司。”

“不对！所谓职业是工作的内容。什么样的公司？干什么工作？工务店？借贷公司？弹子店？”

传助有气无力地回答道：“侠客。”

“哦？”

“爸爸是这样说的。虽然大家都没这样称呼他，可是他一直以自己是个侠客为傲。”

“……那好，别人都怎样叫他呢？”虽然自己已经可以想象得到，不过还是不愿先去想这些内容。

“忘了，好像……”

“和贸易有关？”

“是的。”

“纺织？”

“不对。”

“经营保龄球馆？”

“啊，可惜。好像答案已经很接近了。”

秀吉其实已经知道答案了，不过，要是从传助嘴里说出来就更恐怖了。对于秀吉来说，这种恐怖会让他汗毛倒立。

“……暴力团体？”

“啊，是的。对了，对了。”

真的是汗毛倒立啊。现在终于明白自己身处何种情况了，明白刚才那两个有刺青的人为什么要袭击自己，为什么在家庭餐厅里有那么多黑社会，为什么传助给爸爸画的像里有一朵盛开的牡丹，而且除了牡丹外，一定还有龙或佛像。秀吉踩下了刹车。

“喂——”

“下车。你在这里给我下车。”他朝着传助叫喊道。这些话中带着一丝悲鸣。就当什么都没发生过吧，反正这个小鬼也不知道他的名字。传助也不认识车身上写的齐藤工务店这几个汉字。画脸也画不好，描述人像特征也说不出来，甚至还是一个连“特征”是什么意思都不明白的笨蛋。就这样逃掉吧，那样他们就永远不会知道自己是谁了。

“喂，为什么啊？”传助的眼睛睁得圆圆的。

“必须。”他从车上下来，把传助拖了出来。幸好，这条路上一个人也没有。不过他明白，经过的车子中还是会有怀疑自己是绑架犯的目光飞来。不对，已经不是绑架犯了。自己已经不再做绑架犯了。现在不是要带走他，而是要放了他。

“为什么啊？我们不是说好一起踏上旅程吗？”

他想要强行将紧紧抓住方向盘的传助从车上拉下来，结果他却挂在变速杆上。于是，他用带有威胁的语气说道：“下来！我其实是坏蛋。我是个绑架犯。我把你绑架了。”

“入会？”他说了和他妈妈一样的话，“入会也行啊。走吧，走吧。”

“不行。情况变了。”

“情况是什么意思？你说的话我听不懂。”

好不容易才过了变速杆这一关，结果传助又紧紧地拉着门。正在他拼命抓着传助的双腿想要将他从车里拉出来时，视线一下子停留在了车里。传助画的画掉在那里了，这是他刚才画的秀吉的脸。这时，就像是回想起一件忘记了的重要物件一样，一股寒气在胸口涌起。这是一股冷漠的不安。而秀吉很快就明白了自己不安的原因。

太像了。虽然是用拙劣的线条绘画而成，可是却很好地抓住了特征，都怪自己给他提了那些无聊的建议。之前从未画过画的传助，只花了半天就提高到这种水平，而且还在画的下面写上了名字——伊达秀吉。

“不要不要，我不要下来。”

秀吉抓着传助双脚的手渐渐松劲儿了。他看着脸红得像番茄，还在张开大嘴叫喊着的传助的脸。

“……为什么，你会知道我的名字？”

“不说不说不说。”

“为什么你会知道我的名字？”

“因为，昨天你去便利店的时候，我看到你的驾照了。”

“你……不是不会读……汉字吗？”

还像猴子一样紧紧抓着门的传助说道：“历史上的名字我会读。补习班的老师教过的，是在中学考试挑战讲座上学到的。伊达政宗的伊达，丰臣秀吉的秀吉。”

“哦——”要不是手还抓着传助的腿，他或许会用手来堵住耳朵吧。

“我还知道你住的地方。葛饰北斋的葛饰，镰仓幕府的镰仓！在葛饰的镰仓。”

怎么办？警察逮捕一个绑架犯并不是什么大新闻。不过那些家伙一定没有报警，而是想要亲手把我抓住。怎么办？会被杀的。干脆自首吧。这样安全些。不，不行，这样不行。

在监狱的时候曾经听说，黑社会的人也会在监狱里杀人。茂君说他曾经亲眼见过处决现场：“澡堂。负责杀人的人用借来的剃须刀一下子割断颈部动脉，血一下子飙出来。真是太快了。”

膝盖又一下子酸掉了，比刚才的感觉更强烈。

“喂，传助，关于我的事，你别告诉爸爸哦。”

“不干。你不遵守约定的话，我也不遵守。”

为什么又变成这样了？本来已经进展得很顺利，结果自己完全搞错了。看来自己完全没什么运势啊。每次都是这样，总是在最后关头倒霉。正是因为这样才会欠下这么多钱。一开始一帆风顺，最后总是沉默。打弹珠的时候也是如此，一开始赢了几万日元，本来以为运气来了，最后却还是竹篮打水一场空。

他觉得眼前的道路笼罩着一片黑暗，就像是一条通往死亡的道路一样。他甚至能够听见呼啸的风吹断颈部动脉，飙血的声音，血流一地。

“不干不干不干！”传助还在不停抖动着手脚。要是就这样把他放了，自己的下场就会是那样。看来只能这么办了。秀吉只想到了一个能让传助闭嘴的办法。

“在这里停下。”看录像带看得入神的樱田突然说道。

现在是下午六点。在篠宫家的客厅，和昨天一样，八岐组主要人物都来了。虽然樱田他们到达了现场，可还是没有发现罪犯和少爷的身影。灰岛小队和及川小队，以及其他被安排在埼玉县南部负责搜索的人已经全部命令返回，不过现在还没有进一步的联系。

篠宫在上野的前一个车站下车，已经先回来了。当然，没能找到少爷这件事也已经向他汇报了。

谁都不许进来。篠宫听完报告后说了这句话，就一个人关在家里的办公室了。老大发怒了，甚至要剪断让罪犯逃走的钦次和高井的手指。怒火攻心的及川在一旁叫着要从手指根剪断，胜又还把刀拿出来，更是火上浇油。平息这场小骚动，又花了三十分钟。

樱田很快就明白了，其实篠宫并没有生气。他的双眼并没有闪耀着和平时一样强烈的光芒，看上去就像两个空洞一样。老大，到底怎么了？

又从头开始了，客厅里的气氛比昨天还要沉重。每个人都显得意志消沉，非常憔悴。可也并非没有任何进展，还是有收获的。

首先已经知道少爷平安无事。还有就是虽然罪犯戴着口罩和安全帽来隐藏自己的样子，不过总算第一次发现了他的行迹。这盘录像带是今天上午在家庭餐厅附近伪装成流浪汉的一名时田小队的成员偷偷拍摄的。静止的粗糙的画面中出现了一个穿着灰色工作服、推车里放着梯子的男人，也戴着安全帽。是一个中等身材，有些瘦弱的男人。只拍下了他的侧脸，并不清楚长什么样，不过看上去并不年轻，大概有三十到四十岁了吧。

“混蛋，就是这家伙。”远藤就像是不明白这只是图像，就想要朝猎物扑过去的愚蠢猛兽一样，对着画面狂叫着。

怎么回事？好像在哪儿见过。就在樱田面前，从电线杆上下来的男人。因为他的举止和服装都很正常，当时并没有怀疑。为什么自己没能察觉到，明明就在眼前。

篠宫夫人做了堆得像小山一样高的饼干，装在盘子里，和用人佐藤一起送了进来。看了一下画面就自言自语说道：“我看还是报警吧……你们不方便的话，就由我来吧。”

胜又一边喝着不知道是今天的第几瓶，一边摇头说道：“夫人，还是算了吧。要是交给警察，少爷本来回得来都会变成回不来。”

夫人轻轻叹了一口气，开始将饼干分给组员：“来，小钦和小高也吃一点。别放在心上，下次加油。远藤，你也多吃点。”

这些点心似乎并不合远藤的口味，但是夫人还是亲手递到了他的手上，搞得他的光头也变得红红的。

“来，及川。”刚才还一直叫着要切无名指、切中指的及川，像一条老老实实的狗一样伸出手接过夫人递过来的盘子，将本来做成各种形状的饼干放到嘴里嚼碎了。

夫人有夫人自己的办法，虽然这些办法未必就适合黑社会，不过她在这时却代替了篠宫智彦，给组员们带去了鼓励。不过这种勉强装出来的精气神似乎还是蕴涵了一丝痛楚。

“自己的孩子被人绑架了，你却还有闲情做点心。”宫下顾问用听上去有些厌恶的语气说道。

“非常抱歉。因为我心情也很乱，所以才想做点什么……”夫人这样回答，虽然大家都没看见她躲在厨房里哭泣的样子，不过从她的脸上也应该看得出来。作为组长的夫人，是不能在大家的面前流泪的。

“来，樱田也吃一点。”她将饼干递给樱田。樱田摇头拒绝了，在夫人露出稍微有些不悦的神情后，他才稍微抿了抿嘴唇，接受了。

“传助就拜托了。”夫人虽然看上去有些憔悴，不过她的笑容还和第一次见面时一样没有变化，还是那么美丽。

“再把画面抬起来一下。”樱田把视线从夫人身上移开，继续盯着画面。三森像是要钻进电脑里一样将画面放大，车子的侧面写着“齐藤工务店”。电话号码除了最后两位数外，其他数字都看得很清楚。难以置信，这家伙居然开着写着电话号码的车到处跑。“总之，先把这辆车找出来。”

时田立刻拿出手机下达指示，接着又对三森说道：“把这图像发送到我们的人的电脑里。”

“遵命！”三森用两个手指行了个礼。

“估计是偷来的车吧。他一定会立刻换一辆的。”

胜又说完，樱田瘪了瘪嘴嘲笑道：“这次又根据什么？警察的直觉？经验？”

胜又缩着脑袋沉默了。他现在不会再听任何人的意见。他只会相信自己的直觉。这家伙是个单独犯，而且是一个毫无计划、想到什么就做什么的家伙。这家伙应该没有杀过人，然而事实上这样的家伙才是最可怕的。如果冒然追击，不知道他还会做出什么事来。

“把脸再拍清楚一些啊。”三森敲打着键盘。画面稍微变得清晰了。这个鼻音混蛋的脸颊有些纤细，眼睛有些小。

“想要再清晰一些的话，就要花些时间了。”

“一个小时。完成了就打印出来。”

“打印多少张？”

“所有人都要有。”

三森露出了疲惫不堪的神情，除了自己之外，其他组员几乎都不会用电脑。

“会用电脑的家伙稍微传阅一下就行了，我是说那些能用食指以外的手指敲键盘的家伙哦。”

“我也来帮忙吧。”佐藤用她独特的印度尼西亚口音说道。山下佐藤是一个很靠得住的女人。除了帮忙做家务外，她还是一位精通的税务师，也负责藤宫家财务管理。她之所以会有口音，是因为她的母亲是侨民，年轻时是在外国度过的。

“现在还来得及，他一定是把我们见过的衣服换掉了。那家伙还不知道我们已经掌握了他开的什么车子。去找这辆车，今天晚上一定要找到。现在应该还没开远。”

樱田代替葆宫看着全体人员这样吩咐道。组员们全都站了起来。他又对正朝着大门走过去的远藤说：“远藤。”

“在。”

“你到齐藤工务店走一趟。”

“好的……”本来应该立刻关上门，马上出去的远藤，又把门打开，露出他像电灯泡一样的脑袋，问道：“位置在哪儿？老大……什么地方啊？”

人选又安排错了吗？“你刚才已经看清楚那几个电话号码了吧？后面的自己去查。”

“好的。”

樱田想着，接下来就交给我吧。为了葆宫，为了传助少爷，为了葆宫夫人。樱田假装没有在意任何人的样子，转过头去看了一眼美丽的葆宫多香子。绝不能容许她再度如此悲伤。

位于远离大宫市中心地区的本山医院，别名是“八岐急救医院”。虽然不清楚院长本山和八岐组之间有着怎样的联系，可是八岐组的组员们在交通事故中有了擦伤，这里都会开出一份住院一个月的诊断书。这里还会给组员们断指再接，取出中枪后的子弹。最近，八岐组的组员们都买了医疗保险，据说这是为了更好地利用保险制度。

黑崎觉得如果一直待在这旧得发黑的医院大厅的话会染上什么怪病，于是走了出去，现在已经过了回转寿司的优惠时间了。栗林说要去八岐组旗下组织的事务所看一圈，于是带着自己到处转悠。他也没有理由来反对。如果要说为了去吃回转寿司必须回去的话，这家伙一定会带着枪冲进去。

樱田组、远藤组、时田组、灰岛组，每个组的老大都不在。本来应该有人常驻在事务所值班，结果却大门紧闭，的确很奇怪。

好不容易来到这里，却正好过了接诊时间，现在已经快到下午六点了。院长本山也不在。看来真的是大部分人都不在啊。

“蓧宫兴产的人，今天谁都没来过。”

来接待他们的护士长中谷看来并没有撒谎。

“有什么奇怪的地方吗？”

每天都会见到几名组员，结果今天却一个人都没见到，这本身就很不一般。而且好像预约了诊断的组员都没有来。

“嗯，没什么。”中谷像一位从不撒谎的意大利歌剧演唱者一样摇动着身躯，陷入了思考。“啊，对了对了，有一个补习班的老师——好像是叫藤本的，说他一从补习班出来就被一群像黑帮的人打了。不过只是肋骨有些受伤，断了两根指骨而已。他说警察根本都不肯认真听他报案，显得很生气。”

没办法。星期天上班的警察，心情都特别糟。

“哪里的补习班？”

“哪里呢？嗯……”中谷拿出写了地址的病历开始翻查着。“哦，就是这里，叫什么进学会。”

就在黑崎家附近，也在篠宫家附近。不就是在八岐组的地盘吗？怎么回事？无法想象八岐组会毫无理由地袭击知识分子。难道是其他组织的人把这家伙当成篠宫给打了？

“这个叫藤本的家伙，长得像篠宫吗？”

“一点不像。”作为篠宫智彦大粉丝的中谷，摇着头否定，脸上那三重肉都在不停颤抖，“是一个瘦瘦的、戴着眼镜的男人，简直和篠宫大人差十万八千里。”

开车回去后，栗林又开始说道：“黑社会也会生病吗？他们不是只会受伤吗？”

“当然，他们也是人啊。那些家伙也很恼火吧。据说刺青后很容易患上感冒。他们只会给外人展示自己强大的一面，身体一有问题，就喝酒，吃一些高热量食物，很多人都有糖尿病和痛风。”

“接下来怎么办？再去一次篠宫家？还是去他们的总部？”

栗林的眼中闪耀着光芒。这是一副休息日被工作破坏掉还开心得不得了的表情。难道说县警察局的单身宿舍住起来太恶心了吗？

“看来当时让樱田跑掉……”他这时看来是故意说出这句话。说起来要是追究责任的话，应该是他来承担呢。

“不，无论怎样逼问樱田都是没用的。”能让他开口的只有篠宫。在所有干部中，那家伙的嘴是最严的。不过他的行为就像猴子一样，很容易被人看穿。“想让樱田开口，比徒手掰开海胆的壳还要难。”

虽然说了一番像外国电影中警察说的台词一样的话，不过栗林却毫无反应。黑崎看了一下手表，叹了一口气。怎么会搞成这样？本来现在应该在享受生活——开业半价，一碟只要二百日元的海胆就像摆放在自己眼前一样。可现在却没有香喷喷的海胆军舰手卷，只有栗林圆圆的像空空的大盘子一样的脸。

在来这里之前，已经在车里给康代打了电话。

“哎呀，果然不行啊。真遗憾。”

听她的声音，似乎并没有想象中的那么生气。可是，如果这样想的话就太天真了。康代又说了一次遗憾，然后就把电话交给了正在电话旁唱着儿歌的哲夫：“小哲，爸爸说他来不了了。真好啊，大家就把他那份吃了吧！”

然后就突然挂断了电话。果然还是生气了。

黑崎试想了一下，虽然还不清楚八岐组是在和敌对组织抗争还是出现了内部纷争，不过自己解决黑社会争斗、维护城市治安的人生，和下午五点下班、喝上一杯、吃半价的海胆寿司、全家人和和睦睦的人生，这两者哪一个更有价值呢？他想着想着就没想了。因为他认为，都不是那么了不得的事。

“感谢您的光临。”站在收银台前的王宗华，朝着带家人用晚餐的客人露出了笑容。在低头表示感谢时，他用眼睛瞟了一下收银员的手。四个人吃了一万日元多一点。客人将钱包收好了。这个国家现在的经济状况很不好吧。星期天正是赚钱的日子，位于大宫车站东口的“红龟酒家”虽然晚上的营业时间才刚开始，可是客人却都陆陆续续用餐完毕了。

又一组客人站了起来，在收银台前打开钱包。王宗华虽然很喜欢客人光临的时候，不过也还是喜欢客人离开的时候。听着收银机轻微的声音，就像是在听着将硬币放入存钱罐的声音一样，可以说是他每天的乐趣之一。可是今天的心情却不像往常那样愉悦，因为在捞偏门这边的业务出了些问题。

服务员装扮的朱龙走了过来，用广东话对他说道：“我查到妨碍我们绑架计划的家伙了。”

王宗华用客人没能察觉到的速度，一瞬间露出了微笑，看了看楼上。这是让朱龙到办公室去的暗号。

“请慢用。”在行完礼后，他立刻走去位于三楼的办公室。这时他脸上已经没有了笑容。朱龙站在放着电脑的办公桌前。虽然以前的账目都是自己亲手来弄，不过最近在经营管理上也开始使用电脑。放在那里的东西，自然会有它的用处。捞偏门也能用得上。

朱龙指着电脑显示器的画面：“就是这个男的。”

那是一幅静止的图像，是潜伏在篠宫身边的卧底传送过来的。虽然只是照下了侧面，容貌还看不清楚，不过是一个很瘦的男人。而这个男人穿的也是在这个国家最常见的工作服。卧底已经从昨天开始，就将八岐组和绑架犯的动向一一传递过来。

这家伙接下来打算怎么做？王宗华试想了一下。每当在追踪某人，想要某人的命的时候，他总是会站在目标人物的立场来想象。在感受了目标人物的恐怖和绝望后，就清楚应该怎样做才能给这个人带去最具效果的恐怖和绝望。

对，他或许会换一辆车。因为车子可能不是偷来的，而是犯人自己的车——虽然卧底给出了这样的信息，不过狗急了还跳墙呢。于是他让朱龙开始搜索买卖偷盗车辆的日本汽车盗窃网站。什么时候，在什么地方被偷，只有偷车的人最清楚。

“找到他，干掉他！”虽然他给朱龙下达了这样的命令，不过他很快察觉自己的语言并不合适，于是纠正道，“不，首先把他给我带来，和藤宫的儿子一起。”

他的手下潜伏在日本的各个领域。大部分人都有着正当职业，平时过着和普通大众相同的生活。其作风并不像日本黑社会那样显眼，看上去就像普通的中国人一样，要是不开口说话的话，甚至还会误以为是日本人。但他们像弥敦道的风格一样，身形矫健，而那些威力十足的装备在追查人员方面更胜于藤宫的手下，行动迅捷，势如猛虎。

王宗华脱掉上班时的衣服，穿了一件衬衣。因为他兴奋得身子像着火了一样。他卷起左手的衣袖。两只手上都有刺青。不过并没有采用像日本黑社会一样的为了展现给他人的极其艳丽的色彩，而是台湾黑社会经常采用的刺青方式。那是一幅倩莲的侧影。王宗华朝着那看上去还很年轻的面容说道：“很快，我很快就能给英杰报仇了。”

然后他手臂一用力，左臂上的倩莲像是在微笑一样。

12

其实，回到葛饰，并没有什么特别的原因。因为这里远离传助父亲的势力范围，而且也远离之前为了寻找孩子而已经遍布眼线的东北高速公路沿线。自己如果待在一个不了解的地方，或许会感到极度不安吧。

在归巢本能的驱使下，秀吉沿着环七穿过了足立区，当看到零星闪耀着霓虹灯的亀有街道时，虽然自己只在这里生活过两年，却有一种看见故乡灯火的感觉。

从环七左转，就到了高沙桥附近，现在总算能静下心来思考了。虽然之前发生的一切都像走马灯一样在眼前闪过，不过一看到周围的风景，就又让自己恢复了平静。也就是说，他自己都不清楚自己之前干了什么。接下来该怎么办？如果向右转的话，就能回到自己的公寓。如果直走，就是齐藤工务店。

是去找老板哭诉吗？道歉，求得原谅，求他把自己藏起来吗？就像钻进母亲裙子的孩子一样？这种事他现在肯定做不出来。

在京成电车驶离高沙站的时候，他把车停了下来。坐在副驾驶位置上的传助，不知什么时候睡着了，脸颊上的泪痕还泛着微光。他想起自己和传助的对话，从肚子里深深地吐出一口气。

“我们说好了的哦。说好了的，说好了的，不是说好了的吗？”

面对张大嘴巴叫嚷着的传助，他终于忍不住说道：“明白了，是我不好。我会遵守约定，送你去外婆家。那你就乖一些。”

当时只能让传助平静下来，先上车再说。因为街边的住家已经有人听到哭声，伸出头来看是怎么回事。

“约定好了哦。一定要啊。”

传助用安全带将自己绑在车上，还多次确认是否绑得结实。秀吉这时才像鹦鹉学舌一样回答道：“嗯，说好了。我明白了。”

其实自己一点都不明白。接下来应该怎么办？绑架已经完全失败了。拿不到钱，自己的身份也暴露给了孩子，而且自己绑架的还是黑社会——应该是一个黑帮大佬的孩子。他透过前面的挡风玻璃，看着被假日夕阳照耀着的人群，仿佛这世界上所有的不幸都降临到自己身上一样。

混账，当时为什么会想到要绑架啊？他不由自主地握紧了拳头，敲打着方向盘。滴——车子喇叭一下子响了，路过的行人纷纷回过头来看。

他拿出了香烟盒，里面已经空空如也。他扔掉烟盒，从车载的烟灰缸中选了一截最长的烟头，点上了火。

摇下车窗，春风吹在他的脸上。这吹拂着傍晚街道的风，发出了有违这个季节的、像枯木一样的声音。听到这个声音，又让他想起了茂君的话。“黑社会会一直追到监狱里。用剃须刀割断颈动脉。血就飙出来了。”

自己不要变成这样。他不由自主地深吸了一口烟雾。秀吉开始预想自己应该采取的行动和可能出现的后果。这比他当时预测赌博时更加认真。

预想之一，把传助丢在这儿，自行离去。

并不觉得自己被绑架了的传助，会被当做迷了路的孩子，会被送回家去吧。而他爸爸顾及黑社会的面子，也不会把这件事告诉警察。那么，接下来事件就会这样发展吧：

①传助生气了，把他的事都告诉了爸爸。包括名字、住址、相貌。②他爸爸也生气了。③开始到处找他。④抓到他。⑤打他一顿。⑥踢他。甚至切掉他的手指才能原谅他吧。不，只有睡了黑社会老大的女人，或是偷了组织的钱才会要人的命吧。也或许不会切掉手指，而是勒脖子。⑦勒死他。⑧放血。

他用已经被汗水打湿了的手抚摸了一下脖子，就像是被冷风吹过一样，他浑身颤抖，于是关上了车窗。

他按灭了只吸了两口的烟头，因为他似乎突然闻到了血的味道。

预想之二，自首。

如果茂君说的是真的，那么这种情况的结果也是相同的。

①传助生气了……⑤派杀手在监狱的澡堂用剃须刀割断他的动脉。⑥鲜血直流。

秀吉不住地摇着头。无论怎样，答案都是“飙血”。他将手放在额头上，虽然用尽吃奶的力气继续思考着，不过却始终想不到摆脱现在这场危机的办法。其实自己一开始就知道，只有一个办法可行。看来还是只能下杀手了。

先把衣服换掉吧。那些家伙已经知道他穿的是工作服了。就如同想要摆脱眼前沉重的现实一样，秀吉只能先处理眼前细小的现实。

虽然他试着去摇了摇传助的身子，不过传助也只是用鼻子发出像小猪一样的哼哼声。就这样把他丢在这儿吧。秀吉把坐椅给他放下来，盖上毯子，悄悄从车里溜走了。

他朝着自己熟悉的、位于车站前的伊藤洋华堂走去，在春季大减价的便宜货里买了运动衫和裤子。买了两包烟后，他兜里的钱就只剩下两万三千日元和一些零钱了。

他想要逃避自己正面临着的现实，于是没有回到车里，而是一个人在街上溜达着。看着已经习惯的风景，似乎觉得绑架黑社会老大的儿子，只不过是自己躺在公寓被窝里做的一场噩梦罢了。不过，他立刻又想到了另一个现实，自己除了被黑社会追杀以外，警察也在找他。

是啊，打了老板，还抢走了钱和车子。而且现在离犯罪现场很近。于是他竖起了运动服的领子，低着头快步朝车子走去。

传助还和自己离开车子时保持同样的姿势睡着，打着轻微的呼噜，一个鼻孔里还有鼻涕流出来。秀吉似乎觉得从周围的人群中会突然有人出现在自己面前，用手指认出自己。带着这种不安的情绪，他发动了车子。

车子开过齐藤工务店前的那条路，沿着江户川沿岸一直开到金町净水厂。然后他在围墙边把车停下，换了衣服。

他还是先看了看完全没有防备的传助的睡脸，然后又观察了一下四周，一个人影都没有。太阳已经下山了，剩下的只是一层淡淡的夜色。

秀吉能够想到的对策只有一条——让这个小鬼闭嘴。而让他闭嘴的办法也只有一个，就是现在干掉他。然后逃得远远的，逃到一个他爸爸和警察、老板都不知道的地方，一直躲起来。就只剩下这条路了。

他将原本以为不会再有用的打包绳拿在手中，深呼吸了一下。只能下手了，他在心中这样说道。可是，他却并未朝着传助，而是将绳子在自己的手中挽了一个圈，然后像是要跳绳一样，又打了几个节——我到底在干什么。

再一次深呼吸。闭上眼睛开始呼唤应该还留存在内心深处的杀意。虽然自己并没有杀过人，却多次打伤别人。在监狱里用象棋盘打断了一个变态的门牙，还用木棍打过继父的脑袋，当时真的是想打死他。就和那时候一样，就如同当时自己如果不下手，总有一天会被继父杀了的心情一样。要是不下手的话，自己就会被干掉。是的，下手吧。

“呜……”传助发出了声音。他回头一看，传助还流着鼻涕，似乎想要将鼻涕吸回去。他握着绳子的手一下子又没了力气。

不行啊，还是下不了手。虽然脑子里想杀了他，可是身体却动不了。因为握着绳子的这只手，知道这家伙脑袋的重量。虽然里面并没有多少脑子，可是却重得能让手麻痹。自己耳边似乎响起了他想要成为售票员、吃喜欢的食物，以及爱看电视剧和玩游戏的声音。自己的眼前也似乎见到了这家伙的笑脸、生气的脸和画画的脸。

如果他只是一个自己并不了解的小鬼，或许还能下得去手。可现在已经不行了，他已经很了解他了。就在刚才，他还在自己面前吃薯片，小便。怎么下得了手?

“传助。”秀吉想要把他摇醒，可他却像一个头会动的玩偶一样，只是脑袋左右摇晃着。就像是暖宝宝一样，越摇他的身子越热，然后总算睁开眼了。虽然他用半睁的眼睛看到了正握着绳子的秀吉，却并没有表现出吃惊的样子。

“行了。SM游戏……”说完后，又把眼睛闭上了。

“好。我们走吧。去你外婆家。”

这下传助的眼睛完全睁开了。“真的?”

“是啊。不过，我有个约定。既然我遵守约定了，那你也要遵守。”

“好的。”

“你绝对不要把关于我的事告诉你爸爸，好吗？绝对。包括名字和住所。拜托了。”

“为什么？”

“要是被他知道是我带你出来的话，会被他骂的。到时候就吃不了兜着走了。”那可不是挨骂这么简单，到时候会挨子弹吧。

传助用手绢擦着鼻涕，说道：“嗯，好的。爸爸也很可怕呢。”

“真的？”

“当然，我会遵守约定的。”

虽然不清楚自己为什么会提这样的要求，不过秀吉还是决定相信这个六岁的孩子。这就像是在赌马中赌上身家性命，他选择了传助。虽然他是个不知所以的小鬼，不过却不会撒谎，看上去也很老实。而且他一直都很相信自己。回想一下，传助比自己之前见过的任何一个成年人都值得信任。

他将副驾驶的位置调了回去，传助系着安全带，用鼻音高声叫道：“出发！”

秀吉正要发动车子前，想到了一件重要的事。

“话说回来，你外婆的家在哪儿啊？”

“nanakuri。”

“那是什么地方？”

传助的眼睛睁得大大的，摇着脑袋：“……是在哪儿呢？”

“喂，好好想一下啊。”

“我只去过一次，而且还是上幼儿园中班前的那个春假。我当时才四岁。”

这家伙明明才六岁，却装作怀念已经很久远事情的样子。秀吉将车里的东日本道路图拿在手里，开始认真查看，却没有找到nanakuri这个地名。刚才下的决心似乎快要崩溃了。秀吉对着正啦啦啦地唱着动画歌曲的传助，像悲鸣般地说道：“拜托了，快想起来啊。”

“咳——”传助用类似咳嗽的声音代替了回答。

“你试着闭上眼睛。我忘了东西的时候，经常这样做，然后就能回想起来。”

传助闭着眼睛，抄着手，把脸低下去。过了一会儿，他还是摇摇头。

“想起来了吗？”

没有回答。

“喂，别睡着了啊。”

“嗯。”

传助说自己喝了橙汁或许会想起来，于是秀吉把车子开到了有自动贩卖机的地方。秀吉继续向正喝着橙汁的传助询问道：“怎么样？”

“这个嘛，我不敢百分之百确定。”

“没关系。”

“啊……”

“想起来了吗？”

“想起来了。现在几点？”

“六点半。”

“必须看电视了。到了看《海螺宝宝》的时间了。”

“现在没有电视啊。”

“唉……”

“海螺宝宝和你外婆谁重要啊？”

“哦。”

“我们到底该怎么去？你想到途中的经过地点都行啊。”

什么都行，现在只要有线索。传助又闭上眼睛。

“这个嘛……这个嘛……”他还是摇着脑袋，几乎快摇到肩头了，又像上了弹簧一样，回到原位，“啊，对了。我坐过车。我坐车去过。”

这根本没什么参考价值。传助生下来只坐过三次电车。

“花了多长时间？远吗？近吗？至少你要告诉我这些信息啊。”

“嗯。我一上车很快就睡着了，只睡了一小会儿，很快就到了。”

“你睡了多久？很长时间吗？还是说有一个小时？”

传助又闭上眼睛，然后将已经喝得只剩一丁点的橙汁拿开，摇着头：“不行。想不起来。现在不知为何觉得很疲倦。”

“有三十分钟吗？”

“嗯，差不多。就这个时间吧。”

“别这么草率啊。”

“率草？”

算了吧。三十分钟左右的话，都还在埼玉县境内吧。他打开昨天为了绑架计划而购买的埼玉县道路图。在哪边呢？现在也没有其他地图，于是用手指着在离大宫市开车三十分钟范围内的地名。

“喂，真的叫nanakuri吗？你没记错吧。”

“你这样一说，或许真的错了。也许叫kurikuri。”

“是这个吗？栗桥？”

“嗯，不是。”

“奈良梨？”

“不是。”

秀吉突然想起来了。传助的爸爸应该是一个完全不会去记回家的路的人。那又是谁在开车呢？于是，他问了一下传助。

“是妈妈。我和妈妈两个人去的。外婆是妈妈的妈妈。”

真意外啊。看来那个地方应该离传助家很近。因为只听声音就知道他妈妈是一个驾驶技术很差的人，那么应该不会开车开很远。

他妈妈是在那里出生的，因为丈夫职业的关系，一直和老家处于绝缘状态。虽然离得很近，也不能回去。可是老人还是想要看一下外孙吧。

秀吉继续看着大宫市的地图，突然发现了一处地名——七里。

是这儿吗？已经离开大宫市了。

“喂，是这里吗？nanari？”

“nanari... nanari... 啊，也许吧。”传助忽然敲了一下手，“那是一个没什么人的地方。”

七里位于大宫市的郊外。从地图上看，也是一处几乎没什么大型建筑物的地方。

“对了，那里还有条河。”

附近也有河流过。

“好的，我知道了，就是这儿。”

发动引擎，踩下油门后，秀吉又再次询问道。因为他觉得，按照这种感觉，到了七里后，传助应该还是不记得家的位置。

“喂，你外婆家是一座什么样的房子？”

“嗯，有房顶，有墙……”

这家伙果然是这样子。

“什么都行。家的附近有什么显眼的标记吗？你回想一下自己去的时候的情况。”

传助闭上眼睛，过了一会儿，开口说道：“我看见了大树。”

“树有多大？”

“很大很大……”

“很大，那大概有多少米？”

“很厉害的米数。”

“你知道米是什么意思吗？”

“嗯，不是很清楚。”

“那好，是什么树？杉树？松树？只有一棵吗？”

传助又闭上眼睛：“有蝉停在上面。”

“再说得具体一些，所谓具体，就是更加详细一些。”

“蝉在唧唧喳喳地叫着。”

秀吉立刻踩下油门。再这样继续问下去也只是浪费时间而已，只能先到那里去再说。虽然一想到又要回到埼玉县，他就浑身颤抖，然而这种痛苦却是无法避免的。至少在车里还是安全的。或许那些黑社会们也不会想到自己会开着这样一辆工作车到处跑吧。

“出发——”脸蛋通红的传助，像电车的售票员一样叫喊着，声音大得把自己呛得咳嗽。

车子开到了四木入口，却发现这里已经标示了因为交通事故出现堵车的情况。于是，秀吉选择了普通道路。为了避免碰到传助爸爸的手下，他故意选择了一条较远的路。他并没有选择回东京的那条路，而是沿着日光街道一直北上。这边的道路也很拥挤，进入埼玉县时，已经过了晚上七点。

“传助，你肚子饿不饿？”

秀吉自己的胃像塞了保龄球一样重，所以还是完全没有食欲，可传助却并没有吃什么东西，只是白天吃了一些零食而已。

“呜。”传助摇了摇头。真奇怪啊，昨天这时候，他可是一直在叫肚子饿啊。

“你要吃些饭吗？”

“不要。”说起来，刚才的橙汁他也没喝多少，还剩了很多。

“你怎么了？”

“人不舒服。”

看着他红红的脸蛋，秀吉用手摸了摸，真烫啊。

不好，生病了，是感冒。不，有可能是急性肺炎。

“你稍微等一下，我找地方去买药。”秀吉慌慌张张地看着周围。这里究竟是什么地方？自己只知道这里是埼玉县的某处。

车子又开了一会儿，却并没发现附近的街上有药店。好不容易看到一间药店的广告牌，却已经关门了。虽然自己觉得这样做没多大作用，他还是把自己变装时用的防花粉症的面罩给传助戴上。

他看见远处有一间便利店。便利店里应该有一些能够用于紧急处理的东西吧，还有能提供营养的热腾腾的食物。

便利店的霓虹灯上闪耀着“My Mart”这一不常见的店名，这应该是一家在埼玉县停车场附近开了许多店的牌子。秀吉就像夏天的虫子被灯光吸引一样，把车子开了过去。

“喂，喂。”

在便利店打工的店员高海生，发现这个带着鼻音说着很难懂的日语的家伙是在叫自己，才把视线从放在收银台下的笔记本电脑屏幕上移开。

“欢迎光临。”

虽然眼前站着的这个年轻男人脸上带着微笑，可是自己并不打算也同样报以微笑。

“快点，我要这个。”男人用手指着收银台旁放着的、正冒着热气的关东煮的锅。

“好的，您要什么？”

“鱼糕和海带。”

鱼糕和海带？咦，他指的是什么？他开始拼命回想一个月前在研修时所学的内容。啊，是这个，像饭团一样松软的很奇妙的食物。当他用筷子夹着面粉团时，男人急急忙忙说道：“错了。是这个，是这个。真是的。”

这个男人所说的话，和自己在日语学校学习了三个月的词汇和发言完全不同。再加上嘴里还嚼着口香糖，就更难听懂了。

“就是这个，不是煮着吗？要两个。”他把男人手指着的东西捡了两个放了进去。“啊，还要油炸豆腐。”

“ganmomo，ganmomo？是哪个？”

男人又搅着舌头说道。

高海生虽然在数着零钱，却还是看见这个男人打扮得像参加盛装游行的金发女人，他露出了轻蔑的笑容，就像嘲笑自己是个小笨蛋一样。虽然自己已经很生气了，却还是没有表现出来，还给离开店的两个人深深鞠了一躬。“感谢光临。”

在按照手册所说很好地行礼之后，他在心中已经朝着两人的背影使出了必杀技螳螂拳。因为自己并不是那些日本人所想的是一个笨头笨脑的小鬼。在家乡，他被人誉为秀才。虽然并不是公费来这个国家留学，可也是企业派来到这边的电子企业学习的。自己为什么要伺候这些不知道约瑟夫离子的形成和干扰光通信原理的家伙？

现在差不多快到店里应该忙碌的时间了，可是另一个打工的木村明明休息时间已经过了，却还是不见人。反正他也是躲在什么地方看黄色漫画吧。高海生为了不让锅里煮的东西发臭，又开始加了一些新的食料，鸡蛋、海胆、萝卜、油炸豆腐、鱼糕、紫菜、魔芋。

高海生已经受够了关东煮这种散发着让人恶心气味的食物。当然也受够了这个国家。

这个国家没有思想、没有规范、没有志向。它所拥有的只有已经腐烂的浅薄的文化和一张张疲惫的脸。还有丑陋、打扮奇怪的女人们，已经像太监一样的男人。面对那些不会说日语的人，他们就会视其为下等人。自己和这群家伙可不一样，会说英语、普通话和广东话。这可是世界上一半的人使用的通用语言，而只有你们这样一帮家伙才只会说日语。感谢我吧。眼前这散发着臭味的关东煮里面菜已经满了。萝卜已经变得黏黏糊糊。

还好这一阵没有客人，他才能通过藏在收银台下的笔记本电脑来收发邮件。他已经过了在留期，对于买不起昂贵手机的自己来说，电脑就是最重要的通信手段了。他可以了解各种英文信息，也能和留学的朋友交流，而且还能和自己所属组织的高层们联系。

香港人加入了那些地下帮派后，才会觉得安心。前来留学的那家公司破产后，当时已经走投无路了，老乡给他介绍了一个工作。只做弹子机的磁卡和记忆卡，这对自己来说是非常简单的工作。可是，作为答谢，老乡要求得到自己当时在清洁公司打工的一个月收入。后来，凡是他拜托自己的事，都无法拒绝。自己像其他留学生一样，认真工作赚取学费，过着单调乏味的生活，渐渐变得像个笨蛋。虽然很讨厌这个国家，可是却发现这是一个只要有钱就能得到一切的地方。自己之所以下不了回乡的决心，就是这个原因。

要是知道他加入了黑帮，在故乡的父母或许会悲伤吧。可是，他却并不后悔。因为这里是国外，在这里干任何事，都不会有太强的犯罪意识。自己并不想做出对不起老乡的事，不过如果对方是日本人的话，就无所谓了。回国后，继续努力学习，找一份好工作，然后继续孝敬父母就行了。

自动门开了。

“欢迎光临。”小高关掉笔记本说道。进来的是一个脸色看上去很差的瘦瘦的男人。眼神看上去很凶，似乎很紧张，一直将脸躲避着店里的摄像头，看着店里的东西。这在研修时学习过，有可能是“小偷”，于是他警觉起来，可是这个男人只是拿了两个便当和一些营养液，来到了收银台前。

“有退烧带吗？”这个男人嘟嘟囔囔地问道。

“退烧？……”

“就是贴在额头的那种。”这个男人似乎发现高很难听懂日语，又说了一遍“药”，用手摸了一下额头。

“啊，您看那边有没有。”

虽然自己不知道退烧带是什么，不过要是有的话，多半是在放着膏药和药品的日用品货架上。在给这个男人指位置的瞬间，他的视线被店门口停车位上停着的车子所吸引。确切来说，是被车子上所写的文字吸引了——“齐藤工务店”。

咦，好像在哪见过。他又打开藏在收银台下的笔记本电脑，调出了刚才才收到的图片，结果差点叫出声来。

发现了！是他们正在找的车子。他抑制住心中的激动，朝正拿着退烧带走回收银台的男人报以微笑。

“便当需要加热吗？”

男人虽然摇了摇头，却露出了疑惑的样子。

“加热吧。热的好吃一些。”

还没等男人回答，他就将便当放进了微波炉。男人似乎要想抱怨，结果却什么也没说，只是显得有些着急似的用脚踏着地。

高装作正看着收银机的样子，开始用电脑发送邮件。而这一动作已经远远快于给关东煮里加食料了。他的收件人是同乡小龙。这是一个他很崇拜的人，他的真名则是朱龙。他是一个看上去像电影明星一样的优秀男人，也是一个散打的好手。高曾经见过他展示绝技。动作就像舞蹈一样轻柔，就像表演京剧一样没有一丝多余的动作，速度就像打苍蝇一样迅速，一下子就将三个日本流氓击倒在地。

“还没好吗？”

询问的人还是晃动着身子，用一只脚敲打着地板。

“请再等一下。”

再等一下，朱龙就来了。高装作正在收拾纸箱的样子，走到店外。他看着这个人，虽然现在正背对着自己，可也知道他是在等着加热完毕的结束音，所以一直盯着微波炉。肯定不会响啊。手册上要求加热四十秒，自己设定了四倍的时间。

他拿出加入组织后就一直藏在口袋里的刀，然后刺向写着“齐藤工务店”的车子的轮胎。

13

樱田一动不动地盯着放在大理石桌子上的两部手机。一部是用来联络远藤小队，一部是用来联络时田小队的。在樱田所坐的三人沙发的右手边，灰岛递过来了一个很大的步话机。这是美国海军陆战队所使用的装备。塞在耳朵里的耳塞，可以用来监听篠宫和罪犯联络用的手机，因此电源一直处于开启状态。

手机下面是两张覆盖了整张桌子的大地图，是埼玉县和东京的地图。

组员们大部分都在房间里四处待着。剩下的人有像柱子一样站在房间角落的野濑和老大的两个保镖，还有睡在沙发上的胜又，以及坐在追踪装置前的三森。从昨天开始就没有睡觉的三森，之前眼睛里还闪耀着异样的光芒，现在已经成了半睁半闭的状态了。看来能够很快见效的毒品，也敌不过疲劳的侵袭吧。

篠宫依旧待在办公室里没有现身。及川和篠宫夫人去敲门，他也没回应，就像是在闭关一样。

八岐组一大半的成员，大概两百人都在寻找那个已经消失了的鼻音混蛋。虽然对自己地盘的控制有些减弱难免会让人有些担心，可是几年前就开始和其他组织搞好关系的八岐组还没有其他组织能与其对抗。

虽说两百人并不一定够，可其实并非只有两百人而已。许多组员都有一些非正式的小弟——按照警察的说法，那些都是准成员，这些人也都动员起来了。其中有暴走族的老大和经常在大宫车站前聚集的小混混的头头，所以实际人数应该超出数倍。这些想要打着八岐组旗号的家伙其实都是些可有可无的人。他们在势力范围内的店铺、各种场所巡视，一旦发现车子的踪影，就会立刻报告。

而且，为了不浪费兵力，他们将搜索的范围集中在了东京北部和埼玉南部一带。在知道罪犯是居住在东京的东十条地区的同时，也对附近高速公路的入口进行了监视。不过从现在来看这家伙并没有上高速，而且接下来也上不了了。不过失去罪犯踪迹已经过了四个小时了。樱田始终认为，如果罪犯选择一般道路的话，会开很长的距离，耗费许多时间，因此他不会逃得很远。

而对方再次要求收赎金的可能性非常低。至少现在应该是在考虑如何逃跑了。他知道正在追查自己的人是黑社会的话，现在恐怕正躲在某处发抖吧。像这种人，会很害怕去那些人迹较少的地方。因为他们深信在人多的地方自己很难被发现。可是他却愚蠢得不知道，自己的周围也有可能会潜伏更多的敌人。

不管怎么说，这家伙是一个人，而且没什么计划性和头脑，是一个愚蠢且孱弱的绑架犯。之前能够摆脱他们的追踪，已经是近乎奇迹的一件事了。当然，这一切都只是自己的推测，毫无根据，不过樱田相信自己的这些推测是正确的。这是一种嗅觉，就像野狗一样。这既不是胜又所说的直觉和经验，也不像三森的那一大堆理论。樱田就像是能够闻到罪犯身上散发出来的臭气一样，看着空中，闻着空气。

自己所担心的是少爷的安危。这是一个懦弱且没有计划性的家伙，要是把他逼急了，或许会做出一些狗急跳墙的事。可现在又不得不急，必须在少爷遭遇不测前找到他。而且那家伙也明白他们正在四处找他。

可就在这样重要的时刻，自己却还在这里看着机器。本来应该是带着手下、冲在第一线去追击罪犯才更适合自己。就像二十年前，在还未满二十岁，自己和篠宫就是坏小孩一样的关系，两个人在商业街四处作恶、争抢女人的那个时候。

厨房的门开了，篠宫夫人走了进来。她径直走到樱田身边。而樱田则身子僵硬一直盯着桌上的地图。

“樱田，辛苦了。”夫人拿出一个锡纸包着的东西，“从昨天开始你就没吃东西，还是吃一点吧。”

樱田其实并没有看着地图。篠宫多香子在左看右看确认没有人看着后，将这个小包塞进了樱田的口袋。这种唐突的行为还是和以前一样。

“传助应该找得到吧。”

樱田第一次和夫人四目相对，却还是慌慌张张地把脸移开。

“找得到的。”

在看到樱田对自己的询问轻轻点头回应后，蓧宫夫人一下子背过身去，又给三森和保镖们送去食物。用人佐藤开始进入这个房间操作电脑后，她一个人也把家里的事处理得井井有条。

突然，桌上的手机响了。右边的，是远藤打来的。按下接听键，对方大声叫道：

“老大，我们知道了，在葛饰。电话号码是葛饰区的。我查了一下电话簿，有三家齐藤工务店，不过电话号码一直没变的只有一家。”

他的这次汇报就像是个孩子一样，显得得意扬扬。笨蛋，现在根本没时间来听这些事情。听筒那一端的远藤陷入了沉默，他肯定是在等着樱田的回话吧。

“……辛苦了。花了很多时间啊。”

“嗯，差不多一个小时吧。这边的干部们也是开动脑筋啊。很久都没这样了，脑袋现在觉得很重呢，还是体力活儿更轻松一些。”

“是吗？那给你三十分钟吧。”

“哦？”

“运动你的身体，三十分钟之内赶到葛饰，别磨磨蹭蹭。”

听筒另一端的远藤听到这类似悲鸣的号令后立刻迈开了脚步。

挂断远藤的电话后，监听用的耳机也发出了声音。是罪犯打电话来了吗？是自己的期望太美好了吗？他立刻叫醒了正在打盹儿的三森。三森慌慌张张戴上了耳机。可是，里面传来的并不是罪犯打过来的来电音。

是发信音。蓧宫正在给罪犯打电话。

蓧宫切断了和外界的一切联系，只带了专门和罪犯通话的手机进房间。除了他应该没有人会给罪犯打电话。因为他们都知道那家伙用的是少爷的手机，想要和他通话非常简单，可是，也很危险。要是对方发现他们知道他的号码，说不定会换电话，或者就不再接听电话。无论哪种情况，他们都无法再侦查出他的位置。如果再继续四处追查他的话，不知道他还会做出什么事来。

耳机里同样传来了信号音。五下，六下，七下。

蓧宫到底打算干什么？难道想要挽回原本已经失败了的交易？还是想要回归到最初的诚恳状态？

九下，十下，十一下。电话没能接通。虽然只是发信的声音，可听上去就像是蓧宫的哭声一样。

或许总是有潮起潮落吧，樱田突然这样想到。被誉为业界升龙的八岐组，也到了该被降服的时候了。具有压倒性气势的蓧宫的弱点，被人发现了——那就是他的孩子。而且从一些组员们的眼神中已经能够看出，他们开始怀疑蓧宫的气度了。以后总会有人利用这个弱点的。

当和罪犯交涉失败时，听着监听器的三森，脸上露出了浅浅的笑容。现在也是如此。他并没有将监听器连接上扩音器，这种做法是正确的。而野濑和保镖们带着惊讶的表情看着这边。

万一——虽然自己不愿去想，万一传助少爷遇到不测……樱田对自己的这种想法轻轻地摇了摇头——八岐组就完了吧。这就相当于要了组长的命，这个组织也就不会再有未来了。

樱田突然站了起来，动作大得差点把椅子弄倒。在用脚踢了踢正在沙发上打鼾的胜又后，走到阳台上，取出了口袋中的锡纸包。

是饭团。里面除了盐，没有放任何作料。夫人——多香子还记得樱田的口味啊。他将饭团塞入了口中，还是和平时一样那么美味，口感那么舒适。

叮——微波炉终于发出声音了。便利店的这名外国店员，用慢得像打太极拳的动作从里面取出便当，秀吉在一旁默默看着这一切。正当他伸出手想要接过便当的时候，店员却露出了诡异的微笑，轻轻摇了摇手指，慢慢把便当装进了便利店的袋子里。

“需要筷子吗？”他用像录音机慢放的声音询问道。秀吉则像录像带快进一般不住地点头。

秀吉带着温热的便当走出了便利店。总之，要先让传助吃点东西。他看见裹着毛毯、被车灯照着的传助一动不动。

难道……他带着不祥的预感快步朝车子跑去。

"嗯嗯……"

当他听到传助像是在做梦一样的声音时，才松了一口气。

当把放在安全带旁的手机放入口袋的一瞬间，他有些奇怪的感觉。他发现驾驶位置似乎被调低了，窗子也低了一些，于是看了看轮胎——没气了，爆胎了。

"怎么会这样？"他不由得叫出声来，而且还是在这种时候。看来好运已经完全离自己远去了。运势完全颠倒。怎么办？是去什么地方立刻偷一辆车吗？可在此之前，必须把传助送到医院去。秀吉又跌跌撞撞走回便利店。刚才那名店员正装作擦玻璃门的样子，一直看着这边。

"怎么了？"他用东方外国人独有的发音询问道。这是个中国人吧，长得像玩具熊一样，从面部和体型上来看都还是个不错的男人。

"这附近有医院吗？"

"美容院？"店员做了一个给头发抹香波的动作。

"不是，医院。"秀吉做了一个把手放在额头上探热的动作。

"哦，脑袋有问题。"店员像是恍然大悟般地敲了一下手。秀吉不住地点头，并向他伸出了大拇指。

"烫头失败了吧？"

"不是。"

现在可不是玩猜谜游戏的时候。英语的医院该怎么说啊，或者是中文。看来外语在这种关键时刻还是很有用的啊。

“Doctor，bed。”秀吉用自己所知的有限的英语表达着，或许是自己发音太差，这个男人还是露出困惑的表情。突然，他想到了护士的英文。

“Nurse，nurse。”秀吉叫着。他记起了去年借的录像带的名字。

“哦哦。nurse？hospital？医院吧。”

“Yes，yes！”

“可以开车去吧。”

“不，我的车子爆胎了。告诉我能走着去的医院。”

“这个嘛，很困难呢。”

男子思考了一会儿，做了一个让他稍等的动作，拿起了安置在店旁边的公用电话。虽然这样做不好，可现在店里没有客人，也没有其他店员。

这个男人用秀吉听不懂的话一直说着，然后放下了听筒，然后迈着有些畏畏缩缩的步子走了回来，带着朴素的笑脸说道：“我的朋友知道医院的位置。他有车，他来送你。”

重复了几次后，秀吉终于明白这个男人的朋友有车，会把他送到附近的医院。

“得救了。谢谢。”秀吉终于吐出了堵在胸口的闷气。果然，外国人还是要善良一些。日本人已经忘记了这项优点了。安娜也曾告诉他，以前在酒吧工作的员工中最善良的就是中国同事了。

“传助……”秀吉轻声叫着脸颊通红、紧缩眉宇睡着的传助。他前额的头发上已经沾满了汗水，“再等一会儿，再忍耐一下。”

秀吉站在已经爆胎的车子前面，等待着亲切的中国朋友。

埼玉县的与野市。这是一座像三明治一样被夹在大宫和浦和这两座埼玉大市之间的、像一条咸菜干一样小的城市。

黑崎和栗林正打算进入位于车站前繁华区一角的一栋四层小楼里，二楼贴着“篠宫金融”这几个字的玻璃房间的灯熄灭了。

“看来他们打算出去啊。”

“篠宫金融”是远藤组的办公室。黑崎立刻背过身，朝着大厅走去，装作正在看展示橱窗的样子。

他看了一下自己身边，发现栗林不见了。本来他对自己人的动向很敏感的，可这时却似乎变得有些迟钝了。他朝着正呆呆站在入口处的栗林叫道：“什么事啊？系长。”

“怎么样，这件衣服，合适吗？”

“这是女装啊。”

“没关系。”

几个男人从大楼里走了出来。走在最前面的就是即使在晚上也能看清明亮光头的远藤。后面还跟着四个远藤组的人。他们都是一身经典的黑社会的打扮。远藤的步伐像是在小跑，看来一定出大事了。

“他们都走了。”栗林装作正看着一条紫色裤子的样子说道。

“计划有变。”

本来打算突然造访他们的办公室，结果现在气氛有些不对。而且现在也没有搜查令，还是偷偷确认他们的行动方为上策。于是回到车里，对负责开车的栗林问道：“你擅长车辆跟踪吗？”

“我多次被邀请加入交通机动队。”

栗林矮小的身子也刚好符合选拔标准。估计他的脚也刚够踩到油门，不过肯定比不喜欢开车的黑崎要强。

“那好，交给你了。”

“什么？”

这时，从大楼的立体停车场里有几辆车开了出来，是远藤的车。

“跟在那辆车后面。”

“我们直接去询问不是更快些吗？”

“行了，快开车。”

没能吃上回转寿司的肚子开始叫了。至少要让人喝到酒吧。黑崎的舌头像是被烫伤了一样希望喝上一杯，结果却还是只有戒烟管的薄荷味送到了喉咙处。

县警察局这辆公用的公爵车也慢慢地开出，进入到了与野稍显无聊的夜色中。

秀吉在夜晚的街道上奔跑着，背上还背着传助。为了不让传助掉下来，他用绳子打了一个很大的结，把传助和自己绑得紧紧的。看来他已经放弃继续等车了。他只将手机和钱包放在新买的裤子里带在身上。

医院在什么地方？他在十字路口停了下来，看了看路的左右两边并没有看上去像是医院的建筑。自己本来是以地图上的综合医院为目标出发的，结果却没找到。难道是看漏了，已经跑过头了？现在自己跑的这条是被标注为国道的很宽的道路，可周围却非常寂静，没什么人影。自己本来是在等店员朋友的车子，却一直没来。难得这么亲切，结果车子一直不来反而更让人害怕，于是只好自己出来。

正在被警察和黑社会四处寻找的自己，去了医院的话会有什么后果？秀吉根本就没有考虑过。他现在脑中已经完全被传助占据。甚至忍不住去想正在自己背后睡着的传助，会不会再也无法睁开眼睛。他用手摸了一下自己架着的传助的大腿，看来还有体温，还是热的。这时，秀吉想到了自己的弟弟秀次。

要是自己当时能像现在这样把秀次带去医院的话，或许他就不会死。在秀次断气的那天晚上，秀吉被继父打了一顿后被赶出了家，天黑了也不愿回去，就在河岸边扔石头。母亲当时正在加班，而继父则和平时一样在酒馆喝得大醉。得了急性肺炎的秀次就在被子中身子一点点地变冷。

不行，不能让相同的事再次发生。真想调回手表的指针，从那天中午开始，让一切重新来过——可是这种想法即使在秀吉脑中反复演变千次也是无法实现的梦想而已。

到现在这种地步，干脆打119叫救护车吧。一想到这儿他就停下脚步，正要从屁股兜里拿出手机时，前方开过来的一辆车速度渐渐慢了下来并朝路边靠近。车头灯照射着秀吉的眼睛，车子停在了秀吉的身旁。

车窗慢慢被摇下来，开车的男人对他说道："Are you right？"

听上去像英语。看上去也不像日本人，像外国人。应该是刚才便利店的店员所说的朋友吧。

车门开了，男人下了车。他坐在车里的时候看上去很奢华，一走出车外，显得很高大，就像一位特殊的体育运动员一样，身材很好。

"Come on！"

男人招了招手，打开了副驾驶的门，似乎在让自己上车。

秀吉想都没想就听了男人的话，背着传助就钻进了车里。当时他的心思都在传助身上，所以没有察觉到，那个男人伸出了像蛇一样长长的舌头，舔了舔嘴唇。

14

虽然栗林并没有说自己很擅长跟踪，可是频繁变换车道，高速行驶，一直跟在远藤的车子后面，其实还是很简单的。

车子从与野车站出发上了国道十七号线，然后向南前进，而领头的那辆车非常显眼。因为这辆车像雪柜车一样黑而大，虽然其他车都和它保持了一定距离，可当超车道的车想要超过它时，它就会狂按喇叭表达不满，所以无论它开到什么地方都能很快被发现。而且，它似乎也并未发现黑崎他们的公爵正跟在自己后面。

幸好是星期天晚上，国道上有许多郊游回家的车，无论远藤他们如何想要往前超车，都没有效果。黑崎他们总是会在等红绿灯的时候追上他，当然一直保持了几辆车的距离。

头车在浦和市外右转了。本来以为它已经快要到目的地了，结果却不是。它又从外环浦和入口上了东京外环高速公路。

“是去东京啊。”栗林有些不安地说道。

这种情况即使想到过，也未曾见过。黑社会的行动范围比普通人所认为的要小得多，因为他们都有各自的势力范围。远藤现在急急忙忙去的应该是县南部的某个地区。

“怎么办？还要继续跟吗？”之前还充满干劲的栗林，现在用不想再跟下去的声音问道。进入警视厅的范围是一件很可怕的事。虽然警察并不像黑社会，可行动范围其实也非常小。这也正是行政、警察自治割据体系的弊端。

要是被人知道埼玉县的两名非执勤的反黑组的警察开着公用车，在没正式手续的情况下进入到警视厅的管辖范围的话，后面就很麻烦了。可是，现在已经没有时间去申请正式的手续，而且自己从一开始就没打算去正式申请。黑崎朝栗林点了点头。已经到了这一步，只能继续跟了。

虽然外环高速上也有许多车，可远藤他们似乎并不介意。这里并不适合大型车，可他们还是在狭窄的车道上不断变线，在普通车道上也不顾一切地猛踩油门朝西前进。他们和黑崎的车距越拉越远。

“再快一些，别跟丢了。”

“可是这附近应该有测速装置吧。”

“应该不会给我们开罚单吧。”

“想要采取进一步行动的话，需要确认N系统。”

看来他是在担心电子眼。

“没问题的。听说由于车子太多了，东京的N系统几乎派不上用场。”

“可是……”

“别太多烦恼，不然很快便秃头。”

“那么，就依照系长你的意思吧。”

在问了一系列问题后，栗林用他那条短腿猛地踩下油门。公爵车像一条猎犬狂叫一样发出了加速的声音。

在四木入口前面，头车在没有打指示灯的情况下向出口靠近。如果从这里下道就是到葛饰区。黑崎咬着戒烟管，深吸了一口。这家伙到底打算去哪儿？

下了高速，跟踪就变得轻松了。远藤他们还是不停变换车道，似乎在告诉黑崎自己的位置。现在东京的夜晚也已经变得明亮了。道路两旁闪烁的霓虹灯远比埼玉绚烂。

“喂，系长，我们回去吧。”栗林又用没有底气的声音说道。

“现在是非常时期，没关系的。”

“可是我们今天没当班啊。”

所以之前才让你不要参与进来啊，现在说这些有什么用。正听着栗林的细声细语之际，头车一下子进了一处周围都是住宅和小工厂的地区。一进入这里，道路就变得很空旷，在这样的条件下，远藤的车子一次又一次无视红灯，开始加速猛冲。

“怎么办啊？”

“只能继续跟下去了吧。”

于是，栗林也开始胆战心惊地无视信号。又往前开了一段，车子突然拐进一条单行道，开始逆行。整条路被道路两旁的围墙包围着，就像一条通道一样狭窄、黑暗，而巨大的头车像是被吸了进去一样。

“怎么办？”

“不是说只能继续跟了吗？”

黑崎用戒烟管的前端指了指道路，于是栗林也拐进了这条单行道。前方传来了喇叭声，然后骂声一片。似乎是远藤他们因为无视这是一条单行道正被其他的车子怒骂。骚动稍微平息后，远处的车灯又近了，过来的车子也因为被刚才黑社会的车辆弄得怒气冲冲，疯狂地按着喇叭。栗林则慌慌张张开始倒车。然后他将车子拐进住宅区的一角，才总算找到了这条单行道的进口。可这条像迷宫一样的狭窄道路一直绵延下去，而自己已经看不见远藤的车子开到哪去了。正在想自己是否跟丢了的瞬间，就看见前方的黑暗中停了一辆巨大的车。

头车停在一处居住办公两用的事务所的门口，而且正好将其出口堵住。右手边是仓库。拉下来的卷帘门上可以看见“齐藤工务店”这几个字。左手边的主屋还外接了一个两层小屋。下面是停车场，里面停着一辆小卡车。停车场可以停两辆车，可现在有一个位置是空着的。无论从任何角度来看，这都像是一个居民楼。八岐组的老大们到这个地方来有什么重要的事呢？

远藤的声音从房间里传了出来，持续了一阵激烈的叫骂声，然后是摔碎东西的声音。接着是女人的哭叫。

“怎么办？”栗林的圆脸变得像一块饼一样僵硬。

“只能去看看了。”

“可是今天没有带枪和警棍……”

“不需要那些东西。”黑崎一边说着一边下了车。当打开了车门，没有车窗玻璃的阻挡后，就能很清晰地听到远藤的恫吓声了：“我知道他曾在这里待过。”

看得出来这是一间小得只能放一张桌子的事务所。里面是日式房间，可以看见远藤他们没有脱鞋就直接进去了。栗林则一直紧紧握着放在门口的拖把。来四科以前，一直是在二科负责贪污和诈骗犯罪的他还不习惯这种场面。

“请不要这样。”一名中年女性无力地坐在榻榻米上，茶几已经被掀翻，一个看上去年纪在五十岁左右、有些谢顶的男人，正被其中一个黑社会抓着领口。

远藤似乎想要把榻榻米给掀开，结果脚却陷了进去拔不出来了。于是他就一只脚在那里支撑着叫道：“还不出来吗？”

“喂，远藤。”听到黑崎的声音后，他慢慢把头转了过来，“什么人？”

可以看见他的嘴巴和鼻孔都张开了，没有眉毛的眉宇挤在一起，露出一副凶神恶煞的表情，而眼睛则瞪得圆圆的。

“啊啊啊……”远藤的嘴虽然一直张着，但后面想说的话却始终蹦不出来。

“你在干吗啊？远藤。”

“老大，黑崎，你在……这里……干什么？”

黑崎轻蔑地瞄了一眼，那个抓着秃顶男人领口的远藤的手下把手松开了。

“我才要问你呢，在这里干什么？”

“啊，这个……”

“你妈妈没教过你进别人家之前要脱鞋吗？”

远藤带着一副像见到幽灵一样的表情，凝视着黑崎的脸。接着又转过头去看了看自己被卡住的那只脚，然后敲打着自己光滑的后脑勺：“咦，真奇怪。为什么我的鞋子会在这儿？”

“你要是不规矩的话，又会被你妈妈说教的哦。”

“别说傻话了。”

虽然远藤露出了不悦的表情，可就像是真的害怕被妈妈说教一样，从陷下去的地方把鞋子拿了出来，然后又慌慌张张脱掉了另一只鞋。

黑崎很清楚远藤的事，甚至也很清楚关于他母亲的事。以前，他第一次被抓的时候，多亏黑崎帮忙才被判较轻的刑罚。作为答谢，居住在远离埼玉的母亲，亲自带了点心前来道谢。他母亲说他是一个很孝顺父母的孩子，要是中学时就去学习相扑的话，说不定就不会变成现在这样。而现在看上去老气横秋的远藤当时才二十多岁，现在已经三十多岁了。

“那好，你来这儿有什么事？”

“不不不……您饶了我吧。”

“既然没什么事就闯进来那就是非法入侵哦。”黑崎又看了一眼被弄坏的榻榻米，然后皱着眉头，摇着头说道，“还有毁坏他人财物。”

其实自己并不打算在这里把事情闹大。因为这里并非自己的管辖范围。不过，刚才的那番话已经给远藤他们足够的威慑。而其中一个手下则伸出两只手来，做出一个要被铐上手铐的样子。

“非常抱歉，全部都是我干的。”

“那就更奇怪了。为什么你踢坏的榻榻米，可里面的鞋子又是远藤的呢？难道你吃的番薯变成了远藤放的屁？”

“……啊，不是的。”

这个手下两只手的手指像翻花绳一样舞动着，对这间房的主人夫妇俩说道：“受害申请表准备怎么弄啊？”看着榻榻米的那个洞，女主人给老公说了什么，而男主人则一言不发地摇着头。“那好，太好了。那我们快走吧。”

远藤把鞋子挂在自己胸前，走出了房间，而刚才被人抓住领口还能怒目相对的那位男主人，这次则盯着黑崎：“你们又是什么人？”他是一个身材略微有些发福，脸有些大，长得像达摩的男人。留着小平头，中间有一块秃顶，看上去像是在头上盖了一个小碟子。“你们有何贵干，要是没什么事的话，你们也快离开吧。”

这个男人说话带着一股酒臭味，然后装作若无其事的样子把掉在地上的杯子捡起来，又拿出酒瓶来倒上一杯，然后用和刚才看着远藤他们相同的眼神盯着黑崎。即使黑崎拿出了警察的小本子，他的态度依然没有改变。

“你是齐藤吧？”那男人的下巴稍微动了一公分，“我有些事情要问你。”黑崎正要开始发问，就发现事务所的茶色玻璃门上映出了远藤的光头和两三个小混混的影子，于是又打住了。

“滚！”他朝着门口像在驱赶野狗一样地叫道，“快滚，快滚！”他一直等到那些身影消失后，再转过来面对齐藤。这时才发现他有些秃顶的头上贴着膏药。

“这个伤是他们弄的？”

“不是，是摔伤的。”

原来如此。这又不是搞笑漫画，刚被打不可能马上就贴上膏药。才从刚才的惊慌失措中清醒过来的女主人显得畏畏缩缩的，给站在客厅里的黑崎和栗林铺好了坐垫。

“啊啊，非常抱歉，不用费神了。让你们受惊了吧？刚才那些人到这里来所为何事啊？”

由于女主人看上去比他丈夫更好说话，所以这个问题是朝着她问的。

“这个我们真是不清楚。他们突然闯进来，一边施暴，一边问我们少爷在哪儿。”

少爷？这是怎么回事？

“我想他们一定是来找秀吉的。”

齐藤露出不悦的表情高声说道：“别说那些废话，你又不是老师。”

“秀吉是谁？”

女主人的嘴打住了，战战兢兢地看着齐藤的表情。酒杯已经第二次添满，接下来该换齐藤回答了。

“秀吉是我的员工。”

“那他的名字是？”

“秀吉就是他的名字。姓氏是伊达。”

突然，里面的门开了，一个留着平头的男人冲了进来，手里还握着铁棍。又是远藤组的吗？栗林发出了惨叫，而黑崎则摆好了架势。

“虽然有些迟了，老板，不过总算有所收获。”平头男人盯着栗林说道，“混蛋！”

“等等等一下！”栗林拿出了警察的小本子，可对方似乎并没有注意到。

平头男人挥舞着铁棍说：“你给我老实点。”

“错了，他们是警察！”齐藤用怪异的声音说道。可是，他却似乎并不打算制止，“要打的话出去打。”

拿着铁棍的平头男人和拿着拖把一头战战兢兢的栗林，就这样大眼瞪小眼。

“这位是伊达吗？”黑崎问道。

“这家伙是健治，不是秀吉。”

“那伊达现在在哪儿？”

“不知道。”

他只是问一句答一句。旁边的老婆想要插上话，可齐藤还是继续说得遮遮掩掩的。

“他在休假，我放他假了，还把车借给了他。”

“老公，实话实说吧。”

齐藤又怒气冲冲地盯着表情呆滞的女人。

“你给我闭嘴！”

看来有些问题啊。

“您能再说得详细些吗？”

“我没什么说的了。你们是从哪里来的？本田警局？”

“不是。”

“龟有警局？”

“来自更远的地方。”

“什么地方？”

“这个嘛，埼玉那边。”

“这里是葛饰。你们埼玉的警察来这儿干什么？”

“您说得对。”

“孩子他爸，你太没礼貌了。”

听到自己的老婆在旁边帮着说话，齐藤直摇头。

“我不是说了无可奉告吗？”酒杯又被斟满了，齐藤喝得直抿嘴，然后又吐出带着酒臭的气息。

“如果你不想回答的话，我就去问刚才那家伙。”

“那家伙是谁啊？老爸。”

“我可不是你爸爸。”

“你说得对。”

王宗华是在红龟酒家的厨房里得知抓到蓧宫的儿子和绑架者这一消息的。当时他正在责怪厨师长，在今天套餐菜单的一道冬瓜汤里放料放得太多了。

他挂断朱龙的电话，慢慢地抹了一下脸颊，又开始继续责备。看来虽然已经来日本一年多了，可这位来自中国大陆的厨师长还没有正确理解给日本人的做菜方法。给日本客人的菜里，没必要加那么多的干贝，只需要加一些干贝粉就够了。这个国家并不需要价格昂贵的夜来香的花，只需要加足够的化学调料就行。

将食品仓库设在办公室里，既是为了节约费用，也能防止价格昂贵的食材被胡乱使用。要是再不提醒一下的话，王宗华几天前为了慰劳自己和兄弟而辛苦弄到的一百克三千日元的“龙鱼”，都会被拿去招待客人。

在用广东话给厨师长下达指示时，王宗华脸颊上的肉也在颤抖，看上去像是沉醉在喜悦之中。向蓧宫复仇的时刻终于来了。

在品尝了扇贝蒸青菜的味道后，他发现穿着服务员服装的朱龙正站在通道口朝里面窥视。正如同刚才让他先上去一样，王宗华又使了个眼色，他要平复一下急躁的心情，开始品尝点心杏仁豆腐。提前享受复仇的喜悦，就如同用舌头品味极品美酒，需要慢慢品尝。

他看见朱龙背着大大的袋子在外面的楼梯上等着。这时，三楼的食品仓库就派上用场了，王宗华不必在那些不知道自己真实面目的员工面前再假正经，他可以在这里秘密地监禁他人。

杏仁豆腐里还剩下了许多樱桃，在命令厨师长不要扔掉，拿来招待其他客人后，他急急忙忙地上楼。办公室里，除了朱龙外，杨和罗也已经在里面等着了。他们都是组织的干部。地上放着可以用来装下一头猪的大袋子。

“福自天来。”罗大叫道。这是他的家乡话。如果要用这个国家的话来解释，就是从天花板上掉下饼子。这的确是福自天来。自己没受多少累，也没脏自己的手，就成功绑架了篠宫的儿子。

“打开。”他向朱龙命令道。

手上拿着刀子的朱龙，像切烤乳猪一样把袋子划开。里面的人像动物的内脏一样露了出来，是一个瘦瘦的男人，背上还有个孩子。两人就像是匍匐一样瘫倒在地，睡得很香。

“你们下药了吗？”

“没有。”朱龙拿着手上的刀做了一个敲了敲颈子的动作。

“这个孩子断气了吗？”王宗华的脸稍微皱了一下。他并不想让孩子受苦。他想下手时一瞬间就解决掉。当然，在面对另一个男人时又另当别论。

“这孩子一开始就睡着了，敲也敲不醒。”

“香主，这家伙怎么处置？”杨用脚踢了踢趴在地上睡得正香的男人的脑袋，“先干掉他吗？”

“做成人肉馒头！”罗在一旁叫道。

“把他的脸给我转过来。”

朱龙用脚尖挑了一下两人的身子，让他们变成仰卧。一直贴着男人身子的孩子出了一下声，却丝毫没有要醒过来的样子。现在已经能看清楚绑架者的脸，而自己也是第一次见到篠宫儿子的脸。看到正倒在自己脚边的这张脸，王宗华似乎想要说些什么。

杨带着杀气说道：“原本计划就是先干掉孩子，然后再和篠宫谈判吧。“

“做成人肉饺子！”罗继续叫道。

朱龙舔了舔舌头，拿着刀做了一个切喉咙的动作。

“啊，先等一下。我们不用着急。”

看上去王宗华是在抄着手慢慢思考他的计划，其实他的心情已经非常混乱。

难道……难道这是某种启示？

“还没关店。现在还不要弄出太大动静。首先，你们去把剩下的工作做完。”

杨是王宗华所拥有的一间外国人酒吧的店长。罗是从事赃物买卖行当的。

“先回去工作。我还有些事要处理。等店里的人都走了后，晚上十二点再到这里集合。先把他们关在食品仓库里。”

朱龙说自己要留在这里，王宗华摇了摇头说道：“你也给我回去招呼客人。”

虽然朱龙的眼神里露出了不服的神情，可他还是面无表情地回答道："Yes。"

"没关系的。我时不时地回来看一下。"

所有人都离开了房间。听到他们下楼的脚步声都消失了之后，王宗华打开了电脑，开始确认邮件。卧底发来了新的信息，可自己的视线却更关注放置在桌上的食品仓库的钥匙。

房间的门朝里面打开了，在确认了周围没有人之后，他将钥匙拿在手中，慢慢走向食品仓库，打开了门。

顺着墙壁，按下了开关，电灯亮了。他又继续观察着还在熟睡的这个人的脸。刚才自己吃惊得就像是被雷击中了一样，没想到居然会在这种情况下再遇见他。本来以为这辈子都不会再见的。

他再一次靠近那张脸去观察。这张脸简直就是一模一样——就像死去的英杰。

因为篠宫的阻挠被夺去了性命，而现在自己深爱的英杰的脸就在眼前。

15

从齐藤工务店里出来后，黑崎观察了一下道路的左右两侧，路上已经没有了头车和远藤他们的踪影。

“究竟是什么情况？”回头看了看就像被对方赶出来而急匆匆关闭的房门后，栗林询问道。

“不清楚。”黑崎挠了挠自己已经很稀少的额头前的头发。这是他在进行思考时的习惯动作。黑崎常常在想，自己的头发之所以掉得这么快，是因为自己的人生充满了烦恼的缘故吧。

刚才并没有获得什么重要的信息。齐藤工务店的社长，齐藤诚吾很不友善，用喝酒来表达对警方的不配合。现在即使再问他什么问题，他也只会说不知道、不清楚。而且，每当他老婆和员工中冈健治一开始说话，他就会表现出厌恶的情绪，把话打断。或许他就是一个易怒的人。如果将他老婆齐藤节子那只言片语推想一下的话，情况应该是这样的。

吃过晚饭，正在收拾，工务店的老板正喝酒的时候，远藤他们突然闯了进来。里面并没有自己认识的人，全部都是第一次见到。老板口中所说的正在休假的伊达秀吉，应该是借了他们的钱，现在被人讨债，似乎想要拿他的公寓来抵债，所以老板娘认为他们是来找伊达追债的。

可是真奇怪啊。虽然远藤组明着是一家名为“篠宫金融”的金融公司，可这不过是它表面的伪装。社长远藤虽然有挥金如土的习惯，可却并没有要债要到东京来的这份事业心。

而且黑崎很在意远藤当时叫喊的那些话。他好像是这样叫的：“少爷在哪儿？把少爷交出来！”

少爷，是指谁？是上个月前还和哲夫上同一间幼儿园的篠宫的儿子吗？

栗林神经质般地确认了前方、后方和侧面后，发动了车子，他朝着方向盘发劳骚般地说道：“看来这和八岐组的异变没什么关系……”

“那可不一定，再开动脑筋想一下。”

栗林的脑袋比普通人大一倍，可他也只是毫无用处地摇晃着他的大脑袋，只是摇晃着而已。这脑袋里面究竟装的什么啊？就算是只有拍马屁的技巧，也应该会对搜查有些考虑吧。

“系长，你看呢？”

“我，不清楚。”

这说的是实话，真的是不知道。前面的头发已经被自己挠乱了，手指上还附着几根头发。在用绝望的眼神看了一会儿后，他吹飞了这些头发。

“这样的话，那我们就回去吧。”

“哦？去哪儿？”

“刚才的工务店。”

“你忘了东西？”

“不，这是佯攻，打他们一个措手不及。”

即使是远藤这样的单细胞脑袋，也不可能两手空空地厚着脸皮回去。他们一定是躲在什么地方，等黑崎离开。这种情况下最好通知一下这一片区的警局。虽然当时老板也这样答应了，看样子他并没有报警。

回到齐藤工务店附近后，正如自己所预料的，就如同电影胶片一样再现了刚才的情境。头车停在了那块狭小的地方。在夜色中看见了远藤明亮的光头。

“喂。”当黑崎从车里发出了这样一声后，已经站在门口的光头和小喽啰的脑袋撞在了一起，远藤他们只觉得后背一阵发凉。

“老……老……老大，为什么你会在这儿？”

还是同样的话。看来这家伙也没什么学习能力。

“你在这儿又是为什么？”

“啊，没有，彼此彼此而已。”

“我是担心你们。你们这次行动如此明目张胆，看来是要闹事的吧。我会一直待在这儿，直到你们滚回埼玉。”

远藤瘪了瘪嘴，虽然一直盯着黑崎，视线并没有移开，可还是轻微点了一下头，给自己的手下们打了一个撤退的暗号。

在日送头车的尾灯消失在道路的尽头后，黑崎给管辖这一片的警局打了电话。当然不是打的警局的专线，而是拨的110。因为要是警视厅也大范围出动的话，事情就会变得没完没了了。

“好了，我们回去吧。今天的工作总算结束了。剩下的事，明天再想吧。难得来一趟东京，我们去吃寿司吧。”黑崎用充满朝气的声音说道，为了避免栗林产生误解，他又加了一句，“回转寿司，AA制。”

“好啊。”栗林也爽快地回答道。

（我要小便）

有人在黑暗中念叨。是秀次。秀吉将自己的意识从睡眠中唤醒，将手伸向应该在身旁被窝里睡着的秀次。（等一下）虽然自己的嘴唇想要动，可却不知道有没有发出声音。秀次虽然已经是小学生了，可还是不敢晚上一个人去厕所。要是因为想要小便而起来的话，他总是会叫醒秀吉。

（等一下，我马上起来。）

秀吉再一次动了动嘴，牵着秀次的手。在脱下还有些迷迷糊糊的秀次的睡衣裤子时，他突然想起来——我应该是在车里的啊。接着，突然脑袋被电流击中，眼前一片黑暗——在回想起这些的同时，也感觉到了脖子的疼痛。在疼痛的刺激下，终于睁开了眼睛。

眼前是木地板，自己好像正面朝下地睡在上面。正当他转动脖子，想要来看看这个房间时，由于还未适应这种明亮的环境，眼睛被光线刺到了。头上正垂着一个电灯泡。

这里是什么地方？他用晕晕乎乎的脑袋思考着。虽然想要站起来，可觉得背上沉甸甸的，使不上力。

“喂，我要小便。”从背上传来传助的声音。

对啊，我背着传助，晚上在路上跑着。我还是被这些黑社会抓住了吗？连起身的力气都没有，于是身子放弃了挣扎，脸颊又再一次贴在冰冷的地板上。接下来会怎么样？随着迷迷糊糊的脑袋逐渐变得清晰，恐惧感开始一点点向他袭来。就在恐惧感快要达到顶点前，他才注意到——为什么传助还在自己背上？那些家伙有必要将已经救出的孩子又关起来吗？

“喂，传助。”他朝背上的传助叫道。而这声音低得似乎都不像是自己发出的，而且伴随着颤抖，“这是怎么回事？这里应该不是你家吧？”

“嗯，我不知道哦。”传助用悠闲的语气回答道，然后才像是突然想到一般焦急地说，“我都不知道厕所的位置。”

那我们又是被谁带到这儿的？这里究竟是什么地方？

“你还记得我们是怎么来这儿的吗？”

“嗯……虽然我偶尔会醒，可是很快又睡着了。”

“那你还记得我们上车的事吗？”

“啊，这个我还记得。因为车的灯光太晃眼，把我照醒了。

“不过，你又睡着了。”

“我？睡着了？”

“是的。车里的那个人轻轻地敲了一下你的脑袋。然后你就睡下去了，不是吗？”

果然是那家伙，那个瘦瘦的外国人。

“然后呢？”

“我也在车里睡着了，因为总觉得脑袋沉。醒来后就在一个房间里，有几个人还在说话。”

“说话？说什么？”

“不知道，我又很快睡着了。当时眼睛实在睁不开。不过好像不是日语，也不是西班牙语。”

现在完全不清楚在自己和传助身上究竟发生了什么。明白的事情只有一件，虽然不清楚为什么，可是他们已经被关在这里了。当然，自己也清楚对方应该没有正当的理由。这时，一股不同于被黑社会追捕的、更直接的恐怖和异样的寒冷战栗感正在一点点向自己袭来。要是逃不了的话……秀吉这时像是有一种本能一样，在心中这样呢喃道。

他想用双手将身子撑起来。他们对自己干了些什么？现在不仅是脖子，全身都疼。好不容易站起来了，膝盖却没有力气。觉得背上的传助格外重。

这是一处像食品仓库的地方。墙壁的两侧设置有架子，高得快要顶到天花板，架子上放着各种各样的袋子和瓶瓶罐罐。还有一股微微的中药的味道。标签上的文字是中文。

在这间细长房间的正面有一扇门。秀吉去试着旋转了一下门把手，结果发现已经被锁上了。然后，秀吉用他专业的眼光，一眼就看出了门锁的种类——是山形的锁孔，闩子在上面。这是很普通的圆筒形锁。虽然用在室内显得有些夸张，不过要打开它却并不会太难。当然，这要求有工具。现在秀吉身边只有一部手机、钱包，和一个六岁的、想要撒尿的小鬼。

想要解开绑着传助的绳子，却发现绑得非常紧，很难解开。时间非常宝贵。他开始背着传助，在房间里搜寻是否有能成为工具的东西。

他弄下了一块窗户玻璃，弄开门的半月板是秀吉的拿手绝活，而且很少将门锁破坏。没有他开不了的锁。最近，新闻里说的非常热闹的一种开锁方式，被认为是最新的手段，这都是外行的误解，其实那是古典开锁法的一种。

只需要使用两根很细的金属丝。用这样一种前端非常细的工具，然后再用一种前端呈L字形的工具，就能打开锁孔中的锁芯，只要转动L形道具，就能把门打开。在没有专用工具的情况下，可以用细铁丝等物件来代替。

他打开了正对着门的那面墙的货柜。可是里面和货架一样都堆满了装着干货的袋子。他又像茂君经常在现场寻找掉落的隐形眼镜一样，把脸贴在地板上，仔细地寻找，看是否有像铁丝一样的东西遗漏在地上。虽然房间看上去很杂乱，可是里面的所有东西，都应该是按照账本仔细整理过的，就连并排放着的罐头的标签朝向都是一样的。管理这个房间的人一定是个惹人讨厌的家伙。

不行啊。秀吉靠在墙边。虽然不知道是什么人干的，可是将他们两人关在这里的，应该是从事食品相关行业的中国人。至少应该是比黑社会要好说话一些吧，或许是有什么误解。那就老老实实听他们的话吧。要是明白他们的语言就好了。现在最好是老老实实的，不要刺激到他们。

“呜，呀呀。”被自己压在墙上的传助开始叫道。他把他忘了。

“不好意思。”

“没事。”

“话说回来，你身体怎么样了？”

“还是很恼火。咕咕叫。”

“哪里？什么地方咕咕叫？脑袋？”

“肚子。”

“疼吗？”

“嗯，就是发出咕咕的声音。想吃便利店的便当了，还有薯片。”

“你现在不是很有精神吗？”

“还想吃尖筒蛋糕。”

真是的，所以他讨厌小孩。秀吉吐出了堵在胸口的闷气。

“喂，传助。你看到那些外国人什么感觉？”

“什么感觉？”

“就是说，态度好不好之类的。”

“看上去好像很懊恼，而且有些生气的样子。”

“生气？”之前有做过让他们生气的事吗？

“嗯，我觉得他们有些生气，即使眼睛已经能够睁开，却还是选择装睡。而且车里的那个人手上还拿着刀。他好像要用这把刀来划你的脸。”

秀吉立刻又开始寻找工具，无论如何都要把门打开。他将袋子和罐头从货架上扔了下来，往架子里面寻找，却依然一无所获。

虽然清楚现在所做的一切都是白费心机，可总觉得自己不动起来就不舒服。在他将另一边货架上的东西全都扔到地上的时候，突然看了一下手中的袋子。在货架最上面，放着一个像是装饰物一样的透明塑料袋。

这个东西怎么样？上面贴着一张写着“龙鱼”的标签。里面塞满了像细长鱼干一样的干货。仔细一看会发现其实并不是鱼，而是巨大的海马。

他撕开袋子，将里面的东西散落在地上。秀吉的眼睛一下子呆住了，尾巴的部分看上去和日本的品种有些不同。这些海马的尾巴并不像贺年卡上画的一样卷在一起，而是直直地伸着，前端还像钩子一样。好的，就用这个。

他拿了两只，将其中一只的尾巴全部折成钩子的形状，让前端变得更尖。取出另一只的肋骨，剩下的凹凸的身子正好可以用来作为磨刀石。再稍微弯折一下，就做好了开锁工具。

之后再将另一只像爪子的部位先弯折，折成L字形。这下就很难弄了。虽然这个东西很硬，可却比想象的要脆，一直不能折成自己想要的形状。在多次失败后，地上已经有几条龙鱼的残骸，最后终于弄成了自己想要的形状。

他将耳朵贴在门上听门外的情况，好像没人。于是立刻将刚做好的开锁工具插进了锁眼。

“喂，我想撒尿。”传助说道。

“等一下。”

“还想吃薯片。”

“很快就有了。”

虽然嘴上说很快就有了，可秀吉自己也不知道这个很快是多长时间。自己很久没开锁了，而且还是用这种工具。现在极度紧张，就像是自己第一次偷东西一样，指尖在不停颤抖。现在秀吉自己也很想小便了。

篠宫客厅里那座巨大的时钟，代表一点的小人儿飞了出来，开始随着音乐舞蹈。这首曲子是《饥饿狂想曲》，已经听过不知多少遍了。这是篠宫夫人非常喜欢的曲子。

樱田听到了晚上十点的狂想曲，这旋律来自他手机的来电铃音。

“老大，不好了。”

是时田打来的。这个原本冷静的男人很少会发出如此激动的声音。

“出什么事了？”

“香港黑社会的那帮家伙，似乎有所行动。我收到报告，他们在我们的弹珠点使用假的记忆卡。和我们关系很好的一个店长和他们的一个手下起了争执，还被刺伤了。”

对于管辖范围为大宫东口的时田来说，来自香港的黑社会是他近年来最大的敌人。他们像游击队一样神出鬼没，似乎还有许多精密的设备，而且在械斗方面也很擅长，有些时候着实会让人害怕。在这种时候，不，从这时候开始，看来对方早就察觉到他们的人已经离开了势力范围。如果这件事不处理好的话，原本是他们管辖的一些店铺，就会被对方抢走。

“我虽然也想调动几个人过去，可是我们这边为了寻找少爷，实在腾不出手来。”

“那好，这次我出面。”

因为绑架犯没有再打电话来，接下来就只是坐等别人的报告，然后发出指示，这对于樱田来说很是难受。而且他体内喂养着的那条狂犬已经变得无法抑制了，最好就是能自己亲手抓到罪犯。虽然最后下手的事情必须让给篠宫，可是他也希望自己能亲手掰断那家伙的手脚。

他只带上了野濑，让其他人继续留在这里。现在篠宫的身边已经没多少人手了。他不希望再减少人手了。对方虽然是香港黑帮，不过自己和野濑两个人应该也能对付五六个了。

他命令三森，一有情况要立刻告知自己，然后又用脚踢醒了在沙发里睡得正香的胜又。这家伙好歹以前也是警察，有总比没有强。

樱田把手伸进了西装里面的口袋，确认了柯尔特手枪冰冷的手感。虽然已经多年没有使用，他也总是装满六颗子弹。在轻轻握了握枪把后，他望着正对客厅的厨房说道："我走了。"

"小心点。"就在三森用死气沉沉的声音回答的同时，门已经关上了。

脖子出的汗流到了背上，已经流到了腰部。虽然房间很冷，可秀吉还是像跳进了河里一样，全身上下都被汗水打湿了。"工作"的时候，虽然他身上总是会像这样浸满汗水，可手却能始终保持干燥，可今天就连手指都变得黏糊糊的。

在他的脚边，散落着被折断的龙鱼七零八落的残骸。一开始由于紧张，龙鱼一塞进锁眼就会被折断。这到底不是专用的工具啊。而且制作新的工具也很费时间。说起来是制作，其实只不过是将海马的尾巴用手弯折罢了，至于是否能适合锁眼微妙的长度和角度，就要看运气了。想要制作出首尾都能使用的形状，十只里面也只能成功一两只。而像这样费尽辛苦才制作好的新工具，又会很快在锁眼中被折断。憋了一肚子火，踩在堆得像小山一样的龙鱼残骸上，发出嘎吱嘎吱的声音。因为紧张，又开始尿急了。

身后传来传助的询问声："喂，你在干什么？"

看到秀吉并没有回答，他又接着问道："你是打不开锁了吗？"

秀吉默默地点了点头。

"叔叔，我总觉得有点怪怪的，好像小偷一样。"

传助吱吱咯咯地笑了。即使这样，秀吉也还是没有回答。好不容易克服了紧张感，将这一只插入锁眼，一下子又听到了不吉利的声音。拜托了，再努力一下，再忍一下。他就像是在对着海马的脸说话一样。

结果又折断了。"不行啊。"秀吉叹了一口气。自己已经弄断二十几根龙鱼了。

"那些人是坏人吗？"

"也许吧。"秀吉擦着脸上的汗水回答道。

"把我的绳子解开。我可不想看上去像个婴儿。这也是游戏？"

"再忍耐一下。"

"啊，对啊。这是羁绊啊。"

似乎一下子想起了秀吉昨天晚上说的话，传助开始自言自语，一个人在那儿兴奋地说着"羁绊，羁绊，羁绊啊……"甚至开始编成歌谣唱起来。看来，感冒病毒还没跑到他脑子里。

他从秀吉背后用食指指着一件东西。

“把那个拿给我。”

“我现在很忙。”

“喂，喂。”

由于嫌烦，秀吉还是去架子上取来了他手指的东西。这是一个画着自己从未见过的水果的罐头。

“你即使拿着这个也吃不了。我们现在没有罐头刀。”

没有罐头刀，没有细铁丝，没有开锁工具。只有从已经渐渐变空的袋子里尽可能选一只尾巴比较细的龙鱼，然后小心翼翼地用指甲弯折成想要的形状。虽然传助在自己身后不停地动着导致很难操作也没办法。他隔着肩膀瞄了一下，传助用很不自然的姿势脱下袜子，然后将罐头装进袜子里。真搞不懂小孩子的行为。

“你是在学圣诞老人吗？”

“嗯……不对。”

秀吉将自己的手指按住刚才用指甲挖的小槽的两侧，然后慢慢用力去弯折。混蛋！又失败了。

“喂，你在干什么？不要乱动啊。”

“我在做black jack。当你手上什么都没有的时候，这就是和敌人战斗的武器。这是樱桃君教我的。”

不愧是黑社会老大的儿子。虽然只是给他弄一个玩具，可也是能够用来闹事的玩意儿。刚才说的那个樱桃君，虽然听上去像是女人的名字，不过现在可没这闲工夫，当他正拿着一条新的龙鱼时，突然后脑被击中了。

“疼……”眼睛开始冒金星了。

“啊，对不起。我正在练习，打中你了。”

“我拜托你了，老实一点儿好吗？”

好不容易完成了一个新的，原本袋子里装得满满的龙鱼，现在已经所剩无几了。他又祈祷着将龙鱼插入锁孔。力量既不能太大，也不能太小。控制这种力度很难。要在弹簧还未复位的情况下，继续将尖端部位插进去，然后寻找锁芯的位置，把它撬起来。这次尖端部位已经发出了让人讨厌的嘎吱嘎吱的怪声。力量只要再大一些就会折断，可是如果这时候松劲的话，锁就打不开。嘎吱——

不行吗？秀吉正想要仰天长叹的瞬间。叮——轻轻的金属声。手中有一种让人怀念的感觉。解锁完毕。秀吉长出一口气。

欣赏着手中的Grand Cru红酒和水晶酒杯，然后收好当天的全部收入后，王宗华迈着梦游一般的步子上了楼。朱龙想要跟在他后面，王宗华却挥了挥手甩开了他。

其实自从回到了楼下的店里之后，王宗华的心就一直不在这里。在营业时间的后半段，他不但不去送客，鱼翅面里的鱼翅太多了，他都没有注意到。自己的忍耐已经到了极限，他比平时早了三十分钟开始计算营业额，为的就是能尽快回到办公室。

他想要再仔细地看看英杰的睡脸。

王宗华与正室和其他情人，一共有七个儿子，四个女儿，可英杰是最特别的。

他想起了刚生完孩子、怀里抱着英杰微笑的倩莲。英杰五岁时，他们三人第一次去新加坡旅行，那是多么幸福的日子啊。那是第一次带着英杰出去旅行，也是最后一次。

当然，自己很清楚那家伙并不是真正的英杰。他是个日本人，而且年龄也和英杰不同。他也很清楚，自己现在不能在手下面前突然改变计划。所以他想先去看最后一眼，只看这一回，看看那张脸。

当他迈着和肥胖身体极不相符的轻盈的步伐来到三楼，站在门前时，感到有些不对劲。他并没有转动门把手，而是竖着耳朵去听。房间里有响动。

秀吉在用手去转动门把手之前，再次把耳朵贴在门上。身后的传助也学着秀吉，把耳朵贴在门上。看来外面没有人。秀吉“嗯”地点了点头，传助也“嗯”地摇了摇头。

秀吉在保持了这个姿势三十秒后，慢慢地转动着门把手，门打开了十厘米左右，他朝外面窥视着。

这是一个大概十张榻榻米大小的房间。房间里闪烁着淡淡的灯光。墙壁和地板看上去都很老旧，甚至有些油腻腻。中间是一张相当古老且朴素的木桌子，他还发现房间里放着一台和这个房间的感觉并不相符的电脑，房间内空无一人。

他轻轻关上了门，踮着脚，不发出一点声音地来到窗边，然后静静地打开窗户。窗户外的街道看上去像是一处偏僻的小巷。不知从何处发出的霓虹灯光，将黑夜染成了红色。秀吉把身子探出窗外，传助发出了惨叫。

他急忙退回来用手捂住嘴巴。传助也像猴子一样做了同样的动作。窗户下面就像是井底一样黑，大概比昨天想要跳下去自杀的那个小山坡还要高，还要深。自己曾经从二楼跳下去过，那时还是个孩子，从教室的窗户往下跳。当时是被班上的坏孩子命令着跳下去的，结果受了伤无法动弹，还是被人抬到医务室去的。更别说现在是三楼了，而且，地面还是混凝土。

窗户的正对面是一栋像仓库一样的建筑。它的屋顶要稍微在自己的视线以下。于是秀吉开始试想是否能够跳到对面去。道路很狭窄，从这儿到对面的距离大概有两米。不，或许要更远一些。要是自己能达到在山坡上练习跳远时的最好记录或许能成功。

“我要撒尿……”传助叫道。

对啊，背上的重量已经让身子变得沉甸甸了。那时自己身上可没有背孩子。他带着自己要被从悬崖上推下去的心情看着绑在胸前的绳子。要是没有这个绳子的话——这时，秀吉突然灵光一闪。啊，对啊，只需要立刻酝酿出敢跳崖的情绪。这就简单了，只需要用这根绳子就行。于是他急急忙忙开始解绳子。可绳结却捆得相当死。他越是焦急就越解不开。身上出的汗顺着后背一直流，连大腿都被浸湿了。要是蝴蝶形的结就好了。不过那已是千钧一发之际了。正当绳结快要被解开时，他突然有意识地环视了一下房间。

到底该将这个绳子系在哪儿呢？房间里既没有柱子，也没有杆子。想要系在门上，绳子又不够长。这时他注意到了桌子，就是它吧。

正当他再次开始解绳子的时候，突然想起了自己用来上吊却失败了的樱花树枝。粗糙木头做成的桌脚，看上去比那个树枝还要脆弱。而且，这次需要承受两个人的重量。

他试着用脚踢了一下桌子，稍微用了点力。

嘎吱——传来了木头折断的声音。不行啊，用绳子也不行。

自己再次掉入绝望的深渊。双脚似乎已经不听使唤地在那儿兜着圈，为了避免将桌子上笨重的电脑撞下来，正要选择离开这附近时，他的视线被还开着的电脑画面上的文字吸引了：“篠宫现在一个人在家，相比绑架计划，我们不如实行暗杀计划？”

篠宫？暗杀！这是怎么回事？绑架计划是指我的计划？自己越来越搞不清楚状况了。不过他已经明白，自己已经被卷入一个不得了的事件之中。这是秀吉的直觉。如果继续待在这里的话，会被杀掉的。怎么办？怎么办？现在总觉得门就要打开，有人马上就会进来。

在他大口进行着深呼吸的瞬间，突然找到了答案。这是一个最好不要去选择的答案。秀吉又再次开始着手解绳结。

“你为什么要把我们的羁绊松开？”传助用感到不可思议的语气问道。

“闭嘴。”

“我要撒尿，已经尿了一点……”

怪不得刚才觉得自己背上的汗水变多了。

“你要用绳子逃走吗？”

既然传助这样问，他也就回答了。

绳子终于解开了，恢复自由的传助一下子跳下来。

“喂喂，那你打算干什么？”

“从窗户跳下去。”

“跳哪去？”

“旁边那栋楼。”

“飞啊，飞啊，呼呼……”

听着身后传来一无所知的兴奋的声音，一股紧张感一下子堵住了秀吉的喉咙，他接着说道：“你应该跳不过去的吧。你觉得有多少米啊？”

一直盯着窗外的传助，转过身来：“很多米远呢。”

秀吉看着传助的脸，郑重地说道，说得非常快，要趁自己还未改变心意：“跳的人只有我。”

传助发出了听起来有些不安的声音：“那我呢？你要丢下我？”

秀吉并没有回答，而是露出了得意的微笑。他一下子抱起了传助。而且这一次是没有用绳子，把他背在了背上。然后他看着传助的脸，解释着最坏的情况："要是失败掉下去了，我就不能动了。要是还绑着绳子的话，你就不能逃走。"

传助用不满的语气说道："没关系。要是遇到危险的话，我就用空手道对付他们。"

他伸出了看上去比空手道劈碎的瓦片还要薄的手，甩出了用小袜子做成的black jack："不过这也要等我先撒完尿。"

"好的。"秀吉紧紧抓住传助像芦笋一样细而柔软的脚，"喂，传助。"

"什么？"

"如果我们逃脱了，我就带你去看SL。知道什么是SL吗？就是蒸汽火车。我出生的那个小镇，还在运营呢。"

"哦耶！"传助发出了兴奋的声音，然后又小心翼翼地问道，"你刚才说如果逃脱了？万一逃不掉呢？"

"到时候就只能你一个人去看了。"

爬上窗户，站在宽度不足十厘米的窗沿上。不稍稍弯着腰的话，脑袋还会撞到上面的窗沿。稍微做出一点前倾的姿势，都会觉得快要掉下去。想要进行立定跳远，看来不得不采用这种比想象中更加困难的姿势啊。可是，自己已经无路可退了。

"好好抓紧！"

"嗯！"

“好，我数一、二、三就跳。”

“好。”

“一！”秀吉数道。

“二！”传助回答道。

“三！”两人同时喊道。

秀吉跳了。而在他刚跳出去时，听见了开门的声音。

樱田到达弹子店时，骚乱已经平息了。在店里捣乱的那帮家伙已经逃走了。要是平时的话他就会召集人手，满大街寻找、报复，可是今天却不能这样做。因为现在正在进行更大的狩猎。

虽然骚乱刚刚平息，店里已经坐满了客人。他走出了店门，而且很自然地加快了脚步。总觉得什么地方不对劲，那帮家伙撤退得太快了，简直就像是专门为了制造骚乱而来捣乱的一样。

在车旁等着、帮他打开后座车门的野濑已经读懂了樱田的表情：“出什么事了？”

“赶快回去，我有不好的预感。”

窗户开着，晚风吹动着窗帘。王宗华急急忙忙来到窗边，看见大小两个身影在旁边的房顶上慢慢悠悠地动着。那两个身影又顺着排水管滑了下去。

现在要叫朱龙来非常简单，他一定在楼下竖着耳朵等待自己的命令。只需要吹一个口哨他就会明白自己的意思，这是一个像忠诚的猎犬一样能够很好执行命令的男人，只需要十秒就能赶到他们滑下去的地方。

王宗华将手指做成一个圈的形状放在了唇边。可是，这时他的手却停住了。他又想起了英杰，不，那个人的脸。

这是某种因缘吗？那个人——那个绑架犯的脸和英杰一模一样。要是英杰还活着，年龄再稍微大一些的话，也应该长着和那个人一样的脸吧。王宗华想要再一次唤醒心中已经消失的憎恶和杀意，可那些憎恶和杀意似乎已经烟消云散了，再也无法燃烧起复仇的火焰。

他并没有吹口哨，而是深深地叹了口气。这次就原谅英杰吧，包括藤宫的孩子。之前和藤宫的那些争斗，就看做是组织发展中的一次阻碍吧。过一会儿再叫朱龙上来，然后训斥他一通，说监禁太马虎了。那时候，这两个人应该已经逃远了吧。

他将一天的销售金额放在桌上，手里拿着红酒瓶和酒杯。这时才发现电脑还处于开启状态。有一封日语的情报发了过来，因为这是和卧底的共同语言。对方听不懂中文，而王宗华的英语也不好。

“我们不如实行暗杀计划？”很遗憾，卧底的提议被自己否定了。今天实在是没有杀人的心情。虽然卧底很有能力，可是野心太大。藤宫最好也应该知道。如果相信自己很有能力的话，那么身边就不应该再放一个和自己相同的人——因为这种人会想要背叛。

他删掉了电脑中的邮件，给杯子里斟上红酒。可是做法却一点都不符合他红酒专家的身份，酒一直满到了杯子的边缘。这并非正统的斟酒礼节，已经够两个人喝了。

真是一个美好的月夜啊。王宗华挽起了衬衣袖子，用手臂上刺的倩莲的嘴唇轻轻碰了碰酒杯。今天晚上我们俩就来赏月吧。王宗华远眺着窗外，就像是正在看着远方的香港一样，坐在了桌子上。

伴随着清脆的声音，桌脚折断了，王宗华肥胖的身子滚落到地上。就在他滚下去的瞬间，门还开着的食品仓库中，四处散落的龙鱼的残骸映入了他的眼中。“哎呀……”

开过几乎都是平地的大宫市内一处少有的小山坡，就看见道路对面篠宫家的巨大轮廓。虽然看上去灯火通明，和平时并无两样，可樱田心中的骚动却无法平息。他对沉默寡言的司机命令道：“开快点。”

车子刚横在门口，他就立刻开门下车。在安装了防盗摄像头的门前，本应该待在篠宫家里的保镖站在门口。

“你们为什么会在这儿？”

保镖一动不动站着回答道：“因为我们被命令站在这儿。”

“是谁下的命令？”樱田还没等那个男人回答就飞快地进去了。进入玄关后，右边就是客厅。门开着，平安无事。胜又还和自己离开时一样睡在沙发上。可却见不到三森。樱田命令跟着自己一同进来的野濑，去二楼篠宫的办公室看看情况。

樱田则来到客厅中间的桌子前，一下子看见三森倒在追踪装置前的地上。这家伙也睡着了吗？在给他屁股来上一脚后才发现，三森的眼镜已经飞出去很远了。他的眼睛还张着，可瞳孔已经收缩了。

他想要冲进厨房，用肩把门撞开，里面没有人。

他来到客厅，正要冲上二楼的时候，走廊对面的接待室里传来了声音。那是敲击键盘的声音。他轻轻打开了门朝里面看。

房间里漆黑一片，只有笔记本电脑的屏幕发出像深海一样淡淡的光。

“你在干什么？”他朝着正对着电脑的人说道。他看见那个背影稍微动了一下，可以看出是在敲打键盘。樱田从衣服口袋中掏出了柯尔特。

“别动。”他拉开了保险栓。

那个黑色身影高举双手，慢慢转过身来。可以看见黑暗中他白色的牙齿散发出的光。

“你冷静点听我说，老大。”黑影用和平时一样冷静的声音说道。

是时田。

16

樱田一直用枪指着时田，伸手去找灯的开关。

当房间里的灯亮起来后，时田的眼睛眯成了一条缝，很明显表情发生了变化。虽然自己的脑袋正对着枪口，可是已经习惯了面对枪口的时田，眉头都没有动一下。真是个冷静的男人。现在回想起来，当时这个人用高得出奇的声音打电话来时，才更显得不寻常。樱田从齿缝间挤出了话："这是怎么回事？"

时田脸上浮现出了淡淡的笑容，一言不发地摇了摇头。

"你把三森怎么了？"

他放下了举着的双手，用右手做了一个注射器的形状，再做了一个刺入脖子的动作。"我只是多给了一些他最喜欢的东西而已。没问题的。如果运气好的话，应该死不了。"

"这是怎么回事？"樱田再次问道。其实只靠自己脑海中已经清醒的那部分他就已经明白了，甚至不需要去阅读屏幕上浮现的文字。可是，他的内心还是无法接受这一事实。虽然资历要比远藤和灰岛浅一些，可这个男人却是八岐组实质性的第三号人物。

“这个到底该从何说起呢？”面对樱田的问题，时田开始展示出他取悦女人时超群的口才，脸上也浮现出了笑容。“喂，老大，你和我联手吧。这个组织已经不行了，包括那家伙。”他在说那家伙的同时，抬头看了看天花板。他指的是二楼办公室里的篠宫。

“那家伙已经是被烧得焦头烂额了。我并不是特指这次的事件。从多年前开始，他突然不做毒品买卖了，要转到地上来做正行，这样做不就和普通的公司一样了吗？我可不是为了当一个白领而进入八岐组的。”

“那你想怎么样？”

“也就是说，现在的组织和组长……”

时田一直盯着正对着自己的枪口，把一只手放了下来。

“别动！”

他选择无视樱田的警告，开始敲着键盘，按下了发信键。虽然不知道他把信息发往何处，樱田与其这样老套地拉开保险栓，不如直接放一枪或许更有效。

“反正那家伙善良的一面开始不断涌现。或许他的本性就是如此。作为黑社会，如果老大变得像个小孩子一样的话，那么就是不幸的开始。”

“我们什么时候不幸了？你不要妄下定论。”

“虽然这样说有些失礼，不过本来你才应该是老大的，你的位置应该更高。”时田的眼睛眯成一条缝，像一只考虑周到的老猫一样。“如果是老大你的话，我可以把组织NO.1的位置让给你。像远藤那种没多少脑子的家伙，和脑子里总想着打架的灰岛，最好都铲除掉。”

是因为自己给组织区分得太明确了吗？不过想要牢牢掌握住八岐组的政权其实并不难。具有独立派系的八岐组即使出现霸权争斗，其他的组织也不会来进行干预。而且，虽然各个组织表面上都保持友好的关系，可是那些小弟们却因为篠宫的存在而深感苦恼，他们也一定很欢迎有一个新的组长。可是，现实却是想要夺取政权并不容易。篠宫毕竟具有很大的影响力。时田的话只说对了其中的一方面。

“那帮杂碎！”

虽然樱田迈着大步走了过来，枪口已经顶到了自己额头上，可时田脸上的笑容并未消失。他看上去显得那么的从容，就像是计时器一样冷静。

“你最好把这玩意儿收起来。”他看着长六英寸的枪身说道，“我的部队很快就要到这儿来了，应该是香港的那帮家伙吧。”

“香港？”

“昨天的敌人就是今天的朋友。最近我的组织里加入了许多他人的精兵强将。还买了许多武器，可不是像你这种过了时的枪哦。”

时田用手指弹开了长长的枪身。或许他认为樱田不会开枪吧。当看着樱田开始朝着扳机使力的时候，他又笑了。

“我要是有个三长两短，组长的命可就不保了。”为了确认这句话的效果，他偷偷看了看樱田的脸，“夫人现在怎么样了啊……”

樱田并没有避开时田的目光，脑袋里开始计算了。现在，整栋房子里只有自己和野濑。三森已经是在临死的边缘，而烂醉的胜又则派不上用场。房子外面还有两名篠宫的保镖。其他的组员都在四处寻找少爷。而这时本来最值得依靠的远藤，刚刚才打电话来说自己在东京的齐藤工务店门口监视。

无论怎么算都不行。时田组的全体成员不会都回去了，对方至少会有十个人过来。来的是普通人还能搏一下，可他们全都是专业打手，而且应该都带有武器。

那么先尽可能地减少一个人才是最好的办法吗？那就独自行动吧。快一些的话，可以很快在时田的脑袋上开一个九毫米的孔。正当樱田在犹豫是否要扣动扳机时，房子外面传来了骚乱的声音，交杂着许多人的怒吼，划破玻璃的声音，枪声……

时田朝他眨了眨眼：“你看吧。”

可是骚乱并未持续很长时间。在不到一分钟的时间里又恢复了平静。或许根本就没有骚乱吧。刚才的枪声或许是车子爆胎的声音。应该没人敢在这里这样做。

不一会儿，玄关处开始骚动起来。紧接着传来许多人慌慌张张冲进房来的声音。

“进来！”时田就像是自己掌握了主动权一样叫喊道。

门开了。樱田调整了一下握枪的姿势。有人把头伸进来。那是一个剃得油光锃亮的光头——是远藤。

时田的表情第一次变了。

“这到底是怎么回事？”远藤一下子就盯着还举着枪的樱田，眼睛睁得圆圆的，然后再把脸转向时田，“喂，时田，你是怎么教手下的？突然就朝我开枪。难道把我当成炮弹了吗？”

“时田的手下？”樱田的枪口依然朝着前方，自己的眼睛却盯着远藤。

“哎，我说什么他们都不会听，是一帮很难管教的家伙。”

恢复冷静的时田睁开了眼：“葛饰那边怎么样？”

“啊，这个嘛，遇到点阻碍……抱歉了。”

“不，辛苦了。”

听到时田说了这样一番话之后，樱田的视线再次回到他身上。时田的脸上虽然又露出了淡淡的笑容，可是眼神却显得摇摆不定。

“喂，老大，你再想想，要是一直待在这个已经腐烂的组织里，自己也会腐烂掉的。”时田这次的口吻变得有些狂妄了，看上去是想要靠自己的三寸不烂之舌说服樱田。

樱田并没有回答他，而是对远藤说道：“喂，远藤，时田说你是个没脑子的低能儿。”

“什么？”

"他还说了其他的。"他露出很从容的表情朝着时田说道，"说你明明就是个低能儿，没一点用，结果经常搞些乱子的大笨蛋。"

"你这混蛋！"远藤操着他的大拳头朝时田的脸上打去。

"远藤可没有腐烂，也不是低能儿，他是一个男子汉。时田，你不正需要像这样的男人吗？"

面对樱田如此的赞美，远藤害羞得红了脸，鼻孔张得大大的。时田并没有看着远藤，而是将混着血的口水吐在了地上，然后一直盯着樱田："看来我算计错了啊。我一直以为你会站在我这边。"

正要用力扣动扳机的樱田回答道："真不巧，你选错了对象。闭上眼吧。我让你去见你死去的海军父亲。"

"为什么，老大？你不是和组长的女人睡过了吗？"

气氛一下子变了。樱田并没有扣动扳机，而是用枪柄敲了时田的后脑。已经过时、过长的这把枪，这时派上了用场。因为他不想让鲜血污染了藤宫多香子居住的这所房子。时田一下子坐在椅子上，他的脸上还带着轻蔑的笑容。要是运气好的话，看来死不了了。

"怎怎怎么回事，老大？"

"我讨厌话多的家伙。"

客厅里传来了惨叫。这是发现三森倒在地上的佐藤发出的声音。樱田对还没明白事情真相的远藤命令道："让你的人全部回这里来。战争或许就要开始了。”

“战争？和哪里？”

“和外邦。”

樱田命令远藤组的人将晕倒的时田和刚才投靠时田组的人绑起来，全部关进车库后，篠宫已经顺着螺旋的楼梯下来了。

“怎么回事？”篠宫的眉角皱在一起问道。其实他已经察觉到事情的真相了。

“组织里混了老鼠进来，非常抱歉，我们之前一直没有察觉。”

篠宫俯视了一下正被当做垃圾袋一样搬运着的时田，那眼神就像是真的在看垃圾袋一样，而且只是瞥了一眼而已。

“是时田？”

篠宫带着“难道不是你吗？”这样的表情说道。

“他想要得到这个组织，还承诺让我当二号人物。”

“如果想要的话，我随时都可以让出来，也可以让给你。”

篠宫看上去说的像是真心话。

“我就算了吧。”樱田发自内心地说道。

“喂，史郎……”面对正要离去的樱田的背影，篠宫叫出了这个让人怀念的称呼，“我们都上了年纪了啊。每年要处理的麻烦也越来越多。要是还像以前一样靠打架和掷骰子来决定事情的话，会更轻松一些吧。”

篠宫露出了像二十岁时在川口的红灯区混世时的样子，慢慢摇着头说道："已经回不去了。"

樱田也用二十年前史郎的声音回答他，是啊，再也回不去了。以前能很单纯作出的决定，现在一年比一年麻烦。篠宫的背后出现了两只手给他披上外衣的多香子的身影。樱田也像组织的年轻头目一样给夫人行了一个礼后离开了这里。

"哎呀……"声音从三楼的窗户传来。秀吉顺着窗户对面屋顶的雨水管道往下滑。而他头上正对着传助的屁股。

"你没事吧？"

"唉，这个可比滑铁棍难多了。"

"快点。"

"哦，慢慢来。"

"什么？"

"慢慢来可不行。快点，快点。"

"帮我拿着black jack，很重的。"

在接过去的一瞬间，传助的屁股正好落在他的脸上。他也一点点地滑了下来。下面像是一处放材料的地方。他靠在一堆木棍上，结果棍子掉在了地上，发出了尖锐的声音，其中一根还打在了他的屁股上。

秀吉一边揉着屁股，一边抬头看着三楼的窗户，他似乎看见了那个让他上车的瘦瘦的外国人正在朝下看。

这是一处危险的地方。千钧一发啊，要是再跳得晚一点，就会被抓住吧。他拉起因为踩在木棍上而像青蛙一样摔倒在地的传助，正想要离开时，身后传来了声音。

嗖——就像是蛇要捕捉猎物时发出的威胁声音一样，是非常轻微的呼吸声。接着又是像刚才自己跳下来时，撞击仓库屋顶的声音。

嗖——再一次传来了这种呼吸的声音，眼前突然出现了一个人影。是那个外国人。秀吉正盯着他，难以置信。数秒前还在三楼的男人，就在那一瞬间就跳到了旁边楼的房顶，然后立刻下到这里。秀吉他们可花了两分钟，如果算上之前犹豫的时间，有三分钟。

这个男人站在秀吉他们的前面，挡住了去路，然后开始小范围地移动着脚步。轻握的拳头放在胸前，做出了拳击的姿势，可他的步伐并不像是拳击的步伐，反而更像是在跳舞。虽然他和秀吉差不多瘦，可这个男人从窗户到这里所花的时间可不到一分钟。瘦的身子穿着中式的服务员服装，身材反而显得更结实。而且他比秀吉要高十厘米左右，在霓虹灯光的照射下，看上去更显高大。

霓虹灯光照射在这个男人的脸上，把脸照得通红。可以看见他伸出了长长的舌头舔了一下嘴唇。

秀吉将传助藏在自己身后，将手背在身后摸索，他想要找一个放在旁边的木棍。

头上又有声音传来，来自三楼的窗户。是外语。那个男人突然抬头，就在这一瞬间，秀吉并没有逃走，而是挥下了木棍。

嗖——就在那个男人发出轻轻的声音的瞬间，木棍从秀吉眼前消失了。木棍前端数十厘米被刀一下子切断了。男人的步伐移动之快，自己完全看不清楚。秀吉的背脊一下子变得冰凉。

这家伙够专业。虽然不知道他使用的是哪一种格斗技巧，不过一定是个专家。

中学时和同学打架的经验让秀吉明白，想要在打架中取得胜利的终极方法是练就一身肌肉。所以在他长大后，很少输过。

其实打架的终极必胜法只有一个——不与比自己强的人为敌。可是秀吉这时却要第一次打一场必输的架。他朝紧贴在自己身后的传助喊道："传助，快跑！"

传助一下子从那个男人的腋下钻过。就在那人做出要去追的姿势的瞬间，窗边又有声音传来。虽然那个男人装作没有听见，可还是让传助跑掉了。于是，他再次正面面对秀吉。

呼呼呼。他似乎是在吞吐着杀气，一边调节着气息。

呼呼呼。他并没有像功夫片那样发出奇怪的声音，而是轻盈地踩着步法，一点点靠近。可以看得出来他是在游戏。本来可以一击就击倒秀吉，看上去更像是在慢慢戏弄，就像是猫会用爪子来戏弄抓到的老鼠一样。反而是秀吉发出了像怪鸟一样的叫声。

"呀呀呀……"这种声音更像是惨叫。他用已经被砍短了的木棍，朝男人的身子敲去。

嗖！手腕麻痹了。这次木棍已经完全从手中消失了。

看来再怎么挣扎，也赢不了他。秀吉开始向后退缩，才退了三步，就退到了路边的墙上。于是又开始寻找新的木棍。没有。他一边沿着墙壁后退，一边为了让自己身子变得更轻盈而开始脱掉自己的风衣，这时他才想起了口袋中的重物。

那是塞了罐头的袜子，是传助的black jack。虽然不知道这玩意儿是否能有用，可秀吉还是把手伸了进去，确认起了这玩意儿的硬度。

秀吉眼睛睁得圆圆地看着那个男人身后，他看到了传助。那个笨蛋小鬼，不是让他快跑吗?

传助正学着这个男人迈着像猫一样的步子。对传助来说，这就像是在学艺班进行的游戏一样，可对于正对着秀吉舔舌头的这个男人来说，他根本就没察觉到身后有人。他又开始迈着小步子，而身后的传助也像猫一样跳着舞。

传助就站在他的身后，正好是在屁股后面。好样的传助，踢下去吧。无论这家伙是多么厉害的格斗强人，也不会去锻炼那个地方的。

“嘿嘿嘿。”传助发出了奇怪的声音，抬起了腿。一个六岁的孩子也算是做得像模像样。传助的一条短腿直接击中了男人的屁股。

“哎呀呀。”男人第一次发出了声音，应该很痛的。秀吉就像是自己的屁股被踢了一样，露出了难看的脸色。

可是，这声音并不是惨叫。传助的脚就在快要接近男人的屁股时，一下被夹住了。原来，那家伙一早就知道身后有人。看来他是根本没有把传助放在眼里，才故意放走的吧。

“呼。”男人轻轻扭了一下腰，传助就倒在了地上。

“呜呀。”传助发出了像青蛙一样的叫声。头上又飞来了外语。男人鼻子里发出了不服气的声音，停下了正要踢向传助的脚，一把抓住传助的脚踝，提了起来。

“哇呀呀呀！”现在被倒吊着、整个屁股都露出来的传助发出了惨叫。秀吉将black jack拿了出来。男人看了一眼秀吉手中的东西，嗤的笑了。看来这对他没有任何威胁。秀吉的身子开始颤抖。当然，这并不是武士的颤抖，而是发自内心恐惧的颤抖。

“哇哇哇哇！”恐怖感达到顶点后会转变为战斗的本能。秀吉开始自暴自弃地挥舞着手臂。根本不顾一切地用black jack打在了旁边的栅栏上。栅栏被打出了一个罐头的形状。

威力真大啊。当然，要是能打中的话。虽然自己多次进攻，可全都无功而返。虽然一只手正抓着传助，可那男人只是轻微的移动了上半身就躲开了攻击，就像是看穿了自己的招式一样。他像是要嘲笑秀吉，开始将传助的身子拿来当做盾牌，牵制秀吉的行动。这时，传助又发出了惨叫。

而那个男人又开始了刚才的步法。他又露出了长长的红舌头，脸上浮现出了笑容。就像是在说，游戏就到此为止。秀吉重新握了握已经被手上的汗水打湿了的black jack。传助的手脚在空中胡乱摆动着。双脚已经完全露出来了。

嗯？被倒吊着的传助正拼命将手伸向自己的短裤里。他的屁股的位置是鼓起来的。而根本没有把传助放在眼中的男人，还没有察觉到。秀吉大声叫着：“哇哇哇哇。”又很快挥动起black jack，将男人的注意力吸引到自己身上。

“喔喔喔。”男人移动的速度加快了。来了。

就在男人的脚正要抬起的瞬间，传助的短裤里飞出了black jack，画出一道弧线，飞向男人的屁股之间。

“啊呀呀呀。”男人叫了起来。这次是真正的惨叫。眼前一片晕眩。不知在什么时候，传助准备了两个black jack。

就是现在。秀吉又用black jack打在他的脸上。啷——很响的声音。在淡淡的黑暗中有些发着白光的东西飞散，是牙齿。

可男人很快调整了姿势，正要向他冲过来，秀吉再次挥动了手臂。这下男人两眼翻白地倒下了。

“传助，快跑！”

他抓住传助的手，离开了这个像隧道一样的地方。

走到路的尽头后又向右跑。跑了一阵，就来到了一片繁华的地方。回过头去，确认了没人追上来后，他们就混在人群中继续跑。总之跑得越远越好，哪怕多跑一步。期间他们不知撞倒了多少人，踩了多少人的脚，这时别人朝他们投来谩骂。可这些声音对他们来说听上去像是加油声。

他看见了一个大大的车站。自己曾经见过，那就是几天前在赌车回来的时候路过的大宫站。上了楼，穿过验票口前的大厅。传助这时跑得格外快，而且他比肺里满是尼古丁、正发出悲鸣的秀吉显得更有体力。从一开始自己是拉着传助跑，不知什么时候变成了传助拉着自己跑。

已经安全了！心里虽然明白，可脚却停不下来。就在全力奔跑的时候，为什么还会笑？多半是因为在传助的帮助下，自己打赢了一个本没机会取胜的战斗吧。从恐怖和紧张中完全得到释放的秀吉，全身充满了一股骄傲感。活着真好啊！也并不是什么坏事啊。

“哈哈，成功了！哈哈，传助！”

在不停喘着气的同时，他嘴巴露出笑容朝传助叫道。

“嗯，叔叔，真厉害啊！”传助也气喘吁吁地回答道，“就像街霸一样。”

“不，哈哈，你更厉害！”

“我们是传说中的勇士，就像少年战士！”

顺着西口的指示，他们从另一侧走出了车站。这边是一处从未见过的景象。这里到处都是人行天桥，正对面耸立着一栋很高的大楼。他们离开了天桥，进入到一条小路，按Z字形跑着。繁华的街灯离他们越来越远，周围的景色也变得闲散起来。秀吉看见外面灯光无法到达的黑暗深处有一座停车场，总算在这儿停下了脚步。好，就在这儿搞辆车吧。

他偷偷跑进了停车场，可传助洪亮的声音打破了这份静寂。

“喂喂，你要干什么？”

秀吉将手指放在嘴唇边，轻声说道：“走路太辛苦了。我们还是坐车吧。”

传助也将声音放低了说道：“叔叔你的车在哪儿？”

“现在还没有。我马上换一辆新的。你从这里面选一辆喜欢的吧。”

“哦，选哪个呢？点指兵兵……”传助开始认真地指着眼前的一排车说道。突然他开始不停地摇头，“不行啊。我不能偷东西。”

“笨蛋。这不是偷，是借而已。只要换了就好了，只租一晚上，就像录像带一样。”

“哦，原来如此。”

虽然不知道是怎么回事，传助还是同意了，于是又开始指着车子唱道：“点指兵兵……点……”

第五号是一辆小型的帕杰罗。秀吉的指关节发出了响声。偷车可是他的拿手绝技。可是，问题是没有工具。要是有齐藤工务店那辆车里的工具，他就可以将车锁全部拆下来，这也是最快的方法。可是，现在连一根铁丝都找不到。刚才要是带几只海马出来就好了。

“喂，传助，你看看这附近有铁丝掉在地上没有。”

“好的。”

现在热情似乎已经完全退下来的传助，呼呼挥动着black jack

回答道。于是两人又开始像正在觅食的鸡一样四处搜寻着。这时传助才注意到："喂喂，我现在没有鞋子啊，也没有袜子。"

秀吉从包里取出了刚才的black jack，拿出了里面的罐头，把袜子递给了他。

"呜，变大了。妈妈会生气的。"

就在他这样说的时候，他也把自己的black jack从裤子里取了出来。

"你是什么时候做的？"

"嗯？"

"啊，就是这个black jack。"

"就在叔叔你参加战斗的时候。当时我也想参加。"

"你在里面塞了什么？"

传助将袜子退了下来。怪不得那个男人会翻白眼。他到底是在哪儿找到这么大三块干电池的？这些电池也从袜子里掉了出来。

"啊，这只袜子也变大了。"

虽然看不出这里会有掉落铁丝的迹象，可他们还是寻找了一下，依然一无所获。

"没有啊。"秀吉嘟囔道。

"这个……怎么样？"传助在自己兜里摸着，然后显得很没自信地摊开双手，"这是掌机后面的，用来便于携带。"

这是一根很大而且很结实的真正的铁丝。并且前端也和开锁工具一样呈现完美的L字形。

“这个，这个……”

“果然不行啊？”

“你从一开始就带着？”

“嗯，放兜里了。”

要是有这个，刚才房间的锁三十秒就能打开。

“早说嘛，真是的。”

秀吉不由自主地抱怨着，传助并未听到。他一边唱着动画歌曲，一边显得有些担心似的拉扯着变大的袜子。

17

早晨的阳光射进了篠宫家的客厅。站在窗边的樱田，被照得有些眼晕，因为睡眠不足而肿起来的眼睛细成了一条缝。现在是早上六点，是传助少爷被绑架后的第三天的早晨。

窗外是一片广阔的富裕的光景。篠宫家像球场一样宽阔的庭院另一边，在高高的围墙下站立着数米的部队。这是从昨天晚上开始为了防备香港黑社会袭击而布置的。

在草坪的正中间，远藤和手下们正在做着广播体操。据说这帮家伙在组织内部的排列次序是按照打斗的厉害程度来排的。越是有战斗，他们就显得越精神。

“早上好。”声音从窗外传来，是一边慢跑一边做挥拳练习的及川。他每天如此。

而樱田自己今天早上也刮干净了胡子，换了一套看上去显得更年轻的新衣服。在新衬衣里，准备了一个背带，并把枪挂在上面，现在西服的内口袋里塞了一把短刀，全身热血沸腾。老实说，樱田也是那种遇到战斗就显得特别精神的人。

“樱田先生，你要喝咖啡吗？”佐藤把还冒着热气的杯子递了过来。

“不要放糖，多放点牛奶。”

篠宫多香子今天早上还没有从房间里出来。

“夫人说她要稍微休息一下，已经到极限了。”

佐藤在一旁解释道。孩子被绑架，丈夫遭遇暗杀未遂，而且自己的家或许接下来会变成战场。普通家庭主妇一万年也不会遇到的事情，却在这两三天接连发生。她即使倒下也是很正常的。

客厅里的胜又还是带着他那毫无生气的朦胧眼睛，喝着黑咖啡来醒酒。这次的宿醉看上去真厉害啊——不，与其说是宿醉，不如说是急性酒精中毒。胜又昨天晚上突然被时田叫了起来，又喝了一瓶威士忌。接着身子就开始像调酒瓶一样摇摇晃晃的了。这是伪装杀人时的常用手法，不过时田计算错误了，对于胜又来说，一瓶威士忌是不足以杀死他的。

三森迈着摇摇晃晃的步子，像亡灵一样进来了，一下子就坐在追踪装置前。当然，他还没死。

“已经好了吗？”

面对正皱着脸、揉着鬓角的胜又的问候，三森虽然浮现出厚脸皮的笑容回答道：“嗯，已经没问题了。”可声音却很虚弱。不管怎么说，他昨天很晚才被送去本山医院，刚捡回一条命，“对一般人来说，或许那是致死的量，可我已经产生抗体了。”

胜又也一边品着咖啡，一边说道：“我也是，只是输液就活过来了。本山医生也说我是吉人自有天相。”

“还好，时田给我用的是便宜货。他果然对毒品不了解啊。要是60%以上的纯度的话，我就完蛋了。”就在三森得意扬扬地说完这番话后，他注意到藤宫已经出现在客厅的沙发上了，于是急急忙忙闭上嘴。

今天早上的藤宫看上去像是吸了自己禁止的毒品一样，眼睛闪烁着光芒，显得意气风发。或许是时田发动的政变让他觉醒了吧。而且藤宫要立刻做出如何处置时田和时田组手下的决定。干部们会被切手指和开除。

这样的处罚并不轻。被开除对于黑社会成员来说，无疑是宣判了死刑。这样的决定书会分发给日本全国的组织，无论他去什么地方都会被赶出来。而那些家伙只能选择隐姓埋名地活着，或者离开日本。因为这个国家任何地方都有黑社会势力。

时田的话就在抓到绑架少爷的罪犯后，一起解决掉。那家伙的生命，只剩下发现那个鼻音混蛋之前的这点时间了。

灰岛打电话来时，已经是七点过了。他用的是美军的步话机，像是潜伏在原始森林里一样，声音远远地传了过来。

“发现目标车辆。”

“在什么地方？”

“越谷市西部，国道四六三号沿线，在一个名为My Mart的便利店的停车场里。重复一遍，越谷市西部。”

“不用重复了，接下来呢？”

据灰岛所说，便利店的店员昨天晚上十一点开始上夜班，在交班的时候车就已经在那儿了。不知道是谁开了之后扔在那儿的。“我是仔细询问了一个茶色头发的家伙。”虽然不清楚灰岛所谓的“仔细询问”是什么含义，不过看来应该是绝对不会说谎的那种。

越谷是位于大宫东边的一个小镇。距离大宫市中心不到十公里。那家伙果然就在附近。如果他扔掉了车，选择步行移动的话，应该不会走得太远。樱田给灰岛命令道：“东京那边不用管了，把搜索范围缩小到县内。越谷、川口、浦和、岩槻、草加、斑谷……”

由于加强了府上的警戒，寻找少爷的人手就少了，于是就需要把网张得小一些。

“还有大宫。”灰岛补充了一下。

是啊，这种可能性也很大。犯了罪的人，虽然明知道很危险，却还是会不自觉地去到犯罪现场。樱田在刚出道时就有过这样的经验，而且是毫无理由的。或许这就像是为了去看看擦掉自己痕迹的那张纸是同样的道理吧。

“接下来我们要监听警方的无线电，确认里面是否有车辆被盗的信息。”

“已经开始了。”

远藤走进客厅。“香港那帮家伙太慢了吧。”他就像是在等一个已经迟到的人一样，一边擦着汗水一边说道："喂，老大，不是先下手为强吗？我们这边开着装甲车直接冲过去吧。"

"冲过去？开去哪儿？"

"呃，对啊。"

在埼玉县南部存在的几个中国黑帮中，香港这帮家伙的动向是最难掌握的。而且不知道他们确切的人数、据点，甚至连老大是谁都不知道。就连和香港人打过交道的时田组的手下也不知道，而已经从昏睡中醒来的时田则不肯老实交代。面对这种情况，即使是灰岛的"仔细"询问也是毫无办法的吧。

八点，电话响了。并不是篠宫的手机，而是房间里的电话。而脑子似乎已经被毒品弄坏了的三森还是呆呆地望着眼前的机器。佐藤立刻把盘子放在桌上，迅速坐到机器面前。看来她是在帮三森忙的时候学会了如何操作。

"振作一点。"佐藤一边敲打着电脑键盘，一边将三森除了毒品外的唯一喜好雪碧送到他鼻子面前。三森这才想起了操作的方法。

篠宫拿起了听筒。

"喂喂，是篠宫先生府上吗？社长在家吗？"

不是，不是那家伙。

"我就是，你是哪位？"

"我是一个微不足道的小人物。"

对方操着嘶哑、很难听清楚的嗓音，而且发音很独特，不是日本人。

“你们这边好像出了些问题啊。”

是香港人。就在篠宫正要回答之前，对方又说道：“即使有问题，也是有一些误会吧。我们这边是完全不知晓的，所以就不要争斗了吧。明白吗？就这样。”

对方说完这些就挂断了电话。樱田摇了摇头看着篠宫。篠宫也慢慢地摇了摇头。时田应该是被香港人抛弃了。背叛者必被人背叛。这道理不仅在黑社会的世界通用，也是这个世界的一种习性。

篠宫放下听筒后说道：“各位辛苦了。这边已经没问题了。”

战争还没开始就结束了。剩下的就是要抓到那个鼻音混蛋。

“好，重新开始寻找。”

听了樱田的话，远藤像是情绪低落似的耸了耸肩。

据远藤所说，在齐藤工务店里，他遇到了县警黑崎。他只是在监视这边的动向？还是说已经发现少爷被绑架这件事了呢？他们不希望县警参与进来，所以必须尽快。今天就要把那个鼻音混蛋——不，现在已经知道名字了。远藤当时还威胁了一下附近的居民，看来这点调查知识他还是有的。

伊达秀吉——就连名字都取得这么狂妄。

今天就来决胜负吧。照进客厅的晨光射在樱田的眼睛上。看来今天是不同寻常的一天。

而在黑崎家，和平时一样的一天开始了。

“我上班去了。”在脸颊感受到康代冷冷的视线的同时，黑崎用手去拿鞋。结果，昨天晚上到家时都已经十一点了，哲夫已经睡了。厨房的餐桌上放着外带的纳豆手卷。

要说今天和平时有什么不同的话，就是哲夫正背着双肩包站在门口踏着脚。虽然只是上午有课，不过从今天开始就要学小学的课程了。为了能让哲夫在同年的孩子中显得更大一些，给他买了一个很大的新书包，而这个书包由于过大，看上去就像是从书包上生长出了手脚一样。

“快点快点。”本来是说一起出门的，可是五个孩子中，答应自己的只有哲夫一人。

“再稍等一下。”看着孩子长得像自己一样四四方方可爱的脸，黑崎不由得哽咽了一下。

“喂，小保。”康代在一旁叫住已经穿戴整齐的黑崎。保是黑崎的名字。当康代并不叫他“孩子他爸”时，就需要特别注意了。黑崎装作没有听见似的开了门，可是太迟了。

“哲夫已经是小学生了，该给他买件新衣服了。不能总是让他穿光也的旧衣服吧。”

“快点，快点。”哲夫踩着门口的三合土叫道。的确，除了这个书包和阪神队的棒球帽以外，哲夫全身上下都穿的是已经读四年级的长子光也的旧衣服。

“等一下，哲夫。我和爸爸有话要说。”在哲夫面前，康代又成了一个慈祥的母亲，朝他微笑着，然后又转过身去，给黑崎另一种奇怪的微笑，“喂，你公司附近不是有伊势丹吗？”

康代把黑崎工作的地方称为公司，好像是在给周围的主妇们解释自己老公在县里面工作，如果说是警察的话，会招来异样的目光。

“那里正在打折，我想你去看一下。要是有好的，就买回来。稍微抽点时间去一下吧。”

她没等正在走神的黑崎回答，就继续说道：“运动服，要是有好的话，还可以买一件春天穿的毛衣。尺寸是130厘米。稍微买大一点的，可以穿得久一点。最好是黑色，这样显瘦。”

根据幼儿园的资料，要是再胖两公斤的话，哲夫就必须要减肥了。康代看了一眼黑崎的啤酒肚，露出了一副就和你一个模子一样的表情。黑崎正要开口说“我可不懂，你自己去不行吗”的时候，康代又说道：“对了，我今天要参加光也的家长会。这次就交给你来挑了。”

康代只看表情就知道黑崎想要说什么，于是不停地说着。看来结婚超过二十年的女人都成了超能力者。“喂喂，这是为了庆祝新生入学的大减价，只限今天。拜托了，这是我一生的嘱托。”

黑崎记得上个月才听到过她一生的嘱托。上上个月也是。

“打折的话以后也会有吧。”

“可如果不早点买的话，下个月还要出去远足。要是名栗川……”

“快点，快点。”哲夫像是要去赶赴一个约会一样在一旁催促着，“再不快点就要迟到了。”

“远足的话，不是穿什么都行吗？”

“那可不行。这次有许多小孩的妈妈也会同去。”

哈，黑崎发出了一声轻微的叹息。看来需要整理一下今天应该干的事了：确认远藤组的行动，再去八岐组和篠宫家查看动向，然后再联络一下葛饰的齐藤工务店。接下来是买黑色运动服，130厘米。到底该先从哪件入手呢？

看着在一旁等不及先跑了的哲夫身后摇晃着的书包，黑崎突然想到了什么，回过头对康代说道：“你认识篠宫吧？他的孩子和哲夫上同一间幼儿园。”

“嗯，是非常漂亮的一位夫人。衣着很得体也很时尚，而且也很贵。他老公是企业家，真厉害啊。这些有钱人。”

不知为何听上去有一股讽刺的意味。

“他们的孩子叫什么名字？”

“很乖的一个孩子。可是，有些妈妈说他们家从事的职业有些古怪，所以没什么朋友。”

“他小学念哪儿？是和哲夫同一所吗？”

“当然是念私立的。有些妈妈还说不知道他们家为什么会让孩子念这附近的幼儿园。”

康代列举了几所位于东京的有名的私立小学的名字。黑崎的脑海里突然浮现出了昨天晚上远藤的话。要是齐藤的老婆没有听错的话，应该是这样说的，“把少爷交出来。”

无论怎么想，远藤会叫少爷的人只有一个。而他在寻找少爷，所意味的情况也只能是一种。

“喂，我们有哲夫幼儿园的照片吗？”

“什么？怎么了？”

虽然黑崎露出了欲言又止的表情，可是对于自己并不关心的事，看来康代的读心术也没有作用。

“你拿给我看一下。”

“可以，你要干什么？”

“不干什么，就看一下。”

黑崎这才注意到自己的思维犯了一个很大的错误。

睡在停在河岸边的车里的秀吉被阳光照醒时，窗外已经很亮了。

七里是一处离大宫中心区域仅五公里左右的地方。昨晚他是依靠道路指示才到达这里，可传助已经睡着了，而且无论怎么摇他都摇不醒。当时四周的路都很黑暗，不清楚周围的情况，所以秀吉也很快放弃，选择了睡觉。这一天发生了太多的事，自己早已疲惫不堪。昨天晚上甚至连梦都没有做。

“传助！”

“呜呜呜。”

“起来了，早上了。”

秀吉抓着传助睡得竖起来的头发，把他摇起来。或许是昨天出了太多汗吧，传助的头发摸起来有些汗黏黏的，而自己也是一样。秀吉挠了一下油油的头发，脸颊也变得胡子拉碴。已经三天没洗澡了，仅次于在监狱里。这对爱干净的秀吉来说，已经到极限了。啊，真想找个地方洗一下啊。现在不需要钱、不需要女人、不需要铁板烧，只要有澡堂和一杯啤酒就够了。

睁着雨蛙一样的眼睛的传助这时叫道："啊，河！我在外婆家附近见过，应该就是这条河吧。"

传助的眼睛一下子睁得大大的，可就在看了一眼窗外后，又变回了雨蛙一样的眼睛。

"有什么不对吗？"

水太混浊，河太窄，是一条小河。和自己记忆中的河不一样。与其说这是一条河，不如说是一条水道。

"还有点臭。"

"我们再往前面开一些吧。"

"可是我肚子饿了。"

"好好好，知道了。"

秀吉的肚子也饿了。如果说昨天一天连感受食欲的时间都没有的话，听上去像假话一样。或许是自己已经习惯了这种异常的状态了吧。车子开到便利店，在买了早餐后，开始寻找去外婆家的另一个线索，大大的树木。

这辆新车开着很舒服。或许这辆车的主人也有一个小孩。

车子的后窗，还摆放着许多毛绒玩具。车厢里还放着刚使用过的婴儿安全带和上面有动画片主角的毛毯。正被这条毛毯包裹着坐在副驾驶位置上的传助，正在津津有味地品尝着刚从便利店买的便当。

“喂，传助，怎么样？”秀吉试着询问道。

“嗯，这个嘛，不行。”

“不对吗？我们要不要走另一条道试试？”

“还是之前那家便利店的便当好吃一些。”

“喂，我不是指便当。我是说你外婆的家，你想起来了吗？”

传助把脸探出窗户，做出像小狗闻着风的味道一样的表情，眺望了一会儿，摇了摇头：“总觉得完全不对。”

“还要再开一圈吗？”虽然说要再开一圈，可是却不知道要开到哪里才算到了七里。或许是自古以来的这个地名已经在这里形成习惯了吧。

“七里医院”“七里综合公园”“七里居住区”，看着广告牌和指示牌才明白，总算是到了目的地了。那么之前所说的大树呢？只有传助知道有多大。秀吉顺着道路用手指着沿途的树木，可传助都否定地摇着脑袋。

“那个怎么样？”当脸转过去看着耸立在住宅区一旁的那棵巨大的银杏时，秀吉有了不得了的发现。银杏树前立着一块牌子，上面写着“Nanasato”。唔，七里，对啊，现在才发现自己一直以来都弄错了。这里不叫nanari，而叫nanasato。

秀吉踩下刹车，把肩一沉，将下巴放在帕杰罗的方向盘上。为了保险一点，他又问道："喂，传助。你所谓的nanari，其实是你把nanasato听错了吧。"

"嗯……没有。一开始是na，最后是ri。是这样的。"

又得重新开始了。秀吉正想要打开地图才想起这辆车不是已经被扔掉的卡罗拉，而是自己偷来的另一辆车。他在车里找了找，也没有发现地图之类的东西，反而翻出了驾照。居然把驾照放在这种地方，也太不小心了。就在秀吉准备把驾照放回去的时候，突然灵光一闪。他斜着眼看了一下旁边的传助，接着大声地说道："真恼火啊。这里好像也不对。伊藤和志，二十九岁，遇到麻烦了。"然后窥视传助的反应，"我伊藤和志现在该怎么办啊？"

传助的眼睛睁得圆圆的，他终于注意到了："伊藤和志是谁？"

"你不知道吗？我的名字啊。伊藤和志，二十九岁，住在大宫市的樱木町。"

"骗人，你叫伊达秀吉吧。"

"那是谁？"

"是叔叔你的名字。"

"哦，我的名字是伊藤和志。"秀吉还露出夸张的吃惊的表情。虽然看上去有些做作，可已经能够让传助的小脑袋变得混乱了。传助像鸽子一样丧失了表情，眼睛变得像玻璃珠一样。虽然看上去有些让人心疼，可秀吉还是进行了进一步打击。

“喂喂，你振作一点。啊，对了，你是说在我捡驾照的时候看见了我的名字。也许是因为你当时正在发烧吧。你当时的脑子应该不太清楚吧。喂，你看。”

秀吉用手指遮住照片，将帕杰罗车主的驾照给传助看。

“伊达的伊，后面不对……咦，接下来的也……真奇怪。”

秀吉这时才一下子把手指松开说道：“我明白了。你只会读第一个字，就觉得自己全部都会读。看来你学坏脑子了。而且，和志和秀吉也很像。”

经他这样一说，还真有点像。传助也有些迷糊了，把眼睛睁得圆圆的。“可是……昨天你还叫我不要把你的名字告诉爸爸。”

“啊，我是说的伊藤和志这个名字。因为这样总归是不好的，所以我才要隐瞒名字。我又重新想了一下。要是你爸爸知道我随随便便就把你带出来，会生气的，不过他生气也是应该的。而我伊藤和志也会发脾气。男，伊藤和志，到时候会去向他道歉。伊藤和志，伊藤和志。请多关照。”

秀吉就像是参加选举一样连着呼喊了几声。这个名字已经深深地进入传助的大脑了。

“你想一下，伊达这样一个像古代侍卫一样的汉字，有哪个父母会专门在后面加上秀吉这样一个男不男女不女的名字？”

或许只有自己死去的父亲吧。亲生父亲死后，母亲所做的唯一正确的选择就是没有入那个混蛋继父的籍。因此自己也就不必改掉自己最喜欢的伊达这个姓氏。

传助虽然还是在摇头，不过似乎已经开始相信了。

“啊，我还要说一件事。你之前画的那张肖像，虽然好不容易画出来了，可是一点都不像平时的我。或许是忘在家里了吧，其实我是戴眼镜的。这次出来旅行瘦了很多，平时要比现在胖几公斤，而且也比现在要高。”

“哦，是这样啊。我好不容易画的呢。”

真是个简单的孩子。如果是这种性格的话，就算他继承了父亲黑社会组长的位置，也无法继续父亲的事业吧。

“那我重新画吧。”

“可以啊。”秀吉朝着传助微微地笑了。没想到进行得如此顺利。计划变更吧。接下来只需要等传助睡着。

18

篠宫孩子要入学的这所私立附属小学今天要举行开学仪式。黑崎询问的时候，仪式已经结束了，现在各个班的同学正在相互熟悉。而篠宫的儿子没有来。

果然，这样就清楚了，八岐组奇怪动向的原因。

绑架——虽然不知道是哪里来的不要命的笨蛋，居然有人敢绑架八岐组组长篠宫智彦的儿子。不，自己已经知道是哪里来的笨蛋了。接着，他又给齐藤工务店打了电话。如果是老板接的话，他就一句话不说直接挂断，可是幸好这次听到的是老板娘动听的声音。“昨天真是打扰你们了。我后来才想起应该再问候一下你们。”

“哎呀哎呀，还劳您专门打电话过来真不好意思。昨天我们家那位太失礼了。”

昨天晚些时候，直到附近警局的巡逻车在附近巡逻后，远藤他们才彻底不见了踪影。今天早上也没有什么奇怪的事情发生。黑崎开始和老板娘愉快地唠了三分钟家常。看来她和老公齐藤有很大的不同。不过她老公好像出去工作了。正好，话题就转到伊达身上，齐藤总是不愿意谈到这个话题，以至于昨天的谈话不太愉快。

“我们能谈一谈伊达的事吗？”

黑崎这样说道后，老板娘原本高昂的声音也变得低沉了。

“一提到伊达，我就会被老头子骂。”

“老板为什么一提到伊达就会生气呢？”

“才不是呢。他没有生气。他可是个老实人。”

“那是怎么回事呢？”

老板娘在叹了一口气后继续说道：“这个嘛，其实我也不想把这件事告诉警察。因为我老板打算把伊达这件事给瞒下来。可是，我觉得这样做不好。”

老板娘用她的伶牙俐齿简单地说清楚了伊达殴打老板，抢走钱和车子——好像还逃走了。而老板齐藤则相信伊达还是会回来，打算内部解决掉这件事。

而且还说了伊达因为在外面借了钱，被人追债，正在为钱所困，也没地方去，要是擅自去追他的话，指不定会把车开到什么地方去。像这样一个人一时冲动绑架孩子要求赎金——已经有足够的理由了。

“不好意思，如果有伊达的照片的话，能发给我一下吗？用快递，不，用摩托车送来吧，当然钱由我来付。”

虽然老板娘没有说得很清楚，不过伊达好像是有前科的。黑崎朝旁边桌子的富塚说道：“你在前科人员名单里找一下一个叫伊达的男人。伊豆舞女的‘伊’和达到的‘达’，三十八岁。现住在东京都葛饰区。群马人。全名是——伊达秀吉。”绑架八岐组组长儿子的笨蛋就是这家伙。

他打算把这一情况告诉栗林。他今天也应该是提前一个小时来上班，因为他一直都是这样。可栗林正用肩膀夹着听筒，还在进行着密谈，似乎又在说一些让黑崎头疼的话题。黑崎又叫了一声，他才带着不适合他圆脸的表情，像白领一样用一只手遮住电话口朝黑崎转了过来。

“什么事啊，系长。我又收到了新的情报。小鸠组的组长突然住院了。看来战斗已经爆发了吧。”

“只是因为糖尿病而已。那个老头的血糖值已经达到三百以上了，却还不戒酒。”

黑崎像一个玩腻玩具的孩子一样冷冷地放下电话。

“说起来，关于八岐组这边……”

一听到八岐组，栗林又转了过去，将听筒拿到耳边。这件事明明是自己被他找上的，而且对自己升职也没有任何帮助，说不定还会有阻碍。

“啊，这件事搞定了说不定能拿本部长奖。”

栗林放下电话，慢慢把身子转了过来。

“你说吧。”

“把耳朵靠近点。”

栗林的小眼珠就快飞出来了。

“绑——架——”

“嘘，声音太大了。还只是推测。”

“真的吗？首先，这不是我们的强项。还是提出申请让一科的特殊组支援吧。”

“不，还是不要了。这样事情会越弄越麻烦。”

绑架事件特殊犯罪处理搜查班并不是一个常设组织，而是从县警搜查一科选出成员，在发生案件时再集合的特殊部队。

黑崎也曾想过是否需要把这个情况告诉一科，结果还是决定算了。篠宫是绝不会依靠警察的。也就是说，并没有受害人，也没有目击者。自己不知道应该作何解释。要是特殊部队也调动了，那就是一件把全体警察都卷进去的大事，解释起来很费时间，还是早点行动为好。

黑崎这次之所以如此冷静是因为他并没有想过尽快救出被绑架的孩子。而八岐组从昨天开始就已经有不正常的举动了，所以这件事应该已经发生了三天。从以往的案例来看，绑架犯已经干掉了肉票。可是，这次却不同，或许这个人不敢下手。现在更危险的反而是绑架犯伊达的性命。

“总之，在掌握最确实的情报前，只能由我们班采取行动。你和内藤到篠宫家周围进行监视。”

看着栗林充满怀疑的表情，黑崎意味深长地笑了起来。

“这次是要解决绑架案。这可是几年才有一次的大案子。别说本部长奖，还有可能特别晋升。”

特别晋升是指不参加升职考试就升级。虽然这种事其实并不存在，可是从税务官员专任警察还不到五年的栗林还是当真了。

黑崎试着给篠宫家打了个电话，可是没人接。给篠宫兴产打了一个，社长秘书回答的是篠宫正在出差，而且还说得一本正经。要是这样的话，就只能硬闯了。篠宫应该还在自己家里。

富塚从九楼的情报管理科回来了。

“伊达秀吉，查到了。有三次前科，全部都是盗窃。”

现在的电脑越来越方便了，很快就能对比出有前科的人。虽然照片有些老了，可也能认清楚人的样子。在齐藤工务店老板娘的照片寄过来之前，就只能先用这个了。

“好的。出发吧。”黑崎对富塚说道。

“哦？去哪儿？”

“先去哪里呢？”虽然很想去伊势丹的打折现场，不过还是先去篠宫家吧。每个星期一的早上定期有早会，大家都要集中起来。剩下的两个人去葛饰的齐藤工务店和伊达的公寓。暴力三班，包括黑崎在内的七个人，全都出动了。

“小黑，怎么了，星期一开始就这么忙？”

不，不是全体成员，还有一个人。正对着班员桌子的地方有一个巨大的桌子，传来了班长益田的声音。

“真好啊。小黑，看来你很乐在其中啊。不像我一天只弄一些文件，盖章什么的。”

县北部出生的益田带着特有的听上去很淳朴的口音，可是眼光里依然藏着阴险。这是一个外表淳朴、内心狡诈的男人。

“话说回来，这个月是枪械刀具强制取缔月，我们再这个样子可就完不成目标了哦。”

他的意思就像是在说不要干那些无聊的事。黑崎则对他说道：“啊，昨天我见到胜又了。他让我给你带个好。”

听完黑崎的话后，益田把脑袋缩回去了，又再次埋头到他眼前的文件中。

只过了一个晚上，昨天的历险就像是一场梦一样，现在的传助又变得有精神了。刚吃完便利店的汉堡和便当，薯片和巧克力点心的袋子也被他清空了，因为游戏机被忘在卡罗拉里了，传助这时有些无聊。他开始拿着放在帕杰罗后座上的塑料球，扔到挡风玻璃上玩弹球游戏。

“喂，现在可是在车里啊。”

“啊，对不起。”

“你平时经常玩接球游戏吗？即使你爸爸再忙，也会陪你玩这个吧。”

“嗯……一次都没玩过。”

“真的？”

“嗯，爸爸很讨厌棒球。我想他也没有玩过吧。”

“哦，那么你也没玩过了哦？”

听秀吉这样说完，传助认真地回答道：“玩过的。我经常玩。”

“和谁？”

“和墙壁。”

“哦……”那就让他继续玩吧。

车窗外，是一片春意盎然的景色。天气真好啊。太阳挂在高高的天上，阳光照进车里，把车里也照得暖暖的。啦啦啦，正一边唱着动画片的歌曲，一边利用挡风玻璃玩接球游戏的传助突然老实下来了，眼睛也睁得大大的。

为了让车子能够围着大宫的市中心绕一个大圈，秀吉选了一条田间小路。车子慢慢地开着，小心地尽量不发出声音和振动。因为传助已经睡着了。通过这三天相处，他已经非常了解传助了。只要肚子吃饱了，如果把车子开得摇摇晃晃的，他就会很快睡着。而且，只要一睡着，摇都摇不醒。

“睡着了吧。”

“嗯，差不多了。”

再等一下，先把坐椅给他放下来。传助手中的球掉了下来。

给他把毛毯盖上，不然又要感冒了。我的上衣给他当枕头吧。

传助的眼皮还处于半睁的状态。太好了，他已经没有精力再找外婆的家了。就这样睡去吧，我开到你家附近的地方，就把你丢在那儿。而伊藤和志，二十九岁，就会代替秀吉，接受黑社会的拜访。

“你稍微睡一下吧。到你外婆家了我会叫你的。”

“可是，你知道地方吗？我要是睡着了的话，不就没人指路了吗？”

“哦，我会想办法的。”

“喂，伊达叔叔。”

“我不是伊达，我是伊藤和吉。”

“不是和志吗？”

“啊，是的是的。”

“伊藤叔叔，你真是个好人啊。”

被人用别人的名字称赞，总觉得有些懊悔。

“我来给你唱首摇篮曲吧。”

秀吉看来真的觉得自己是个好人了。他原本以为传助已经六岁了，会对这个不感兴趣，结果传助老老实实答应了。对啊，这家伙从婴儿开始就是一个人睡。我甚至敢断言，他连什么是摇篮曲都不知道，应该是没有听过。那我就唱永吉的抒情慢歌吧。

秀吉开始唱了。

“哇。”传助一下子跳了起来，用手指堵住耳朵，“我一下子清醒了。”

要是刚才没有开唱就好了。啦啦啦啦，秀吉瞄了一眼正唱着动画片歌曲的传助，发出了轻轻的叹息。要是还能见到茂君，一定要给他的“完美绑架法则”里加上一条。

法则六：把绑架的小孩还回去，比绑架出来更难。

灰岛打来了电话。

“找到了昨天晚上在那家便利店上夜班的店员，并入侵了他的住所。里面有两个人。其中一个男人叫木村，是一个耳朵上还戴着耳环的娘娘腔，一直说自己什么都不知道，于是对他进行了讯问，结果还是什么都不知道。”

唔。

“还有一个人，是个中国人。这个男人还记得，车子是昨天晚上七点左右停在那儿的。里面还跟了一个孩子。”

少爷没事。樱田虽然想把这个消息告诉多香子，可是却没见到她的人。

“那个男人身高在一百五十厘米左右，有点胖。穿着一件红白水珠图案的衬衣，据说还戴着眼镜。”

和伊达的相貌差很多，应该是化了装的：“确定吗？”

“是的。这个男人很配合。对少爷相貌的描述也很正确，应该能够相信。而且他好像还当过兵。这可真是有缘……”

灰岛阴险地笑了。能听到这个男人笑声的机会，一年只有一次吧。

“国道向东，也就是往越谷的市中心，或者春日部方向逃了。骑自行车。”

“自行车？”

“是的。是一辆黄黑相间的自行车。当过兵的人的观察力的确要好些。是一辆有神奇宝贝团的儿童自行车。他都记得很清楚。而且画的是皮卡丘，你知道是什么吗？”

他们到底是用什么语言来交流的？樱田一边摇着头，一边向分散在县内的手下发出指示。

“伊达很有可能是换了一件有水珠图案的衬衣，骑自行车逃走了。”他本来想把位于大宫以西的所有人都调往县东部的越谷方向，却觉得灰岛少有的办得这么漂亮的事有些危险，于是决定人员调配只涉及一半。

他放下无线通话器，朝着站在自己身后的年轻组员命令道：“准备好大铁桶。”

“大铁桶，好的。准备几个？”

“两个。”一个给时田，一个给伊达。

“要把口子先开好。”

将要沉到河底的铁桶，如果不开好口子的话，就会因为尸体产生的气体的浮力浮上来。自从暴力对抗法执行之后，这种残暴的处决方式也减少很多，最近的这些年轻人，都不清楚这些基本原理。不出所料，他们带着不可思议的表情问道：“口子，好的。开几个？”

虽然开几个口子都无所谓，可樱田还是一本正经地说道：“两个Tokarev枪弹孔大小，不能多，也不能少。记住了吗？”

不知何时，传助已经睡着了。要在平时的话，这是绝不可能的。秀吉把速度控制在了每小时三十公里，静静地向前开着。

周围的风景渐渐变得熟悉起来，可以看见远处的小山坡。就是前天早上，一切开始的地方。随着车子不断接近，心脏的跳动也开始加快。

那座小山坡的正对面就是传助的家。要是离得太近，会让人害怕。被那个传助称为小高的黑帮成员追捕的恐怖和被谜一样的中国人监禁的恐怖在秀吉的脑海中苏醒。

已经看见了道路前方的儿童公园。秀吉把速度放得更慢些，窥视周围的情况。因为今天是星期一，所以一个人影都没有。在角落里还有一张长椅，就让他睡在那儿吧。今天的天气很暖和，只要盖了毛毯，应该不会感冒的。秀吉轻轻踩下了刹车。

他慢慢打开副驾驶一侧的门，看着传助的睡脸，睡得真香啊。

“呜……”传助像是在说梦话，嘴巴也轻轻蠕动。呀，好险，要慎之又慎。秀吉将另一只手伸了进去，慢慢把传助抱起来。他环视了一下左右后，用脚把门关上，踮着脚朝公园走去。才走了三步，“到了吗？”手中的传助一下子睁开了眼睛。Oh no！为什么，在如此关键的时候，不去摇他他都会醒。

“……不，还没到。”

虽然秀吉慢慢地左右摇晃地抱着他，可传助并没有闭上眼睛，还把眼睛睁得大大的左看右看：“这是什么地方？”

失败了。传助已经从秀吉的手上滑了下来。

“啊，这里好像来过。”

啊，传助看着秀吉的身后，眼睛里散发着光芒：“是小哲。”

“小哲……”是谁？是小钦和小高的同伙？

“喂，小哲。”

秀吉的头像一个生锈的龙头一样，朝着传助挥手的方向转了过去。

没人。吁。可是背后传来了声音。

低头一看，一个小孩子正用叠得整整齐齐的手绢擦鼻涕，然后又把手绢放进兜里。长着一张有些胖的四方脸，用他郁闷的小眼睛抬头看着。看上去有些老成，可背着一个新书包。他或许和传助同岁吧。

“他是谁？”

“小哲，我的朋友。喂，小哲也上车吧。很有意思的。”

“等……等一下。”

秀吉还来不及制止，这个小胖墩一下子就钻进了车的后座。

“喂，下去。”秀吉把手伸了进去，想要把他拽下来，结果手伸进去后却不动了。因为他发现不知何时后面停了一辆白色的轿车，还能看见车里有人影，而且好像正在看着自己。

因为公用车都没空，所以这次黑崎就决定搭一下偶尔到县警察总部来访问的、自己认识的大宫机动搜查队的车子。

从位于浦和市的县警察总部出发，经过新大宫的小路往北开。平时的话，只需要十五分钟就能到蓧宫家。可是，车子已经出发二十分钟了，黑崎他们却还在浦和市内。因为前面发生了交通事故，造成了拥堵。

“喂，再快点，你们可是机动搜查队啊。”黑崎坐在后面，反复朝司机说道。

“黑崎君，你急也没用啊。”司机一边这样说着，一边慢慢悠悠地等着红灯。

“快想点办法。”

“你说得轻松。”

这时，黑崎的手机响了。

“系长。”

是栗林打来的，而且他好像在故意压低声音。大家都是男人，完全没必要这么做。

“怎么了？”

“我发现了可疑车辆，是一辆帕杰罗。地点在距离蓧宫家一公里的路上。车子现在停在那儿。里面有一个看上去五六岁的孩子，穿着浅色的运动上衣和黑色的短裤。孩子的样子很像你给我看的那张照片。怎么办？”

黑崎从衣服兜里拿出了伊达秀吉的资料。

“要是他伊达秀吉还和五年前一样的话，他是一个瘦瘦的男人，身高一百七十厘米，鼻子右边有颗痣。你仔细看看。”

“等一下，我现在戴着两个眼镜。啊，鼻子右边有痣……”

“没错了。抓住他。”

“用什么理由？拘留他的理由是什么。”

“他鼻子旁边有痣就是铁打的证据。”

“这太乱来了。”

“你上去盘问他一下就行了。”

“啊，等一下……还有一个人，有个小孩，正在车里。”

“小孩？”

“是的，背着双肩包，才放学的样子。是一个不怎么可爱的胖墩，穿着灰色的上衣和茶色的裤子，还戴着阪神队的帽子。”

“啊，那，那是……”

“应该是哪家穷人家的小鬼罢了。”

“那，那是我儿子。”

“啊？”

“怎……怎么了？又怎么了？”

“啊，两个孩子上车了，车子开走了。”

“抓住他！随便什么理由。逮捕他，立刻逮捕！”

秀吉通过后视镜窥视着后面的轿车。虽然对车里的情形看得不是很清楚，不过有两个人。看得出来他们穿的是西装。在这个人迹罕至的居民区，有这样一辆不合时宜的车，和不合时宜的人影。总之，先把车开走吧。

“这个人是伊藤。”不知何时传助坐到后面去了。两个小胖墩一起，在后面并排坐着。

“他很厉害哦，比功夫达人还厉害。能从三楼的窗户跳下来，还能开门锁、车锁。”传助把秀吉说得像个超人。

“不不，哪有这么厉害。”

“这个孩子是小哲，黑崎哲夫。”

“啊，你好。”秀吉虽然转过身子朝后面的哲夫微笑，可脑子里一直在想怎样才能把这个小鬼赶下车去。

“喂，小孩。”秀吉对哲夫说道，“你应该是放学回家吧。就这样上车，你家里的人不担心吗？”

哲夫一言不发地摇了摇头，流出了谁都会觉得臭的鼻涕。真是一个讨厌的小鬼。

“喂，你家人总会担心你是不是被坏人拐跑了吧。”

秀吉说得好像附近就有绑架犯一样，可后面的两个人兴致勃勃地看着车窗外。传助回答道：“没关系。对吧，小哲。小哲的爸爸很厉害，有枪的。”

秀吉的脸色一下子变得很难看。这家伙也是黑社会老大的儿子吗？既然是传助的朋友，这也并不奇怪。怎么会这样，两个黑社会的小鬼。

秀吉看了看后视镜，大吃一惊。刚才的那辆车正跟在后面。应该不是黑社会吧。黑社会不会来窥视这边情况的。他们一定会问都不问地冲上来袭击。那他们又是什么人？是昨天晚上那些来历不明的中国人吗？还是别的什么人。

“小哲，下次把枪给我看一下吧。趁你爸爸执勤的时候，我们偷偷跑回家。”

本来是要把传助的话当耳边风的，结果一下子引起了秀吉的注意："执勤？"

"是的，小哲的爸爸是警察。"

怎么会这样！秀吉的脸色变得越发难看了。他一定是世界上运气最差的绑架犯了。

"砰——"哲夫学着打枪的声音，就像他父亲一样。

"这比那些女警厉害多了吧？"传助问道。

自己居然如此倒霉，现在甚至觉得还会有更恐怖的事情发生。

秀吉过了十字路口后，把车拐进了一条小路。透过后视镜看见那辆白色的车子也拐进来了。果然是在跟着他。

秀吉舔了舔干了的嘴唇。可是，他却并未像之前那样陷入慌乱。因为他已经面临过太多的麻烦事了。再多一个，也没什么。他装作没有发现对方跟踪的样子，以悠闲的速度右拐，然后猛踩油门。

"哟——哇——"后面传来了欢呼声。

"系好安全带。"接着左转。虽然信号灯是红色，他还是冲了出去。"哇。"吱——在转弯的瞬间，轮胎也磨出了声音，他听到了警报声。红色的警灯开始闪烁——是警察。

在拐角的前方，有一所被栅栏围着、没有围墙的房子。秀吉把车开了进去。车子就快要一直冲进玄关，才停下来。

听警报的声音，秀吉知道车子也同样拐了进来，朝这里开了过来。他吸了一口气。警报的声音渐渐近了，到了，然后又过了。

呼——秀吉吐出了刚才深吸的那口气，听见警报声渐渐远去。

真是万分紧张啊。后面的两个小孩完全不知道刚才发生了什么，两个人在一起交流着。在说游戏怎么怎么样，动画片怎么怎么样，开学典礼怎么怎么样，远足怎么怎么样。

秀吉突然留意到了两人所说的话，问道："你刚才说什么？喂，你这个家伙，你刚才说你想去哪儿远足？"

"名栗川？"

"naguri……gawa？喂，传助，你外婆家难道是在那里？"

"哪儿？"

"naguri。"

"哦哦！"传助发出了欢快的声音。又要改变计划了。

玄关的门开了，这家的主人是位老人，走了出来。

"你好，"秀吉的脸上先浮现出了笑容，"我想咨询一点事。"

"啊？"

"名栗川怎么走啊？"

黑崎咬牙切齿地等着栗林的电话，自己挂断电话后，立刻就赶去了。

"怎么样？抓到了吗？"

"啊，这个嘛……"

这次他并没有像平时那样大声，而是变得轻声细语。

“难道……喂……”

“啊，这个。”

“坏消息我可不想听。”

“非常抱歉，跟丢了。”

“混蛋。”黑崎大声地对司机说道，“再开快点。”

“你说得轻巧，现在堵车啊。”

“那把警报和警灯打上。”

“别说傻话了。最近要是在非紧急情况下打警灯的话，会被上面骂的。喂，黑崎，到底……”

黑崎还没等他说完，就系好了前面的安全带。

“现在就是紧急情况。快点打上，快点！”

黑崎所乘坐的这辆车，响起了警报，前面的车子开始一点点地散开。

19

从大宫往西开了大约一个小时左右，来到了一条名为饭能的街上，发现了指示名栗方向的道路指示牌。名栗川位于埼玉的西南部，是一条靠近东京交界的河流。

离开城市，周围的风景一下子变得带有乡土气息。一直都是平地的埼玉的道路，第一次变成了山路。白色的溪水在道路两旁流淌着，那就是名栗川。

让黑社会的小孩和警察的小孩坐在后座的秀吉，或者说是伊藤和志，二十九岁，驾驶帕杰罗顺着溪流而上进入到了树林之中。这时快到下午一点了。后面的两人还是一派去野餐的情绪。他们一边吃着秀吉在路上的快餐店买的汉堡包和薯条，一边继续大闹。

“喂，小哲。你书包里放的什么啊？”

“我也不知道。”

“重吗？”

“嗯，你要背一下吗？”

“好。”

“咦，传助。你参加开学仪式了吗？”

“啊，这……今天，我忘了。”

“啊，是今天啊。可是……呵呵。”

“传助，你的鞋呢？”

“没了。你要不要也脱了？很舒服的。”

“啊，真的吗？呵呵。”

“怎么样，传助，有你记得的地方吗？有的话说一声，我好停车。”

“呵呵。”

“喂，你有在听吗？”

“什么？”

“你有认真看窗户外面吗？”

“嗯。”

小胖墩说的无聊笑话，让两个人在后面笑得人仰马翻。反正就是不肯老实一点。

车子又往前开了一阵，道路两旁的民宅消失了，完全变成了树木林立的景象。溪水也变得越来越细。要是再往前开就没路了。秀吉看见道路前面有樱花树，就把车停了下来。这是一棵很大的樱花树，它让整个森林看上去像是变成了粉色。自己心中似乎有了某种预感，秀吉觉得自己好像在哪儿见过这幅场景。

车门打开了，传助和哲夫像两只小狗一样跑了出来，顺着小斜坡向河边跑去。

“哟嚯——”

“哇——”

秀吉将手机放进裤兜，也下到河边。他们似乎已经来到很上游的地方。就在刚才的河岸边还能看见钓鱼的人和游客，这里却一个人都没有。

“怎么样？”秀吉抄着手环视着周围，传助也抄着手，摇着脑袋。哲夫也是同样的动作。你就不必了吧。

“嗯嗯嗯。”传助皱起眉头开始思考。

“那是樱花树？”他指着位于河岸口那棵高大挺拔的樱花树问道。

“嗯。”

在河的对岸，还有许多高大的杉树，还能看见更远处有别墅一样的房顶。难道就是那儿？

“是在那边吗？那里有许多高大的树啊。”

“嗯。”

“……不是，树不对。”

“那好，到底是什么树？更大的吗？”

“嗯，并不是大小，而是形状不对。完全不对。”

“什么形状？”

传助开始像秀吉之前教他的那样，闭上眼睛思考。

“细长？枝叶茂盛？像什么东西？”

“像什么呢？……啊，像凤梨。”

“啊？”

“是的，叶子像凤梨。”传助又开始说一些匪夷所思的话。而哲夫的反应要比秀吉快得多，“那不是椰子树吗？”

“啊，是的。小哲，你说对了。”

“椰子树？”秀吉再次环顾了四周，这里当然不可能有椰子树，而之前的路上也没有。他突然想起之前问传助的话。那一瞬间，就像是寒冷的秋风在头脑中吹过，“喂，传助，你之前说过是春假的时候去的吧？”

“对啊。”

“那就听到蝉叫了吧？”

“是的。”

“呜……”哲夫正要开口，不知是不是从一旁看见了秀吉恐怖的表情，慌慌张张用双手捂住了嘴，沉默了。

“不觉得奇怪吗？”

面对秀吉的疑问，传助又说道：“不过，的确是这样的哦。关于蝉，我记得很清楚。到了外婆家，院子里的椰子树上有蝉在叫，还开着红色的花……对了，我想起来了。房顶是红色，门是白色。然后外婆就出来了。她还对我们说，aroha……”

传助总算想起来了，于是声音也变得洪亮。而秀吉则用低沉的声音说道：“喂，传助。”

“什么？”

“你知道夏威夷吗？”

“夏哇夷？”

“你外婆家附近有海吗？”

“海？……啊，有的。从外婆家出发，开车一下子就到了。蓝蓝的漂亮的大海。还有很多外国人。他们打招呼都说aroha...”

哲夫也在一旁学着叫着。无论怎么找都不会找到，因为一开始这个地方就并不是在日本。传助外婆家在夏威夷。应该是夏威夷的一处叫nanakuri的地方。

是的，传助一睡着就不会睁眼，或许只是在车子开往机场的时候是醒着的，在飞机上就完全睡着了。秀吉觉得一定是这样。

“喂喂，我们可以在河里玩吗？”

秀吉根本没有力气回答他，只是挥了挥手。传助和哲夫一边叫着aroha，一边跑进河里。

秀吉坐在岩石上，脑子里吹着冷风，开始思考。接下来该怎么办？可是他必须吸烟才能想到办法。河边的风似乎吹来了一阵烟雾。他笑了，哈哈哈，是自嘲的笑。现在都无所谓了。

“叔叔，叔叔，你也一起来吧。”

听到传助的声音，秀吉慢慢抬起头。

“伊藤叔叔。”

真是一个天真的孩子。传助已经完全相信秀吉是伊藤和志了。要是自己真的成了伊藤和志的话，那该有多么快乐啊。有一辆价格适中的车，还有老婆、孩子，过着让人羡慕的生活。自己想要成为伊藤和志，秀吉打心底这样想到。

他看了看驾照上的照片，虽然并不是很帅，不过也算是个仪表堂堂的男人。如果只有二十九岁，那老婆也应该很年轻吧。放在车窗下的卫生纸盒，被一张手工制作的套子包裹着，看上去如此精美，一定是他老婆做的。色彩是蓝色的，上面的图案是动画片里的机器人。小孩是个男孩吧。一对平凡男女所生的孩子，也还是很可爱的。

虽然自己不喜欢小孩，可如果是自己亲生的话，即使他不可爱也没关系。秀吉看着正在溪水中嬉戏的两个孩子。当然，自己所谓的可爱，不是指那个四方脸的小胖墩，而是传助。

秀吉继续思考着伊藤和志的人生。虽然现在只有一个孩子，不过或许他正想要第二个。家里还有贷款要还，一周应该只能出去应酬一两次吧。午饭是老婆亲手做的便当。伊藤和志应该不会赌博。最多就是在同事的引诱下赌一下马。他和自己不一样，钱应该还有许多其他用途，所以老婆不会让他乱花钱的。对自己的女人说戒赌了，比去赌钱更有魅力。

很快，秀吉的目光就落在旁边的岩石上，就像是有人和他一同坐在那儿一样。

想象中的自己。想象中的老婆和孩子。想象中的人生。除此之外，还有其他需要吗？要是有想要得到的东西的话，或许就能得到吧。我为什么会变成这样？我为什么会在这儿？

秀吉在这三天里，多次不明就里地觉得心里堵得慌，现在又堵上了。

“喂。”又是传助的声音。

“嗯。”秀吉站了起来，决定好了接下来的行动。就在这儿和孩子们玩儿一会儿，趁天还没黑，把他们送回家附近。就像一切都没发生过一样，就像出来野餐后回家一样。然后自己回葛饰，回老板那去，给老板和老板娘道歉后就去自首。他脱下鞋子和袜子，把裤脚卷上去后就跑进溪水中。

“你们知道不用鱼竿钓鱼的方法吗？”

两人摇了摇头。

“这可不行啊。现在，小鬼们，听好了。用两块石头相互敲击，这种冲击能让鱼昏厥，然后浮上来。记住了吗？这非常重要。”

他从岸边找了一块大石头，扔向溪水中一块露出水面的石头。尝试了几次却还是没有鱼浮上来。可每当水花四溅的时候，两个孩子就会发出欢快的声音。

“对了。我们来玩儿接球游戏吧。车里应该有球。”

篠宫多香子出现在客厅时，已经是下午了。看见多香子的那一瞬间，樱田变得哑然了。她只是穿着晚上穿的毛衣，没有化妆。多香子从未以这样的姿态出现在组员们面前。

篠宫智彦很明显地露出了不悦的表情，可多香子并未看丈夫一眼。她像梦游一般走到围坐着组员们的大桌子前，问道：“传助呢？”及川告诉她还没有找到，她也只是显得毫无力气地回答了一声：“哦。”然后又朝门口走去，似乎并没有听到及川后面的那句：“可是，应该很快就能找到了。”

多香子走了几步后停了下来，又用细细的声音向三森问道：“喂，三森君，要是能和对方通话几分钟的话，就能知道对方的所在地吧。”

“是的，只要有三分钟就够了。”

一直盯着电脑屏幕的三森，突然一下子变得慌乱，显得没有底气地吐出了这几个字。这时他还没察觉到，多香子已经作出了一个决定。

虽然大家都认为多香子会就这样离开客厅，可她并没有这样做。她手中拿起放在门旁边的捞偏门时联系的专用电话。是因为私人电话被占用了吗？樱田正惊讶于她会给谁打电话，而篠宫则示意他不用去管。

多香子按下了号码。三森的眼睛睁得圆圆的。

“老大！”

装置有反应了。多香子正在给绑架犯打电话。不行，太危险了。樱田正要制止，可是太迟了。电话已经通了，多香子开始说道：“喂喂。”

樱田慌慌张张地戴上耳机。

电话的另一端还是沉默。篠宫双手握拳地站了起来，可樱田却向篠宫摇了摇头。这样的话会让对方了解他们的声音和情绪。

要是慌慌张张地做错了什么，无异于火上浇油。

“喂喂，传助？”多香子的声音显得和平时不同，并不是平时那种中音。这次她音调很高，就像是一个小姑娘一样的声音。她在对方回答前继续说道，“喂喂。啊，我是KO进学会的藤原。咦？你不是传助吗？”

或许是被多香子和表情完全不同的华丽的声音所吸引，电话的另一头终于回应道。

“是的。有什么事？”

是伊达，而不是之前用的鼻音。本来以为他的声音应该很高而且说话很快，结果却是一种更加低沉的声音。

“啊，不好意思。我是传助补习班的老师藤原。你是他父亲吗？”

“啊，是的。”

伊达回答了。虽然声音听上去有些疑虑，却丝毫没有产生怀疑。樱田这才注意到，多香子并非是在情绪失控的情况下这样做。她正在给绑架犯设下圈套。篠宫和手下们一直看着多香子。樱田也意识到，碍于面子和义气的黑帮头目，是不可能如此单纯、大胆地想到这种方法的。

或许她一直就是这样，多香子一直就是这样。平时一些无关痛痒的话中，其实都是带有目的性的。然后，她就会突然做出谁都预想不到的行动。樱田呆呆地看着多香子的侧脸。

现在，多香子正为了救出自己的孩子，和绑架犯进行着战斗——她一个人。

要是不来补习班的话，那些试题怎么办呢？下周还有能力测试。多香子继续说着这方面的内容，把伊达引入陷阱中。

“传助还好吗？”她突然轻声问道，可却是一副将一把匕首插入对方的表情，“我以为他生病了，很担心。”

“还好。”

伊达的话听上去并不是在说谎。就如同对这一回答进行呼应一样，电话的另一端传来了传助的声音。听上去就像在自己身边一样，多香子的眼睛立刻湿润了，眼泪也掉了下来。

樱田放下了耳机，打开了扩音器。虽然他担心伊达有所察觉，可是却更想让藤宫听听传助的声音。而且，他想要告诉全体人员，多香子正在奋斗。虽然声音装作是一个语速很快的小姑娘，可多香子握着听筒的手指、身体却还是因为极度的紧张颤抖了。

“传助现在在哪儿？”

“今天在外面郊游，现在正在玩儿接球游戏。”

“啊，你真是个好父亲。”

“哪里哪里。教孩子玩儿棒球是作为一名父亲最低限度的义务。”

怎么回事？伊达的回答的确显得像一个父亲，而且面对装作小女孩声音的多香子，丝毫没有戒心。通话已经过了一分钟了，而且还有孩子们欢快的声音。为什么听上去像有两个小孩？樱田偷偷看了一眼篠宫。不愧是篠宫智彦，还是一副镇定的表情。可是，为什么篠宫还能如此镇定？

“太好了，那我就放心了。”

多香子虽然笑了，可还是一副哭泣的表情。

“对了，难得和他父亲通上话。那我就和您谈一下传助的学习情况吧。说老实话，传助和其他孩子相比，学习的积极性不高。”

她没有给伊达开口的机会，而是在不断地争取时间，真是了不起。就连正在眼前听着这一切的樱田，都觉得真的是一名补习班的女教师正在说话。可是，这样也不能持续很长时间吧。或许是紧张加上内心又突然松懈，多香子开始有些摇摇晃晃。虽然看上去就要倒下了，她却并未停止自己的表演。现在离三分钟还差一分十五秒。

“他几乎不会读写汉字，甚至还不会写自己的名字。乘法表也才只背到第二位。我开始担心他的将来……”多香子的身子开始摇晃，话也停了下来。不好，樱田咬着嘴唇。可是，却并没有发生任何问题。

伊达自己开始滔滔不绝地说道：“请别放在心上，没关系的。什么汉字啊，乘法表啊，现在有计算器和打字机了啊。那些也没那么重要，重要的是……”

“啊，重要的是……”？

电话另一头的伊达似乎陷入了思考。笨蛋，这下只差五秒了。

“传助的梦想是成为一名电车的售票员。您知道吗？”

“……不。”

这下多香子发出了自己的声音。虽然已经变回了作为母亲的声音，可正沉浸在自己话语中的伊达似乎并未察觉。

“他从生下来就只坐过三次电车，所以，现在都还清楚地记得电车的颜色、形状、售票员的制服和所说的话。普通人的话都不会记得这些的。可是他却记得很清楚。也就是说……或许我说的不好……可对他来说，这才是最重要的。其他的东西对他来说都不重要。没有什么用，没有什么好处。因为这才是最重要的。而且，他没有做过计算器和打字机的梦吧。”

三分钟，三森做了一个OK的手势。多香子似乎还想要说些什么，可已经到极限了。篠宫已经做出了表情，虽然他并没有给任何人下达命令，可还是朝多香子点了点头，让她尽快结束。樱田也站了起来，走到多香子身边。

“啊，那请转告传助，我们明天见。”

多香子用尽最后的力气这样说完，就握着听筒倒在樱田怀里。

脸颊就快贴在一起的正在敲打着键盘的三森和佐藤同时说道：“找到了！”

“不在东边，在西边。”三森叫道。这个男人很少有的兴奋起来，脸上也泛起了红晕，“是在名栗村。名栗川的上游。这次一定没错。”

“太好了。”远藤就像是进入相扑场一样，站了起来。

“去吧。”胜又又像是想要急性酒精中毒一样，打开了威士忌的瓶盖。

灰岛听完电话里的对话后，也发出了奇怪的声音。接着是大家从未听到过的笑声。

这次一定能成功。樱田也跟着组员们站了起来，对年轻的手下们命令道：“把油桶和铁锹都准备好。”

名栗川是山涧里的一条小溪，用来沉油桶的话，还太浅了。

“球，球！”传助大声叫喊着。

秀吉将脚边的塑料球给踢了过去：“好的，来了。”

正说完，放在岩石上的手机响了。秀吉又把球扔了回去。

他这时突然觉得自己似乎在什么时候做过同样的事情……由于受到这种想法的困扰，他开始觉得眼前的景色似乎有些让人怀念，而且似曾相识。

究竟是在什么时候、什么地方呢？秀吉很快就回想起来了。那是和秀次在故乡河边玩耍时的记忆。两个人用一个烂手套，用一个捡到的球在玩儿接球游戏。那是兄弟俩最后一次一起玩儿。结果只扔了几次就结束了，因为找不到飞入草丛中的球了。

“新庄，我要扔了。”

带着阪神队帽子的哲夫，将传助扔过来的球又扔给了秀吉。

可是这个一年级小学生很用力地扔过来，球飞过秀吉的头顶，飞进了河岸边的草丛中。

“真厉害啊，小哲。”

“因为我是新庄。”

“好了，快找球吧。”

翻开草丛一下子就找到了。可是，却并不是塑料球，而是一个橡胶球。到底是谁到这里来玩儿过，又把这个球忘在这儿了呢？而且看上还很新，比自己和秀次当时玩儿的球要新得多。

“啊，用这个吧。”

“传助，那个太硬了，是大人用的。”

“打到额头会痛吗？”

“会把你眼睛打出火来。”

在不由自主确认了球上是否写有名字后，秀吉苦笑着。现在的孩子，是不会在只值数百日元的球上写名字的。

紧握着这颗球的秀吉轻声说道：“原来跑到这儿来了，秀次。”

花了比平时多一倍的时间才来到篠宫家附近的黑崎，却怎么都找不到栗林他们，在无线电交流过多次后，才在居民区的路上发现了他们的车。黑崎开了车门，走出车外。他朝着栗林吼叫道：“是在哪里跟丢的？他们开去哪儿了？”

就连栗林这样的厚脸皮，面对黑崎的怒气也变得战战兢兢。

"啊，他们朝川越方向逃走了。可是，我却不知道他们的目的地……"

黑崎并未听完他的话。既然是川越方向，就是朝西开了。

"好，那就在埼玉县以西做紧急部署。"

"等、等一下。"

"紧急部署，紧急部署。"

跟在后面的机动搜查队的队长睁大了眼睛。栗林总算说了出来："系长，冷静一点。你刚才不是说现在还在怀疑阶段吗？"

"就在刚才已经确信了。"

"不过有可能是我看错了。你先不要那么着急，之后我……"他说完后，又补充道，"而且这也不是你的责任。"

"哦，责任，说得真好听。你刚才不是说小孩穿的灰色上衣和短裤吗？"

"啊，是的。"

黑崎丢开栗林的领口，口水都快喷到他脸上了。

"正如你所说，是穷人家的小孩，还戴着阪神队的帽子，是一九年的优胜纪念版。"

"……不，还没到这种程度。"

"那是我给他买的。"

黑崎继续拽着领带，栗林痛苦地说道："啊，系长，我出不了气了。"

刚才家里打来电话，康代说哲夫还没回家。黑崎让她不要去家长会，原因以后再说，让她在家待着。然后就挂掉了电话。

黑崎已经完全丧失了冷静。就在刚才，他脑子里所谓的依照过去的例子，如果过了三天罪犯还没灭口就不会有危险的想法，已经从他脑中完全消失了。这时，他已经丧失了理智。而且，黑崎还想象了最坏的情况，却始终不敢再往下想。

“我们确认了车牌号，今天早上刚刚报失。持有人叫伊藤和志，二十九岁。以前在印刷公司工作，还在失业……”

“不用管这些。”

在一旁的搜查队队长开始当和事老：“黑崎君，虽然我不知道发生了什么，可是如果有车被盗的话，还是应该给其他巡逻车通知一下。”

听了这话，黑崎心中虽然不服，可却没时间和他费口舌。他坐进栗林的车里，叫道：“开车。”

“开去哪儿？”

“西边。”

“西边……你这样说……”

“西边，西边。东边的反面。太阳落山的方向。”

“系长，请冷静点。”栗林松了松脖子上的领带说道。

“篠宫儿子被绑架时你不是很冷静吗？”

“笨蛋，那不是我的亲人。现在是我儿子被人绑架了，我可能冷静吗？”

“这样可不行，搜查时不能带有私人情绪。我们只能憎恨罪恶，不能憎恨犯罪者。”

同车的其他警察，也在劝告黑崎，让他冷静。

“只有你们才会觉得不是什么大事。”

栗林还以为他是在开玩笑，跟在这句话后面笑了，可当他看到黑崎的眼神后，又缩着脑袋。

“把警灯打上。”黑崎叫道。

驾驶员内藤把头转了过来。栗林则慌慌张张说道：“快打上，快打上。”

警报和警灯被同时打上。黑崎的脑子里也像警灯一样不停地旋转。哲夫，等着，爸爸马上就来。在这之前，无论发生任何事你都要坚持住。康代好像说孩子有些感冒。哲夫有带卫生纸吗？坚持住，哲夫。下次一定带你去吃回转寿司。明天一定一起出门。对啊，还没去伊势丹给他买衣服，130厘米。为了让胖胖的有点像我的哲夫看上去瘦一些，要买黑色。

黑崎所乘坐的车发出刺耳的警报声，在县道上飞奔。

传助和哲夫似乎还没玩儿够。他们已经玩儿了超过一个小时了。原本是在头顶上的太阳，不知何时转到了身后。看来自己不能和小孩比体力，秀吉一个人坐在岩石上休息，已经筋疲力尽了。可是，这是一种心情愉悦的疲劳，就像是带自己的孩子出来玩儿一样。

秀吉一边抽着烟，一边回想起了刚才和女教师的对话。电话响起时，自己还吓了一跳。虽然想到了要挂断电话，可那个女人似乎真的相信他就是传助的父亲。自己当时说的话，也应该很像是一个父亲该说的吧。当那个女人问道“您是他父亲吗？”的时候，自己还突然觉得不好意思。一想到这儿，秀吉就笑了。虽然总觉得似乎在哪儿听过那个声音，却始终想不起来。

河岸边的樱花树已经盛开殆尽了，被风吹落的花瓣将河面染成了桃红色。秀吉一边呆呆看着花瓣随着溪水流向下游，一边思考着，给老板道完歉，进了监狱后的自己会怎么样？

那就该是第四次了。要是算上打伤老板，这次应该会进去很长时间吧。可是，应该不会追究绑架的行为吧，而黑社会会派杀手进来——应该是真的吧。可在这之前，茂君所说的绑架法则完全不对。

要是能成为模范服刑人员，四十岁左右就应该能出来，到时候也能改过自新吧。再一次，从头开始，就像随时都能把表上的指针拨回去一样。

当然，不可能回到三天前的小山坡上了。回到秀次还活着的时候？也是不可能的。

回到殴打继父之前？不，那应该算是正当行为。在那之后都可以。最好是回到第一次进监狱之前吧，或者是遇见安娜的时候。他突然想到，从监狱里出来后，自己去一次菲律宾吧。虽然去了也不一定能见到安娜。总之，就从那个时候开始吧。

漂浮着樱花花瓣的溪水非常清澈。秀吉洗了手洗了脸，心情不错。可是，自己已经三天没洗澡了。

他把脚伸进溪水中。春季的天空显得更加的湛蓝，现在吹着的风，比想象中的四月的风要暖和，可是溪水却还是很冷。然而，这份冰冷却让人心情愉快。

为什么？脖子也觉得凉飕飕的。这种寒冷就像是被坚硬的金属抵住的感觉。在回过头确认这种寒冷来自何处前，头上有声音传来。

“总算找到了。”就像是野兽吼叫一般的声音。回过头去，一个长得凶神恶煞的男人正俯视着秀吉，“站起来。”

这个男人个子很高。秀吉就像被脖子上寒冷的触感牵引着，站了起来。即使他站起来，这个男人依然比他高得多。他记得这张脸。昨天，当自己从家庭餐厅前的电线杆上下来的时候，下面站着的就是这个男人。不过和那时不同的是，他现在没有戴眼镜。如果现在也和当时一样，这个男人戴眼镜的话，那么秀吉一定能更快地察觉到自己身处的状况。这个恐怖的高个男人，虽然不像那些小流氓脸上有疤痕，可是只从眼神就能看出绝非泛泛之辈。这是一张天生的黑帮大佬的脸。

秀吉很快明白了脖子冰凉的原因。他瞄到男人正握着一把在外国电影中才会出现的手枪。从出生到现在，第一次被枪顶着的秀吉，知道这是何种程度的恐怖。而这种恐怖让他无法将视线移开。秀吉在没有任何人命令的情况下，举高了双手。左右手就像是在道别一样，左右晃动。再见了，人生。

在男人的身后，站着许多一眼就能看出都是黑帮的男人们。他们就像是在开通缉犯海报的鉴赏会。现在想逃也逃不掉了。不，自己根本就没想过逃走。

“啊，小樱。”听到了传助天真的声音。传助刚才说什么？这里面可没人符合小樱这个名字。

秀吉记起了站在一群黑帮成员中间的那个男人。向后梳着的头发和高高的鼻子，以及像大型冰柜一样的身高和肩宽，和传助画的脸是一个模样。他就是爸爸，蓧宫。

他还是穿着衬衣，就像在家庭餐厅时见到的一样，看上去是一个很适合当黑帮大哥的男人。可是，他眉宇间所流露出的险恶，让人胆战心惊。

“终于见面了，真开心啊。”

蓧宫只是动了动嘴唇地说道，而他的声音和电话里听起来完全不同。秀吉的背脊——不，这或许是能让任何人都背脊发冷的声音吧。秀吉除了两只手，两只脚也如同在忍小便一样开始颤抖。

“爸爸，爸爸！”传助的声音靠近了。秀吉的脖子就像被水泥封住了似的，无法动弹，也就无法看见正从旁边跑过来的传助。

“到一边去。”即使听到了传助的声音，蓧宫的表情也没有任何变化，只是将原本放在秀吉身上的视线，移向了传助，很久都没移回来。

就连传助都察觉到了现场怪异的气氛。秀吉听见蓧宫视线的方向传来了哭诉声，“你别怪叔叔。不是叔叔的错，是我不好。是我想离家出走，想要反抗。伊藤叔叔是我的羁绊，和我约定一起上路。”

“嗯？”蓧宫似乎没有理解传助所说的意思，发出了奇怪的声音。

传助正在救自己。要是传助爸爸生气了的话，秀吉不可能简单脱身。或许，传助还能救自己一命。现在的秀吉，只能依靠六岁的传助了。

“是真的。他还给我吃便利店的便当和薯片，还给我买帽子，还和我一起玩儿。玩儿接球游戏，还带我去看电车……”

“你这混蛋，对少爷做过些什么？”

在那一排黑帮成员中，一个身形巨大的光头叫道。秀吉不住地摇头，脖子总算能动了。他很不自在地弯着头张开嘴，一边看着传助，一边说道：“是真的，是真的，都是真的。”

传助手中的球掉了。蓧宫将球捡了起来，扔回给了传助。传助把球接住，开始哭。一边哭着，眼神中却闪耀着喜悦的光芒，“爸爸也会棒球啊。”

他看见蓧宫的侧脸露出一丝苦笑，然后摊开双手对传助说道：“扔过来。”传助又将球扔了出去。

“哦，接得好。”

虽然隔了五六米远，却还是能听见传助发出的惊叹。

蓧宫把头转过来说道：“看来是我误会了。谢谢你肯陪我孩子玩儿接球游戏。”说完后露出了笑容。秀吉根本没有想到会有这样一幕。篠宫又对传助说道：“爸爸没有生气，只是想向这个人表达一下感谢。当然，这并不是个好地方。所以，我们还是到那边去吧。”

黑帮老大用了让人无法想象的温柔的语气，就连他的手下们都露出了诧异的表情。或许从没见过这种情况吧。虽然秀吉正呆呆地想着这种情况，可现在却并不是想这些的时候。传助又开始说道：“啊，原来是这样啊。”

他似乎很轻易地就相信了。对啊，传助是个很天真的孩子，有些过于天真了。传助，不是这样的。拜托你，救救我。

“喂，到那边去玩儿吧。”

“嗯。”传助回答道。

听着传助和哲夫的打闹声越来越远，秀吉呆呆地张大了嘴。小孩果然很讨厌。

“那，我为你准备了一份厚礼。”篠宫转过来对着秀吉，带着一张刚才面对孩子时的甜美的脸，却用了比以往更加让人胆战的声音。秀吉在想，这个平时都不肯和传助在一起的男人，为什么这次会如此生气。

高个子男人挥了挥右手的枪，好像在说“快走”。右手指向深深的树林中。前面到底有什么？只是想一想就让秀吉吓得半死。秀吉开始慢慢地走着，就像是被带上行刑台一样——不，不是像，而是前往真正的行刑台。每前进一步，围在他身旁的黑帮成员们也会跟着移动，自己就像一块被丢进狮群的肉一样。看到秀吉迈着慢悠悠的步子，刚才的那个光头叫道：“你慢慢吞吞地干什么。”

他沿着河岸迈着像梦游一样的步子走着，走进了树林中，然后又往前走了数十米左右。

那里还有一大帮人等着。眼前是一个挖好的坑。他们把一把铁锹交到秀吉手中。秃头男人又大吼道：“挖土。”坑里已经有人了，是一个长头发、穿着衬衣的男人。看上去有些轻浮，却不知真实为人如何。他似乎被人打了，眼睛鼻子都分辨不出，脸变形了。这家伙是谁?

自己的头脑还是一片混乱。他觉得一定发生了许多事，而现在这些责任都要算在自己身上了。

一个穿着老派、正喝着一瓶威士忌的男人说话了，“就让这家伙再胡思乱想一会儿吧。反正都活不长了。”声音听起来带着些怒气。

还好应该是埋两个人的坑现在只挖了一个人的大小。秀吉的性命还能延长一会儿。身后的高个男人不知何时把枪交给了篠宫。他看见篠宫已经拉开了保险栓。被枪击中的话，会有多疼呢?

突然，秀吉的脑海中浮现出了许多影像。秀次的脸。安娜的脸。老板和老板娘的脸。妈妈的脸。第一次和女孩子约会时坐的椅子。告诉自己马票又没有中的电子板。打倒谜一样的中国人的

black jack和传助的笑容。自己的一生就像胶片一样，过得并不空虚，自己也确实好好地活过。正在他看着脑海中浮现出的景象时，后面有人拍脑袋了，“快点！”

本来想慢慢挖，结果不知为何身子自觉地动起来。脑子也停止了多余的思考，似乎变得专注于这样一个单纯的动作了。要是自己的动作有稍微的停止，就会招来一顿臭骂。要是铁锹带上来的泥土量少了的话，就会被说道：“再挖深一点，混蛋。”坑才开始挖没多久，就已经有膝盖那么深了，很快就会齐腰了。

秀吉已经意识到自己将会被杀。可前天，就在那个小山坡上，自己都还没有必死的决心。本来想用车子里残存的汽油来排放一氧化碳自杀，还担心排气量会不够。对了，说起来，当时还想过，在自己的葬礼上，有谁会哭泣。在自己还没死，被送往医院，老板和老板娘看着躺在病床上的自己，说出了原谅的话。我不想死——即使现在自己依然想要从喉咙里蹦出这句话。

每当泥土扬起的时候，他都能看见树林中巨大的樱花树。即使是这种时候，樱花依然美丽。或许自己是有生以来第一次觉得花是如此的美丽。

死就在眼前，自己的头脑已经被这种恐怖所麻痹，变得呆滞，可眼睛和鼻子却还是能看见流动的溪水，闻到森林的味道。自己从未如此鲜明地感受过这一切。这一定是全身在最后一刻的回光返照。

耳朵也是如此，似乎能很清楚地听到周围的各种声音。甚至能听到周围人的呼吸声、整理衣服的声音，还有对秀吉的怒气、谩骂和低俗的玩笑，这一切像是被装上了扩音器一样，飞进自己的耳朵里。

“喂，小樱。”当听到远处传来这个声音时，黑帮成员屏住了气息，开始动摇、紧张、看上去有些害怕，就像是有一个比篠宫更了不起的老大来了。秀吉害怕得不敢抬头，只是不停地挖着土。

“停下。”是身后高个子的声音。而秀吉还花了一些时间才明白他是要自己“停止挖土”。秀吉战战兢兢地抬起了头。在一块空地上，站着一个男人。那些人刚才的骚动一定是因为这个人，可他看上去并不像老大。长着一张四四方方的脸，头发少少的，穿着一件土里土气的衬衣。可是，就是这样一个像普普通通上班族的男人，却能让黑帮成员们给他分开一条道。

篠宫本来想迅速将手中的枪递给旁边的男人，可他摇了摇头，大手一挥把枪扔了出去。枪画出了一条弧线，飞过高高的树木，飞行了相当远的距离，发出了水声，应该是被扔进了河里。虽然自己就快死到临头，可秀吉却很奇妙地有这样的感觉。

“怎么了？小樱，你们今天又在这个地方赏花吗？”

那个四方脸的像白领的男人开口了。这时秀吉才弄清楚小樱是谁。因为身后的高个男人说话了。

“是啊，是在赏花。黑崎，你来这儿干什么？”

“哦，我是来找一个偷车贼。”

“为什么你们四科会管偷盗事件？”

“因为我们人手不足。话说回来，那个人在干什么？”

“哦，他是我在宴会结束后才刚认识，人不错。”

秀吉似乎意识到他们谈论的是自己，把脸转了过去，和那个看上去像上班族的男人四目相对。

“啊，果然是这家伙。”上班族男人用类似演戏的口吻说道，“你能先把他交给我吗？”

这句话听上去并不像是在征求同意，更像是在命令。一旁有人开始显得不满，可没人说话。上班族男人朝秀吉招了招手。男人的身旁突然窜出两个同样穿得土里土气的男人，一下子挟持住秀吉，将他带出了坑。这是怎么回事。这家伙是什么人？是那些神秘的中国人吗？接下来又会把他带到什么地方去？

“倒在那儿的，长着油炸豆腐脑袋的是时田吧？”

四方脸男人平静地问道，可没人回答他。

“要是时田的话，你就告诉他，明天到我这儿来一下。我有关于非法买卖枪支的事要问他。我们这边的指标定得很严，或许会把他拘留。一定要来哦。要是他不来的话，我就会把你们的事务所来一次大搜查。”

那些黑帮成员们又开始唧唧喳喳。

“好了，走吧。”四方脸对才从坑里出来的秀吉说道，“你是伊达秀吉吧。”

秀吉没有回答，只是条件反射地点了点头。

“现在怀疑你偷了大宫市樱木町的一辆车。虽然还没有逮捕令，你认罪吗？”秀吉又再次点点头。虽然张着嘴，可是只能用喉咙发出一些奇怪的声音。

男人看了看手表，读出了上面的时间，另一位像上班族的男人把时间记了下来，然后给秀吉的双手戴上手铐。秀吉这才明白，这个男人是警察。

“我的孩子似乎也受了你的照顾啊。”他原来是哲夫的爸爸。警察给秀吉报以微笑。可是，他的眼神却并没有笑容。

秀吉戴着手铐从篠宫面前走过。他察觉到篠宫一直盯着自己，其实篠宫用憎恨的眼神盯着的并不是秀吉，而是四方脸的这个警察。

“你的手臂还是那么健硕啊。”警察对篠宫说道。他似乎是在指刚才扔枪的事。

“你是谁啊？”篠宫这样回敬来打击他。

“没关系。我是不会以非法持枪这样的罪名来抓你的。我一直希望能看见你再次扔东西。以前开运动会时也是如此。当时我们都很高兴吧。”

篠宫露出怪异的表情，做了一个双手摊开、向上抬高的动作。

秀吉再也不想回到这里，很快地穿过树林，回到河边。这时，刚才的警察用呆呆的声音对他说道：“你是笨蛋吗？你不害怕吗？”

秀吉本来想要说些什么。要是审讯的话，他会全部说出来。可是，想要说的话却还是没有说出口。发生了太多的事，自己都还没完全弄清楚情况。甚至不清楚自己是不是真的得救了。

“啊，不过，这样那帮家伙也能老实一点了。他们是很重面子的。这样就行了。他们已经找到了你，要是没有警察捣乱的话，就干掉你了。现在他们也有了很好的结果。”

似乎总算是得救了。虽然被警察抓住意味着得救，听上去有些奇怪。为什么？他们为什么会来救我？或许是看到了秀吉充满疑惑的表情，本来已经不打算再说的警察又开始说道。

“筱宫的儿子是叫传助吧。那个孩子用手机给我家里打了个电话。这是我老婆告诉我的。说自己和哲夫——也就是我儿子——在一起，说你很惨，要我来救你。本来说是在名栗川的大樱花树附近，可我还是不知道位置，为此还烦恼了一阵，不过总算凭借直觉找到了。”

“那……”秀吉终于开口了。可是，他却隔了很长时间才说出接下来的话，“非常感谢。”

“要道谢的话，就对孩子们说吧。他们是你的救命恩人。可是，你也还是应该感谢我。我总算是跑到川越附近来了，要是一直待在大宫的话，你或许已经被埋了。”

“啊……”秀吉就像是真的被人从土中救出来一样，深吸一口气。他闻到了空气中淡淡的樱花的香气。

“啊，你绑架小孩的事就算了，反正筱宫也没报案。所以，你的罪行就只有偷车而已。”

秀吉拼命地动着口中的舌头，“这个，这个……”

“什么？”

“老板的……”

“老板？老板什么？”

“……啊，没什么。”

“你的老板？昨天我见过他了。这是一个顽固的老头儿，而且很讨厌警察。啊，要是以偷车罪名把你关进监狱的话，你就必须辞掉工务店的工作了吧。”

秀吉远远地看见传助站在樱花树下，正朝着自己挥动着双手。接下来自己将会进监狱，传助似乎觉得他像是一个即将踏上新的冒险旅程的勇士。

秀吉一直看着传助的脸。这个被自己绑架，还曾经想要杀掉的孩子。这三天里，让自己烦恼、生气、吃惊、教会自己许多的孩子，一起战斗过的孩子，他也是战士。

传助继续朝他挥着手。秀吉像是被人横拖着一样往前走，走了一阵之后还是会回过头继续望着传助的身影。

警察呆呆地站在那里，向一同来的其他两位警察问道：“有烟吗？”

圆脸的人摇了摇头，另一个看上去年轻一点儿的把烟递给了他：“系长，你不是在戒烟吗？”

“我放弃了。用戒烟管傻乎乎的，还是真正的香烟好。”

秀吉叫道："传助——"

传助跑了过来，光着双脚，穿过满是石头的河边，跑到了秀吉的面前，然后摊开双手，像急停的电车一样停了下来。

秀吉弯下腰，将自己的目光放到和正气喘吁吁的传助同样的高度，说道："谢谢。"

"什么？"传助睁着大眼睛，不可思议地问道。

"你救了我。"

"啊，什么？"

"要是你不打电话的话，我可能会被你爸爸打一顿。"

"啊，果然。我就知道爸爸是在撒谎。因为爸爸总是那副表情。"他拼命地挤着眉头，努力做出一副可怕的表情，"我知道他什么时候在撒谎，他的角鬓会跳动。"

"角鬓？"

"嗯，就是这儿。"

"啊，这是鬓角。你记清楚了。"

"哦。"

还好自己和传助不是父子。这三天里，传助也应该很快明白自己什么时候在撒谎了吧。他一撒谎鼻孔就会张大。

"对了。你知道我会到什么地方去吗？"

"嗯，你会去工作吧。经常有人会去爸爸的公司。太好了，我回去后，就提拔你。"

"啊，真是那样就好了。"

“工作要加油哦。”

“喂，传助。”

“什么？”

“啊……这个……撒谎不好。我说我的名字是伊藤和志，这也是骗你的。我真正的名字是伊达秀吉。”

“嗯？”传助的眼睛变得像玻璃球一样。看来他真的相信了秀吉的话，需要一定的时间来重新理解。

“啊，那你果然是伊达政宗的伊达……”

“是的，丰臣秀吉的秀吉。伊达秀吉，你记好了。”

传助反复在口中念叨着这个名字后，说道：“嗯，我不会忘的。”

警察已经抽完烟了，正在困惑是不是要将烟蒂丢在这地方。结果，他用鞋底把火灭掉后，放进了兜里。对秀吉说道：“好了，该走了。”

秀吉又被两名警察挟持着开始往前走，却还是不停地回头看。传助又继续问道：“喂，你不是说带我去看蒸汽火车吗？什么时候？”

“对啊，会去的。虽然不知道什么时候，但一定带你去。”

秀吉的鼻孔没有张大。因为这是约定。等到传助当上了组长，就能去了吧。不，那时秀吉出生的小镇都不知道还有没有蒸汽火车了。对啊，还是偷偷把他带出来吧。

“一定哦。约好了。”

“嗯，知道了。这是我们的约定。”两人同时说道。

春风吹过，樱花花瓣又像雪花一样飘落下来。

“啊，要是能去的话，也把哲夫叫上。”

“好。”秀吉说道。听到提到了自己孩子的名字，警察的表情稍稍有了些变化。

“你别以为做出一副天真的表情就会放过你。在把你交给警察三科之前，我还有许多话要问你。到时候没你好果子吃的。”

“世事难料啊。”

“你说什么？”

“啊，没什么。”

明明马上就要入狱了，可秀吉似乎觉得正被春风吹落的花瓣就像在祝贺自己远行一样。

再一次，让一切重新开始，在一个更好的地方。

一片，落在了秀吉的肩上。

又一片，飘落……

版贸核渝字（2011）第236号

图书在版编目（CIP）数据

诱拐狂想曲 /（日）荻原浩 著；林焕军 译. —重庆：
重庆出版社，2012.12
ISBN 978-7-229-05831-9

Ⅰ.①诱… Ⅱ.①荻… ②林… Ⅲ.①长篇小说—日本—现代
Ⅳ.①I313.45

中国版本图书馆CIP数据核字（2012）第249764号

诱拐狂想曲
YOUGUAI KUANGXIANGQU
［日］荻原浩 著
林焕军 译

出 版 人： 罗小卫
策　　划： 华章同人
出版监制： 陈建军
责任编辑： 刘学琴 王春霞
责任印制： 杨 宁
装帧设计： 主语设计

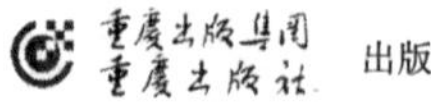

出版

（重庆长江二路205号）

投稿邮箱：bjhztr@vip.163.com
三河九洲财鑫印刷有限公司 印刷
重庆出版集团图书发行有限公司 发行
邮购电话：010-85869375/76/77转810
重庆出版社天猫旗舰店
cqcbs.tmall.com
全国新华书店经销

开本：880mm×1230mm 1/32 印张：11.375 字数：180千
2013年4月第1版 2013年4月第1次印刷
定价：32.00元

如有印装质量问题，请致电023-68706683